全民阅读·经典小丛书

[清]曾朴◎著
冯慧娟◎编

孽海花

吉林出版集团股份有限公司

版权所有　侵权必究

图书在版编目（CIP）数据

　　孽海花 /（清）曾朴著；冯慧娟编 .—长春：吉林出版集团股份有限公司，2016.1
　　（全民阅读.经典小丛书）
　　ISBN 978-7-5581-0116-8

　　Ⅰ.①孽… Ⅱ.①曾… ②冯… Ⅲ.①章回小说—中国—清代 Ⅳ.① I242.4

　　中国版本图书馆 CIP 数据核字（2016）第 031387 号

NIE HAI HUA

孽海花

作　　者：	［清］曾朴 著 　冯慧娟 编
出版策划：	孙　昶
选题策划：	冯子龙
责任编辑：	姜婷婷
排　　版：	新华智品
出　　版：	吉林出版集团股份有限公司
	（长春市福祉大路 5788 号，邮政编码：130118）
发　　行：	吉林出版集团译文图书经营有限公司
	（http://shop34896900.taobao.com）
电　　话：	总编办 0431-81629909 　营销部 0431-81629880 / 81629881
印　　刷：	北京一鑫印务有限责任公司
开　　本：	640mm × 940mm 1/16
印　　张：	10
字　　数：	130 千字
版　　次：	2016 年 7 月第 1 版
印　　次：	2019 年 6 月第 2 次印刷
书　　号：	ISBN 978-7-5581-0116-8
定　　价：	32.00 元

印装错误请与承印厂联系　　电话：18611383393

前 言

　　国学是以先秦的经典及诸子学说为根基，涵盖了两汉经学、魏晋玄学、宋明理学和同时期的汉赋、六朝骈文、唐宋诗词、元曲与明清小说并历代史学等一套特有而完整的文化、学术体系。

　　丹书漫启，剪烛夜读。古老的文化犹如一杯香茗，穿过时间的阻隔散发出无尽的幽香；那些动人心怀的文字如一阵微风，掠过亘古的光阴拂面而来：诗之旷达放逸，抒怀明志；词之幽怨雅丽，感怀述心；文之微言大义，镂心刻骨……千年华彩，数载风流。前秦时代的百家争鸣，奠定了中国传统文化的基石，那些宗师先贤的睿智和风骨各具风采，"儒"有仁爱之德，"道"有和谐之法，"法"有治世之能，"史"有察今之用……

　　纵观五千年浩瀚历史，国学是中华文化之魂，是滋养精神生命的甘泉。它以强大的活力和恒久的魅力创造着一个又一个奇迹，演绎了一代又一代文明盛世。

　　学国学，魅在领悟，工在体味，效在吸纳。读国学经典，能助今人修身怡心，达到"腹有诗书气自华"之境界；品国学经典，能让今人以圣人为师，汲取历经岁月沉淀的人生哲理。

目录

一霎狂潮陆沉奴乐岛 卅年影事托写自由花 … 〇〇一

陆孝廉访艳宴金阊 金殿撰归装留沪渎 …… 〇〇三

领事馆铺张赛花会 半敦生演说西林春 …… 〇〇七

光明开夜馆福晋呈身 康了困名场歌郎跪月 … 〇一一

开搏赖有长生库 插架难遮素女图 ………… 〇一四

献绳技唱黑旗战史 听笛声追白傅遗踪 …… 〇二〇

宝玉明珠弹章成艳史 红牙檀板画舫识花魁 … 〇二六

避物议男状元偷娶女状元

借诰封小老母权充大老母 ……………… 〇三〇

遣长途医生试电术 怜香伴爱妾学洋文 …… 〇三五

险语惊人新钦差胆破虚无党

清茶话旧侯夫人名噪赛工场 …………… 〇四〇

潘尚书提倡公羊学 黎学士狂胪老骶文 …… 〇四四

影并帝天初登布士殿 学通中外重翻交界图 … 〇四八

误下第迁怒座中宾 考中书互争门下士 …… 〇五三

两首新诗是谪官月老 一声小调显命妇风仪 … 〇五九

瓦德西将军私来大好日

斯拉夫民族死争自由天 ………………… 〇六四

席上逼婚女豪使酒 镜边语影侠客窥楼 …… 〇六九

目录

辞鸳侣女杰赴刑台　递鱼书航师尝禁脔……………〇七五

游草地商量请客单　借花园开设谈瀛会………〇八〇

淋漓数行墨五陵未死健儿心

的烁三明珠一笑来觞名士寿……………〇八七

一纸书送却八百里　三寸舌压倒第一人………〇九三

背履历库丁蒙廷辱　通苞苴衣匠弄神通………一〇〇

隔墙有耳都院会名花　宦海回头小侯惊异梦…一〇八

天威不测蛰语中词臣　隐恨难平违心驱俊仆…一一四

愤舆论学士修文　救藩邦名流主战………………一二一

疑梦疑真司农访鹤　七擒七纵巡抚吹牛………一二七

主妇索书房中飞赤凤　天家脱辐被底卧乌龙…一三三

秋狩记遗闻白妖转劫　春帆开协议黑眚临头…一三九

隶萼双绝武士道舍生　霹雳一声革命团特起…一四六

一霎狂潮陆沉奴乐岛　卅年影事托写自由花

　　江山吟罢精灵泣，中原自由魂断！金殿才人，平康佳丽，间气钟情吴苑。辎轩西展，遽瞒着灵根，暗通瑶怨。孽海漂流，前生冤果此生判。群龙九馗宵战，值钧天烂醉，梦魂惊颤。虎神营荒，鸾仪殿辞，输尔外交纤腕。大千公案，又天眼愁胡，人心思汉。自由花神，付东风拘管。

　　却说自由神，是哪一位列圣？敕封何朝？铸像何地？说也话长。如今先说个极野蛮自由的奴隶国。在地球五大洋之外，哥伦布未辟，麦哲伦不到的地方，是一个大大的海，叫做"孽海"。那海里头有一个岛，叫做"奴乐岛"。地近北纬三十度，东经一百八十度。倒是山川明丽，花木秀美；终年光景是天低云暗，半阴不晴，所以天空新气是极缺乏的。列位想想：那人所靠着呼吸的天空气，犹之那国民所靠着生活的自由，如何缺得？因是一班国民，没有一个不是奄奄一息、偷生苟活。因是养成一种崇拜强权、献媚异族的性格，传下来一种什么命运，什么因果的迷信。因是那一种帝王，暴也暴到吕政、奥古士都、成吉思汗、路易十四的地位，昏也昏到隋炀帝、李后主、查理士、路易十六的地位；那一种国民，顽也顽到冯道、钱谦益的地位，秀也秀到扬雄、赵子昂的地位。

　　而且那岛从古不与别国交通，所以别国也不晓得他的名字。从古没有呼吸自由的空气，那国民却自以为是："有吃"，"有着"，"有功名"，"有妻子"，是个"自由极乐"之国。古人说得好："不自由毋宁死。"果然那国民享尽了野蛮奴隶自由之福，死期到了。去今五十年前，约莫十九世纪中段，那奴乐岛忽然四周起了怪风大潮，那时这岛根岌岌①摇动，要被海水卷去的样子。谁知那一班国民，还是醉生梦死，天天歌舞快乐，富贵风流，抚着自由之琴，喝着自由之酒，赏着自由之花，年复一年，禁不得月啮日蚀，到了一千九百零四年，平白地天崩地塌，一声响亮，那奴乐岛的地面，直沉向孽海中去。

　　咦！原来这孽海和奴乐岛，却是接着中国地面，在瀚海之南、黄海之西、青海之东、支那海之北。此事一经发现，那中国第一通商码头的上海——地球各国人，都聚集在此地——都道稀罕，天天讨论的讨论，调查的调查，秃着几打笔头，费着几磅纸墨，说着此事。内中有个爱自由者闻信，特地赶到上海来，要想侦探侦探奴乐岛的实在消息，却不知从何处问起。那日走出去，看看人来人往，无非是那班肥头胖耳的洋行买办，偷天换日的新政委员，短发西装的假革命党，胡说乱话的新闻社员，都好像没事的一般，依然叉麻雀，打野鸡，安塏第喝茶，天乐窝听唱；马龙车水，酒地花天，好一派升平景象！爱自由者倒不解起来，糊糊涂涂、昏昏沉沉地过了数日。

　　这日正一人闷闷坐着，忽见几个神色仓皇、手忙脚乱的人奔进来嚷道："祸事！祸事！日俄开仗了，东三省快要不保了！"正嚷着，旁边远远坐着一人冷笑道："岂但东三省呀！十八省早已都不保了！"

爱自由者听了，猛吃一惊，心想刚刚太平的世界，怎么变得那么快！一直走去，不晓得走了多少路程。忽然到一个所在，好一片平阳大地！山作黄金色，水流乳白香，几十座玉宇琼楼，无量数瑶林琪树，正是华丽境域，锦绣山河，好不动人歆羡②呀！爱自由者走到这里，心里一动，好像曾经到过的。正在徘徊不舍，忽见眼前迎着面一所小小的空屋。爱自由者不觉越走越近了，到得门前，不提防门上却悬着一桁珠帘；隔帘望去，隐约看见中间好像供着一盆极娇艳的奇花，一时也辨不清是隋炀帝的琼花呢？还是陈后主的玉树花呢？但觉春光澹宕，香气氤氲③，一阵阵从帘缝里透出来。爱自由者心想，远观不如近睹，放着胆把帘子一掀，大踏步走近一看，哪里有什么花，倒是个蟒首蛾眉、桃腮樱口的绝代美人！爱自由者顿吓一跳，忙要退出，忽听那美人唤道："自由儿，自由儿，奴乐岛奇事发现，你不是要侦探么？"爱自由者忽听"奴乐岛"三字，顿时触着旧事，就停了脚，对那美人鞠了鞠躬道："令娘知道奴乐岛消息吗？"那美人笑道："咳，你疯了，哪里有什么奴乐岛来？"爱自由者愕然道："没有这岛吗？"美人又笑道："吓，你真呆了！哪一处不是奴乐岛呢？"说着，手中擎着一卷纸，郑重地亲自递与爱自由者。爱自由者不解缘故，展开一看，却是一段新鲜有趣的历史，默想了一回，恍恍惚惚，好像中国也有这么一件新奇有趣的事情；自己还有一半记得，恐怕日久忘了，却慢慢写了出来。

正写着，忽然把笔一丢道："吓，我疯了！现在我的朋友东亚病夫，嚣然④自号着小说王，专门编译这种新鲜小说。我只要细细告诉了他，不怕他不一回一回慢慢地编出来，岂不省了我无数笔墨吗？"当时就携了写出的稿子，一径出门，往着小说林发行所来，找着他的朋友东亚病夫，告诉他，叫他发布那一段新奇历史。爱自由者一面说，东亚病夫就一面写。正是：

三十年旧事，写来都是血痕；
四百兆同胞，愿尔早登觉岸！

端的上面写的是些什么？列位不嫌烦絮，看他逐回道来。

【注释】

①岌 (jí) 岌：危险的样子。
②歆羡 (xīn xiàn)：爱慕。
③氤氲 (yīn yūn)：形容烟或云气浓郁。
④嚣 (xiāo) 然：闲适貌。

陆孝廉访艳宴金阊　金殿撰归装留沪渎

话说大清朝应天承运，果然风调雨顺，国泰民安。直到了咸丰皇帝手里，就是金田起义，扰乱一回，却依然靠了那班举人、进士、翰林出身的大元勋，拼着数十年血汗，把那些革命军扫荡得干干净净。斯时正是大清朝同治五年，大乱敉平，共道大清国万年有道之长。这中兴圣主同治皇帝，准了臣子的奏章，谕令各省府县，有乡兵团练平乱出力的地方，增广了几个生员；受战乱影响，及大兵所过的地方，酌免了几成钱粮。

苏、松、常、镇、太几州，因为赋税最重，恩准减漕，所以苏州的人民，尤为涕零感激。却好戊辰会试的年成又到了，本来一般读书人，虽在离乱兵燹，八股八韵，朝考卷白折子的功夫，是不肯丢掉，况当歌舞河山、拜扬神圣的时候呢！果然，公车士子，云集辇毂，会试已毕，出了金榜。又过了殿试，到了三月过后，胪唱出来，那一甲第三名探花黄文载，是山西稷山人；第二名榜眼王慈源，是湖南善化人；第一名状元是谁呢？却是姓金名㴐，是江苏吴县人。我想列位国民，没有看过登科记，不晓得状元的出色价值。

这是地球各国，只有独一无二之中国方始有的。这叫做群仙领袖，天子门生，何况英国的培根、法国的卢梭呢？话且不表。

单说苏州城内玄妙观，是一城的中心点，有个雅聚园茶坊。一天，有三人在那里同坐在一个桌子喝茶。一个有须的老者，姓潘，名曾奇，号胜芝，是苏州城内的老乡绅；一个中年长龙脸的姓钱，名端敏，号唐卿，是个墨裁高手；下首坐着的是小圆脸，姓陆，名叫仁祥，号犟如，殿卷白折极有功夫。这三个都是苏州有名的人物。唐卿已登馆选，犟如还是孝廉。那时三人正讲得入港。潘胜芝开口道："我们苏州人，真正难得！本朝开科以来，总共九十七个状元，江苏倒是五十五个。那五十五个里头，我苏州城内，就占了去十五个。如今那圆峤巷的金雯青，也中了状元了，好不显焕！"钱唐卿接口道："老伯说的东吴文学之邦，状元自然是苏州出产，而且据小侄看来，苏州状元的盛衰，与国运有关系。"胜芝愕然道："倒要请教。"唐卿道："本朝国运盛到乾隆年间，那时苏州状元，亦称极盛：张书勋同陈初哲，石琢堂同潘芝轩，都是两科蝉联；中间钱湘舲遂三元及第。自嘉庆手里，只出了吴廷琛、吴信中两个。幸亏得十六年辛未这一科，状元虽不是，那榜眼、探花、传胪[①]都在苏州城里，也算一段佳话。自后道光年代，就只吴钟骏崧甫年伯，算为前辈争一口气，下一粒读书种子。然而国运是一代不如一代了。至于咸丰手里，我亲记得是开过五次，越发荒唐了，索性脱科了。"

那时候唐卿说到这一句，就伸着一只大拇指摇了摇头，接着说道："那时候世叔潘八瀛先生，中了一个探花，从此以后，状元鼎甲，广陵散绝响于苏州。如今这位圣天子中兴有道，国运是要万万年，所以这一科的状元，我早觉得是我苏州人。"奉如也附和着道："吾兄说的话真关着阴阳消息，参伍天地。其实我那雯青同年兄的学问，实在数一数二！文章书法是不消说。史论一门纲鉴熟烂，又不消说。我去年看他在书房里校部《元史》，怎么奇渥温、木华黎、秃秃等名目，我懂也不懂。听他说得联联翩翩，好像洋鬼子话一般。"胜芝正道："你不要瞎说，这大元朝仿佛听得说就是大清国。你不听得，当今亲王大臣，不是叫做曾格林沁、阿拉喜崇阿吗？"胜芝正欲说去，唐卿忽望着外边叫道："肇廷兄！"大家一齐看去，就见一个相貌清瘦、体段伶俐的人，一脚已跨进园来；后头还跟着个面如冠玉的书生。奉如招呼那书生道："怎么珏斋兄也来了？"肇廷就笑眯眯地低声接说道："我们是途遇的，晓得你们都在这里，所以一直找来。今儿晚上谢山芝在仓桥聘珠家替你饯行②，你知道吗？"奉如点点头道："还早哩。"说着，就拉肇廷朝里坐下。唐卿也与珏斋并肩坐了，不知讲些什么，忽听"饯行"两字，就回过头来对奉如道："你要上哪里去？"奉如道："不过上海罢了。前日得信，雯青兄请假省亲，已回上海，寓名利栈，约兄弟去游玩几天。"珏斋插口道："上海虽繁华世界，究竟五方杂处，所住的无非江湖名士，即如写字的莫友芝，画画的汤壎伯，非不洛阳纸贵，名震一时，总嫌带着江湖气。比到我们苏府里姚凤生的楷书，杨咏春的篆字，任阜长的画，就有雅俗之分了。"唐卿道："上海印书叫做什么石印，前天见过得本直省闱墨，真印得纸墨鲜明，文章就分外觉得好看，所以书本总要讲究版本。印工好，纸张好，款式好，便是书里面差一点，看着总觉豁目爽心③。"

那胜芝听着这班少年谈得高兴，不觉也忍不住，一头拿着只瓜楞茶碗，连茶盘托起，往口边送，一面说道："上海繁华总汇，听说宝善街，那就是前明徐相国文贞之墓地。文贞为西法开山之祖，而开埠以来，不能保其佳城石室，曾有人做一首《竹枝词》吊他道：'结伴来游宝善街，香尘轻软印弓鞋。旧时相国坟何在？半属民廛半馆娃。'岂不可叹呢？"肇廷道："此刻雯青从京里下来，走的旱道呢，还是坐火轮船呢？"奉如道："是坐的美国旗昌洋行轮船。"胜芝道："说起轮船，前天见张新闻纸，载着各处轮船进出口，那轮船的名字，多借用中国地名人名，如汉阳、重庆、南京、上海、基隆、台湾等名目；乃后头竟有更诧异的，走长江的船叫做'孔夫子'。"

言次，太阳冉冉西沉，暮色苍然了。胜芝立起身来道："不早了，我先失陪了。"道罢，拱手别去。肇廷道："奉如，聘珠那里你到底去不去？"奉如道："可惜唐卿、珏斋从来没开过戒，不然岂不更热闹吗？"肇廷道："他们是道学先生，你还想引诱良家子弟，该当何罪？"

原来这珏斋姓何，名太真，素来欢喜讲程、朱之学，与唐卿至亲，意气也相投，都不会寻花问柳，所以肇廷如此说着。当下唐卿、珏斋都笑了一笑，也起身出馆，向着奉如道："见了雯青同年，催他早点回来！"说罢，扬长而去。

肇廷、挲如两人步行，望观西直走，由关帝庙前，过黄鹂坊桥。忽然后面来了一肩轿子，两人站在一面让它过去。谁知轿子里面坐着一个丽人，一见肇廷、挲如，就打着苏白招呼道："顾老爷，陆老爷，从啥地方来？谢老爷早已到倪搭，请唔笃就去吧！"说话间，轿子如飞去了。两人都认得就是梁聘珠。果然，山芝已在，看见顾、陆两人，连忙立起招呼。肇廷笑道："大善士发了慈悲心，今天来救大善女的急了。"说时，恰聘珠上来敬瓜子，挲如就低声凑近聘珠道："耐阿急弗急？"聘珠一扭身放了盆子，一屁股就坐下道："瞎三话四，倪弗懂个。"

山芝，名介福，家道尚好，喜行善举，苏州城里有谢善士之名。当时大家大笑。挲如回过头来，见尚有一客坐在那里，十分和气，年纪约二十许，看见顾、陆两人，连忙满脸堆笑地招呼。山芝就道："这位是常州成木生兄，昨日方由上海到此。"彼此都见了，正欲坐定，相帮地喊道："贝大人来了！"挲如抬头一看，原来是认得的常州贝效亭名佑曾的，曾经署过一任直隶臬司，就是火烧圆明园一役，议和里头得法，如今却不知为什么弃了官回来了。于是大家见了，就摆起台面来，聘珠请各人叫局。挲如叫了武美仙，肇廷叫了诸桂卿，木生叫了姚初韵。山芝道："效亭先生叫谁？"效亭道："闻得有一位杭州来的姓褚的，叫什么爱林，就叫了她吧。"山芝就写了。挲如道："说起褚爱林，前日有人打茶围，说她房内备有多少筝、琵、箫、笛，夹着多少碑、帖、书、画，上有名人珍藏的印；还有一样奇怪东西，说是一个玉印，好像是汉朝一个妃子传下来的。看来不是旧家落薄，便是个逃妾哩！"肇廷道："莫非是赵飞燕的玉印吗？那是龚定庵先生的收藏。定公集里，还有四首诗记载此事。"木生道："先两天，定公的儿子龚孝琪兄弟还在上海遇见。"效亭道："快别提这人，他是已经投降了外国人了。"山芝道："他为什么要投降呢？"效亭道："他是脾气古怪，议论更荒唐。他说这个天下，与其给本朝，宁可赠给西洋人。"肇廷道："这也是定公立论太奇，所谓其父报仇，其子杀人。"木生道："这种人不除，终究是本朝的大害！"效亭道："可不是么！庚申之变，亏得有贤王留守。那时兄弟也奔走其间，朝夕与英国威妥玛磋磨，总算靠着列祖列宗的洪福，威酋答应了赔款通商，立时退兵。否则，真正不堪设想！所以那时兄弟就算受点子辛苦，看着如今大家享太平日子，想来还算值得。"山芝道："如此说来，效翁倒是本朝的大功臣了。"效亭道："岂敢！"木生道："据兄弟看来，现在的天下虽然太平，还靠不住。外国势力日大一日，机器日多一日，我国一样都没有办，哪里能够对付他？"

正说间，诸妓陆续而来。五人开怀畅饮，但觉笙清簧暖，玉笑珠香，不消备述，众人看着褚爱林面目，煞是风韵，举止亦甚大方，年纪二十余岁。问她来历，只是笑而不答。遂相约席散，至其寓所。不一会儿，各妓散去，钟敲十二下，山芝、效亭、肇廷等自去访褚爱林。挲如以将赴上海，少不得部署行李，先唤轿班点灯伺候，别着众人回家。

话且不提。

却说金殿撰请假省亲，乘着飞似海马的轮船到上海，住名利栈内，少不得一番应酬，请酒看戏，更有一班同乡都来探望。一日，家丁投进帖子，说冯大人来答拜。雯青看着是"冯桂芬"三字，即忙立起身，说"有请。"家丁扬着帖子，将门帘擎起。但见进来一个老者，约六十岁光景，见着雯青，即呵呵作笑声。雯青赶着抢上一步，叫声景亭老伯，作下揖去。见礼毕，就座，茶房送上茶来。

两人先说些京中风景。景亭道："雯青，我恭喜你飞黄腾达。现在是五洲万国交通时代，从前多少词章考据的学问，是不尽可以用世的。昔孔子翻百二十国之宝书，我看现在读书，最好能通外国语言文字，晓得他所以富强的缘故。我却晓得去年三月，京里开了同文馆，考取聪俊子弟，学习推步及各国语言。论起'一物不知，儒者之耻'的道理，这是正当办法；而廷臣交章谏阻。倭良峰为一代理学名臣，而亦上一疏。有个京官抄寄我看，我实在不以为然。闻得近来同文馆学生，人人叫他洋翰林、洋举人呢。"雯青点头。景亭又道："你现在清华高贵，算得中国第一流人物。若能周知四国，通达时务，岂不更上一层呢！我现在认得一位徐雪岑先生，是学贯天人、中西合撰的大儒。一个令郎，字忠华，年纪与你不相上下，并不考究应试学问，天天是讲着西学哩！"

雯青方欲有言，家丁复进来道："苏州有位姓陆的来会。"景亭问是何人，雯青道："大约是搴如。"果然走进来一位少年，甚是英发，见二人，即忙见礼坐定。茶房端上茶来。彼此说了些契阔的话。景亭道："二位在此甚好，闻得英领事署后园有赛花会，照例每年四月举行，西洋各国琪花瑶草摆列不少，可看看。我后日来请同去吧。"

端了茶，喝着二口，起身告辞。

二人送景亭出房，进来重叙寒暄，雯青道："静安寺、徐家汇花园已经游过，不如游公家花园。你可在此用膳，膳后叫部马车同去。"搴如应允。二人用膳已毕，洗脸漱口。茶房回说，马车已在门口伺候。雯青换出一身新衣服穿上，握了团扇，让搴如先出，出门上了马车。那马夫抖勒缰绳，沿着黄浦滩北直行。但见黄浦内波平如镜，帆樯林立。猛然抬头，见着戈登铜像，矗立江表；再行过去，迎面一个石塔，晓得是纪念碑。二人正谈论，那车忽然停住。二人下车，入园门，果然亭台清旷，花木珍奇。二人坐在一个亭子上，看着靓妆炫服的中西仕女。正在出神，忽见对面走进一个外国人来，后头跟着一个中国人，年纪四十余岁，也坐在亭子内。两人叽里咕噜，说着外国话。雯青、搴如茫然不知所谓。俄见夕阳西颓，二人徐步出门，招呼马车，仍沿黄浦滩进大马路，向四马路兜个圈子。正欲走麦家圈，过宝善街，忽见雯青的家丁拿着一张请客票头，招呼道："薛大人请老爷即在一品香第八号大餐。"

雯青晓得是无锡薛淑云请客，遂也点头。蓁如自欲回栈，在棋盘街下车。雯青一人出棋盘街，望东转弯，到一品香门前停住上楼。楼下按着电铃，侍者上来问过，领到八号。淑云已在，起身相迎。座间尚有五位，个个问讯。一位吕顺斋，甘肃遵义廪贡生，上万言书，应诏陈言，以知县发往江苏候补。那三个是崇明李台霞，名葆丰；丹徒马美菽，名中坚；嘉应王子度，名恭宪：皆是学贯中西。还有一位无锡徐忠华，就是日间冯景亭先生所说的人。各道久仰坐定，侍者送上菜单，众人点讫；淑云更命开着大瓶香槟酒，且饮且谈。忽然门外一阵皮靴声音，雯青抬头一看，却是在公园内见着的一个中国人、一个外国人，望里面走去。淑云指着那中国人道："诸君认得此人吗？"

皆道不知。淑云道："此人即龚孝琪。"顺斋道："莫非是定庵先生的儿子吗？"淑云道："正是。他本来不识英语，因为那威妥玛要读中国汉书，请一人去讲，无人敢去，孝琪遂挺身自荐，威酋甚为信用。听得火烧圆明园，还是他的主张哩！"美菽道："那外国人我虽不晓得名字，但认得是领事馆里人。"淑云道："那孝琪有两个姜，在上海讨的，宠夺专房。孝琪有所著作，一个磨墨，一个画红丝格，总算得清才艳福。谁知正月里那二姜忽然逃去一双，至今四处访查，杳无踪迹岂不可笑呢。"众人正谈得高兴，忽然门外又走过一人，向着八号一张。顺斋立起来，与那人说话。这人一来，有分教：

裙屐招邀，江上相逢名士；

江湖落拓，世间自有奇人。

不知此人姓甚名谁，且听下回分解。

【注释】

①传胪(lú)：二甲第一名为传胪。

②饯行(jiàn xíng)：厚礼款待准备远行的人，以示祝福和惜别。

③豁目爽心：眼界开阔，心神爽朗。

领事馆铺张赛花会　半敦生演说西林春

却说薛淑云请雯青在一品香大餐，正在谈着，门外走过一人，顺斋见了立起身来，与他说话。说毕，即邀他进来。众人起身让座，动问姓名，方晓得是姓云，字仁甫，单名一个宏字，广东人，江苏候补同知。席间，众人议论风生，都是说着西国政治艺学。雯青在旁默听，茫无把握，暗暗惭愧，想道："我虽中个状元，自以为名满天下，哪晓得到了此地，听着许多海外学问，真是梦想没有到哩！从今看来，总要学些西法，派入总理衙门当一个差，才能够有出息哩！"想得出神，匆匆吃毕，复用咖啡。侍者送上签字单，淑云签毕，众人起身道扰各散。雯青坐着马车回寓，走进寓门，见无数行李堆着一地。尚有两个好像家丁模样，打着京话，指挥众人。雯青走进账房，取了钥匙，因问这行李的主人。账房启道："是京里下来，听得要出洋的，这都是随员呢。"雯青无话。次早起来，要想设席回敬了淑云诸人。梳洗过后，便找挚如，约他同去。晚间在一家春请了一席大餐。

一日，果然领事馆开赛花会。雯青、挚如坐着马车前去，有西人上来问讯。二人照例各输了洋一元，发给凭照一纸，迤逦进门。

二人移步走上，但见仕女满座，却见台霞、美菽也在，同着两个老者，与一个外国人谈天。见了雯青等起身让座。个个问讯，方晓得这外国人名叫傅兰雅，一口好中国话。两位老者，一姓李，字任叔；一即徐雪岑。雪岑问着傅兰雅："今天晚上有跳舞会吗？"傅兰雅道："领事下帖请的，约一百余人，贵国人是请着上海道、制造局总办，又有杭州一位大富翁胡星岩。还有两人，说是贵国皇上钦派出洋，随着美国公使蒲安臣，前往有约各国办理交涉事件的，要定香港轮船航日本，渡太平洋，先到美国。那两人一个是道员志刚，一个是郎中孙家谷。这是贵国第一次派往各国的使臣，前日才到上海，大约六月起程。"雯青听着，暗忖：怪道刚才栈房里来许多官员，说是出洋的。心里暗自羡慕。说说谈谈，天色已晚，各自散去。

流光如水，已过端阳，雯青就同着挚如结伴回苏。衣锦还乡，原是人生第一荣耀的事，家中早已张灯结彩，鼓吹喧闹；官场卤簿[1]，亲朋轿马，来来往往，把一条街拥挤得似人海一般。等到雯青一到，有挨着肩攀话的，有拦着路道喜的，从未认识的故意装成热络，一向冷淡的格外要献殷勤，直将雯青当了楚霸王。好容易左冲右突，才算见着了老太太赵氏和夫人张氏。自然笑逐颜开，阖家欢喜。

正坐定了讲些别后的事情，老家人金升进来回道："钱老爷端敏，何老爷太真，同着常州才到的曹老爷以表，都候在外头，请老爷出去。"雯青听见曹以表和唐卿、珏斋同来，不觉喜出望外。原来雯青和曹以表号公坊的，是十年前患难之交，连着唐卿、珏斋，当时号称"海天四友"。曹公坊这回听见雯青得意回南，晓得不久就要和唐卿、珏斋一同挈眷进京，不觉动了燕游之兴，所以特地从常州赶来，借着替雯青贺喜为名，顺便约会同行，路上多些侣伴，就先访了唐卿、珏斋一齐来看雯青。当下雯青十分高兴地出来接见，三人都给雯青致贺。

雯青谦逊了几句。钱、何两人相离未久，公坊却好多年不见了，说了几句久别重逢的话，招呼大家坐下。雯青留心细看公坊，只见他还是胖胖的身体。微笑地向雯青道："这回雯兄高发，不但替朋侪吐气，也是令桑梓生光！捷报传来，真令人喜而不寐！"雯青道："公坊兄，别挖苦我了！我们四友里头，文章学问，当然要推你做龙头，弟是婪尾。不料王前卢后，适得其反；

刘蕢下第，我辈登科，厚颜者还不止弟一人呢！"就回顾唐卿道："不是弟妄下雌黄，只怕唐兄印行的《不息斋稿》，虽然风行一时，决不能望《五丁阁稿》的项背哩！"唐卿道："当今讲制义的，除了公坊的令师潘止韶先生，还有谁能和他抗衡呢？"

于是大家说得高兴，就论起制义的源流，从王荆公、苏东坡起，以至江西派的章、马、陈、艾，云间派的陈、夏、两张，一直到清朝的熊、刘、方、王，龙竑虎竑，下及咸、同墨卷。

一语未了，不防搴如闯了进来喊道："你们真变成考据迷了，连敲门砖的八股，都要详征博引起来，只怕连大家议定今晚在褚爱林家替雯兄接风的正事倒忘怀了。"唐卿道："啊呀，我们一见公坊，只顾讲了八股，不是搴兄来提，简直忘记得干干净净！"雯青现出诧异的神情道："唐兄和珏兄向不吃花酒，怎么近来也学时髦？"公坊道："起先我也这么说，后来才知道那褚爱林不是平常应征的俗妓，不但能唱大曲，会填小令，是板桥杂记里的人物，而且妆阁上摆满了古器、古画、古砚，倒是个女赏鉴家呢！所以唐兄和珏兄，都想去看看，就发起了这一局。"珏斋道："只有我们四人做主人，替你洗尘，你道何如？"雯青道："那褚爱林不就是龚孝琪的逃妾，你在上海时和我说过，她现住在三茅阁巷的吗？"搴如点头称是。雯青道："我一准去！那么现在先请你们在我这里吃午饭，吃完了，你们先去；我等家里的客散了，随后就来。"说着，吩咐家人，另开一桌到内书房来，让钱、何、曹、陆四人随意地吃，自己出外招呼贺客。不一会儿，四人吃完先走了。

这里雯青直到日落西山，才把那些蜂屯蚁聚的亲朋支使出了门，坐了一肩小轿，向三茅阁巷褚爱林家而来。一下轿，看看门口不像书寓，门上倒贴着"杭州汪公馆"五个大字的红门条。正趑趄着脚，早有个相帮似的掌灯候着，问明了，就把雯青领进大门。石径尽处，显出一座三间两厢的平屋，此时里面正灯烛辉煌。雯青跟着那人跨进那房中堂，屋里面高叫一声："客来！"

下首门帘揭处，有一个靓妆雅服二十来岁的女子，就是褚爱林，满面含笑地迎上来。雯青瞥眼一看，是熟悉的面庞，只听爱林清脆的声音道："请金大人房里坐。"雯青一面心里暗忖爱林在哪里见过，一面进了房。珏斋道："雯青，你来看看，这里的东西都不坏！这癸獸觚、父丁爵，是商器；方鼎籀古亦佳。"唐卿道："就是汉器的枞豆、鸿嘉鼎，制作也是工细无匹。"公坊道："我倒喜欢这吴、晋、宋、梁四朝砖文拓本，多未经著录之品。"雯青约略望了一望，嘴里说着："足见主人的法眼，也是我们的眼福。"一屁股就坐在厢房里靠窗一张影木书案前的大椅里，手里拿起一个香楠匣的叶小鸾眉纹小研在那里抚摩，眼睛却只对着褚爱林呆看。搴如笑道："雯兄，你看主人的风度，比你烟台的旧相识如何？"爱林嫣然笑道："陆老不要瞎说，拿我跟金大人的新燕姐比，真是天比鸡矢了！金大人，对不对？"雯青顿然脸上一红，心里勃然一跳,向爱林道:"你不是傅珍珠吗?怎么会跑到苏州,叫起褚爱林来呢?"爱林道:"金大人好记性。现在新燕姐大概是享福了?也不枉她一片苦心!"雯青怃怩道:"她到过北京一次,我那时正忙,没见她。后来她就回去,没通过音信。"爱林惊诧似的道:"金大人高中了,没讨她吗?"雯青变色道:"我们别提烟台的事,我问你怎么改名成了褚爱林?怎样人家又说你在龚孝琪那里出来的呢?看着这些陈设的古董,又都是龚家的故物。"

爱林凄然地挨近雯青坐下道:"好在金大人又不是外人,我老实告诉你,我的确是孝琪那里出来的,不过人家说我卷逃,那才是屈天冤枉呢!实在只为了孝琪穷得不得了,忍着痛打发我们出来各逃性命。那些古董是他送给我们的纪念品。金大人想,若是卷逃,哪里敢公然陈列呢?"雯青道:"孝琪何以一贫至此?"爱林道:"这就为孝琪的脾气古怪。人家看着他举动阔绰,其实是个漂泊无家的浪子!他只为学问上和老太爷闹翻了,轻易不大回家。有一个哥哥,向来音信不通;老婆儿子,他又不理,一辈子就没用过家里一个钱。一天到晚,不是打着苏白和妓女们混,就是学着蒙古唐古忒的话,和色目人去弯弓射马。用的钱,全是他好友杨墨林供应。墨林一死,幸亏又遇见了英使威妥玛,做了幕宾。近来不知为什么事,又和威妥玛翻了腔,只靠卖书画古董过日子。因此,他起了个别号,叫'半伦',就说自己五伦都无,只爱着我。我是他的妾,只好算半个伦。谁知到现在,连半个伦都保不住呢!"说着,眼圈儿都红了。雯青道:"他既牺牲了一切,投了威妥玛,做了汉奸,无非为的是钱。为什么又和他翻腔呢?"爱林道:"人家骂他汉奸,他是不承认。有人恭维他是革命,他也不答应。他说他的主张烧圆明园,全是替老太爷报仇。"雯青诧异道:"他老太爷有什么仇呢?"

爱林把椅子挪了一挪,和雯青耳鬓厮磨地低低说道:"我把他自己说的一段话告诉了你,就明白了。那一天,就是我出来的前一个月,那时正是家徒四壁,他脾气越发坏了。我倒听惯了,由他闹去。忽然一到晚上,溜入书房,静悄悄的一点声息都无。我倒不放心起来,独自蹑手蹑脚地走到书房门口偷听时,忽听里面啪的一声,随着咕噜了几句。停一会儿,又是哗啪两声,又唧哝了一回。我耐不住闯进去,只见他道貌庄严地端坐在书案上,面前摊一本青格子、歪歪斜斜写着草体字的书,书旁边供着一个已出梡的木主。他一手握了一支碌笔,一手拿了一根戒尺,正要去举起那木主,看见我进来,回着头问我道:'你来做什么?'我笑着道:'我在外边听见哗啪哗啪的声音,原来你在这里敲神主!'他道:'这是我太爷的神主。'我骇然道:'老太爷的神主,怎么好打的呢?'他道:'我的老子,不同别人的老子。我的老子,是个盗窃虚名的大人物。我现在要给他刻集子,看见里头多不通的、欺人的、错误的,我要给他大大改削,免得贻误后学。从前他改我的文章,我挨了无数次的打。现在轮到我手里,我就请了他神主出来,遇着不通的敲一下,欺人的两下，错误的三下，也算小小报了我的宿仇。'我问道：'儿子怎好向父亲报仇？'他笑道：'我已给他报了大仇，开这一点子的小玩笑，他一定含笑忍受得了。'我道：'你替老太爷报了什么仇？'"

"他郑重地道：'你当我老子是好死的吗？他是被满洲人毒死在丹阳的。我老子和我犯了一样的病，喜欢和女人往来，他一生恋史里的人物，差不多上自王妃，下至乞丐，无奇不有。他做宗人府主事时候，管宗人府的是明善主人，是个才华盖世的名王。明善的侧福晋，叫做太清西林春，也是个艳绝人寰的才女。有一天，衙中有事，明善恰到西山，我老子跟踪前往。那日，天正下着大雪，遇见明善和太清并辔从林子里出来，太清内家装束，外披着一件大红斗篷，映着雪光，艳色娇姿，把他老人家的魂摄去了。不想孽缘凑巧，好事飞来，忽然在逛庙的时候，彼此又遇见了。"

"我老子见明善不在，就大胆上去说了几句蒙古话。太清也微笑地回答。临行，太清又说了明天午后东便门外茶馆一句话。我老子猜透是约会的隐语，喜出望外。次日，不问长短，就赶到东便门外，果见离城百步，有一片破败的小茶馆，他便走进去，喊茶博士泡了一壶茶，想在那里老等。谁知这茶博士拿茶壶来时，就低声问道：'尊驾是龚老爷吗？'我老子应了一声'是'。他就把我老子领到里间。早见有一个粗眉大眼、戴着毡笠赶车样儿的人坐在一张桌下，一见我老子就足恭地请他坐。我老子问他：'你是谁？'"

"他显出刁滑的神情道：'你老不用管。你先喝一点茶，再和你讲。'我老子正走得口渴，本想润润喉，端起茶碗来，咕嘟咕嘟地倒了大半碗，谁知这茶不喝便罢，一到肚，不觉天旋地转的一阵头晕，砰的一声倒了。"爱林正说到这里，那边百灵台上钱唐卿忽然喊道："难道龚定庵就这么糊里糊涂的给他们药死了吗？"爱林道："不要慌，听我再说。"正是：

为振文风结文社，却教名士殉名姬。

欲知定庵性命如何，且听下文细表。

【注释】

①卤簿：中国古代官员出外时扈从的仪仗队。

光明开夜馆福晋呈身　康了困名场歌郎跪月

话说上回褚爱林正说到定庵喝了茶博士的茶晕倒了，唐卿着慌地问。爱林叫他不要慌，说我们老太爷的毒死，不是这一回。爱林道："他说：'我老子晕倒后人事不知，等到醒来，忽觉温香扑鼻，软玉满怀。睁眼看时，黑洞洞一丝光影都没有。可晓得那所在不是个愁惨的石牢，倒是座缥缈的仙闼。

衾里面，紧贴身朝外睡着个娇小玲珑的妙人儿，就大着胆伸过手去抚摩。那时他老人家暗忖：常听人说京里有一种神秘的黑车，往往做宫娃贵妇的方便法门，难道西林春也玩这个把戏吗？就忍不住低低地询问了几次。谁知凭你千呼万唤，只是不应。可一条玉臂，已渐渐伸了过来，彼此都不自主地唱了一出爱情哑剧。虽然手足传情，却已心魂人化，不觉相偎相倚地沉沉睡去了。'"

"正酣适间，耳畔忽听古古的一声雄鸡，他老人家吓得直坐起来，暗道：'不好！'揉揉眼，原来他还安安稳稳睡在自己家里书室中的床上。想到：难道我做了几天的梦吗？急得一迭连声喊人来。家人告诉他，昨天一夜在外，直到今天一亮，明贝勒府里打发车送回来的。回来时，还是醉得人事不知。我老子听了家人的话，才明白昨夜的事，果然是太清弄的狡狯，觉得太清又可爱、又可怕了。"

"隔了几天，他偶然游厂甸，又遇见太清，一见面，太清就对着他含情地一笑。他留心看她那天，一个男仆都没带，只随了个小环，这明明是有意来找他的。他鼓足勇气走上去，还是用蒙古话，转着弯先试探昨夜的事。太清笑而不答。后来被他问急了，才道：'假使真是我，你怎么样呢？'他答道：'那我就登仙了！但是仙女的法术太大，把人捉弄到云端里，有些害怕了！'太清笑道：'你害怕，就不来。'他也笑道：'我便死，也要来。'"于是两人调笑一回，太清终究倾吐了衷情，约定了六月初九夜里，趁明善出差，在邸第花园里的光明馆相会。这一次的幽会，既然现了庄严宝相，自然分外绸缪①。从此月下花前，时相来往。忽一天，有个老仆送来密缝小布包一个，我老子拆开看时，内有一笺，笺上写着娟秀的行书数行，认得是太清笔迹：

我曹事已泄，妾将被禁，君速南行，迟则祸及。附上毒药粉一小瓶，鸩人无迹，入水，色绀碧，味辛，刺鼻，慎兹色味，勿近！恐有人鸩君也。香囊一扣，佩之胸当，可以醒迷。不择迷药或迷香，此皆禁中方也。别矣，幸自爱！

"我老子看了，连夜动身回南。过了几年，倒也平安无事。不料那年行至丹阳，在县衙里遇见了一个宗人府的同事，是他当日的赌友。那人投他所好，和他摇了两夜的摊。一夜回来，觉得不适，忽想起才喝的酒味非常刺鼻，道声"不好"，知道中了毒。临死，把这事详细地告诉了我，嘱我报仇。他平常虽然待我不好，到底是我父亲，我从此就和满人结了不共戴天的深仇。庚申之变，我辅佐威妥玛，原想推翻清朝，手刃明善的儿孙。虽然不能全达目的，烧了圆明园，也算尽了我做儿的一点责任。人家说我汉奸也好，说我排满也好，由他们去吧！这一段话，是孝琪亲口对我说的。想来总是真情。若说孝琪为人，脾气虽然古怪，待人倒义气，就是打发我们出来，固然出于没法，而且出来的不止我一人，还有个姓汪的，是他第二妾，也住在这里。她一般的给了许多东西，时常有信来问长问短。姓汪的有些私房，所以还不肯出来见客。我是没法，才替她手脸。我原名傅珍珠，是在烟台时依着假母的姓，褚是我的真姓，爱林是小名，真名实在叫做畹香。

人家倒冤枉我卷逃！金大人，你想我的命苦不苦呢？"

雯青听完这一席话，笑向大家道："俗语说得好，一张床上说不出两样话。你们听，爱林的话不是句句护着孝琪吗？"唐卿道："孝琪的行为虽然不足为训，然听他的议论思想也有独到处。"于是大家谈谈讲讲，就摆上台面来，自然请雯青坐了首席，其余依次坐了。酒过三巡，烛经数跋，谈今吊古，赏奇析疑，醉后诙谐[2]，成黄车之掌录；尘余咳吐，亦青琐之轶闻。直到漏尽钟鸣，方始酒阑人散。

如今且说那一年，又遇到秋试之期，雯青一人闷坐书斋。忽然想起今天是公坊进场的日子，晓得他素性落拓，只怕没人料理。雯青待公坊是非常热心的，便立时预备了些笔墨纸张及零星需用的东西，又嘱张夫人弄了些干点小菜，坐了车，带了亲自去看公坊。刚要到公寓门前，远远望见有一辆十三太保的快车，寓里飘飘洒洒跑出一个十五六岁、华装夺目的少年，跳上车，那车子飞快地往前走了。雯青一时没看清脸庞，暗想是谁叫的呢？转念道："嗄，不要是景龢堂花榜状元朱霞芬吧？他的名叫蘷云，绰号'小表嫂'。肇廷曾告诉过我，就为和公坊的关系，朋友和他开玩笑，公坊名以表，大家就叫他一声'表嫂'，谁知从此就叫出名了。此刻或者也是来送场的。"雯青一头想着，一头下车往里走。跨上阶沿就喊道："公坊，你倒瞒着人在这里独乐！"公坊披着件夏布小衫，趿着鞋在卧室里懒懒散散地迎出来道："什么独乐不独乐的乱喊？"雯青笑道："才在你这里出去的是谁？"公坊哈哈一笑道："我道是什么秘事给你发觉，原来你说的是蘷云！我并没瞒人。"雯青道："不瞒人，你为什么没请我去吃过一顿便饭？"公坊道："不忙，等我考完了，自然我要请你呢！"雯青笑道："到那时，我是要恭贺你和小表嫂的金榜题名，洞房花烛了。"公坊道："连小表嫂的典故，你都知道了，还冤我瞒你！你不过金榜题名是梦话，洞房花烛倒是实录。我说考完请你，就是请你吃蘷云的喜酒。"雯青道："蘷云已出了师吗？这个老斗是谁呢？老婆又谁给他讨的？"

公坊只是微微地笑，顿了一顿道："发乎情，止乎礼，世上无伯牙，个中有红拂，行乎其所不得不行罢了。"雯青道："这么说，公坊兄就是个护花使者了。现在且不说这个，明天一早，你要进场，我是特地来送你的。你向来不会管这些事，不如让我来替你拾掇一下，总比你两位贵僮要细腻熨帖[3]些。我内人也替你做了几样干点小菜，也带了来。"

说时，就喊仆人拿进一个小篮儿。公坊再三地道谢，一面也叫小僮松儿、桂儿搬了理好的一个竹考篮，一个小藤箱，送到雯青面前道："胡乱地也算理过了，请雯兄再替我检点检点吧！"雯青打开看时，预备得井井有条，应有尽有，不觉诧异道："这是谁给你弄的？"公坊道："除了蘷云，还有谁呢？他今儿个累了整一天，点心和菜都是他在这里亲手做的。"雯青道："罪过！照这样抠心挖胆地待你，不想出在堂名中人。我想迦陵的紫云、灵岩的桂官，算有此香艳，决无此亲切。我倒羡你这无双艳福！便回回落第，也是情愿。"

公坊笑了一笑。当下雯青仍把考具归理好了，把带来的笔墨也加在里面。看看时候不早，怕耽搁了公坊的早睡，临行约好到末场的晚间再来接考，就走了。在考期里头，雯青一连数日不曾来看公坊，偶然遇见肇廷，把在毗陵公寓遇见的事告诉了。肇廷道："霞芬是梅慧仙的弟子，也是我们苏州人。那妮子向来高着眼孔，不大理人。前月有个外来的知县，肯送千金给他师傅，要他陪睡一夜；师傅答应了，他不但不肯，反骂了那知县一顿跑掉了，因此好受师傅的责罚。后来听说有人给他脱了籍，倒想不到就是公坊。公坊名场失意，也该有个钟情的璧人，来弥补他的缺陷。"于是大家又慨叹了一回。

匆匆过了中秋，雯青屈指一算，那天正是出场的末日。到了上灯时候，就来约了肇廷，同向毗陵公寓而来。到了门口，并没见有前天的那辆车子，雯青低低对肇廷道："只怕他倒没有来接吧！你看门口没有他的车。"肇廷道："不信会不来吧！"

两人一递一声地说话，已走过寓门。两人刚踹上一个方方的广庭，只见一片皎洁的月光，正照在两棵高出屋檐的梧桐顶上，庭中一半似银海一般的白，一半却迷离惝恍，摇曳着桐叶的黑影。在这一搭白一搭黑的地方，当天放着一张茶几，几上供着一对红烛、一炉檀香，几前地上伏着一人。仔细一认，看他头上梳着滀三股乌油滴水的大松辫，身穿藕粉色香云纱大衫，外罩着宝蓝韦陀银一线滚的马甲，脚蹬着一双回文嵌花绿皮薄底靴，在后影中揣摩，已有遮掩不住的一种婀娜动人姿态。此时俯伏在一个拜垫上，嘴里低低地咕哝。肇廷指着道："咦，那不是霞郎吗？"雯青摇手道："我们别声张，看他做什么，为什么事祷告来！"正是：

此生欲问光明殿，一样相逢沦落人。

不知霞郎为甚祷告，且听下回分解。

【注释】

①绸缪(chóu móu)：形容缠绵不解的男女恋情。
②诙谐：谈话富于风趣，引人发笑。
③熨(yù)帖：妥帖。

开搏赖有长生库　插架难遮素女图

话说雯青看见霞芬伏在拜垫上，嘴里低低地祷告，连忙给肇廷摇手，叫他不要声张。谁知这一句话倒惊动了霞芬，急忙站了起来，连屋里面的书僮松儿也开门出来招呼。雯青、肇廷和霞芬，本来在应酬场中认识的，肇廷尤其热络。当下霞芬看见顾、金二人，连忙上前叫了声"金大人、顾大人"，

孽海花

都请了安。雯青在月光下留心看去，果然好个玉媚珠温的人物。暗想：谁料到不修边幅的曹公坊，倒遇到这段奇缘；我枉道是文章魁首，这世里可有这般可意人来做我的伴侣！雯青正在胡思乱想，肇廷早拉了霞芬的手笑问道："你志志诚诚地烧天香，替谁祷告呀？"霞芬涨红脸笑着道："不替谁祷告，中秋忘了烧月香，在这里补烧哩！"

阶上站着一个小僮松儿插嘴道："顾大人，不要听朱相公瞎说，他是替我们爷求高中的！他说：'举人是月宫里管的，只要吴刚老爹修桂树的玉斧砍下一枝半枝，肯赐给我们爷，我们爷就可以中举，名叫蟾宫折桂[①]。'从我们爷一进场，他就天天到这里对月碰头，头上都碰出桂圆大的疙瘩来。顾大人不信，你验验看。"霞芬瞪了松儿一眼，一面引着顾、金两人向屋里走，一面说道："顾大人，别信这小猴儿的扯谎。我们爷今天老早出场，一出场就睡，直睡到这会儿还没醒。请两位大人书房候一会儿，我去叫醒他。"肇廷咧着嘴，挨到霞芬脸上道："是儿时孟光接了梁鸿案，曹老爷变了你们的？我倒还不晓得呢！"霞芬知道失口，搭讪着强辩道："我是顺着小猴儿嘴说的，顾大人又要挑眼儿了，我不开口了！"说着，已进了厅来。肇廷好久不来，把屋里看了一周遭，向雯青道："你看屋里的图书字画、家伙器皿，布置得清雅整洁，不像公坊以前乱七八糟的样子了，这是霞郎的成绩。"雯青笑道："不知公坊几生修得这个贤内助呀！"霞芬只做不听见，也不进房去叫公坊，倒在那里翻抽屉。雯青道："怎么不去请你们的爷呢？"霞芬道："我要拿曹老爷的场作给两位看。"肇廷道："公坊的场作，不必看就知道是好的。"霞芬道："不这么讲。每次场作，他自己说好，老是不中；他自己一得意，更糟了，连房都不出了。这回他却懊恼，说做得臭不可当。我想他觉得坏，只怕倒合了那些大考官的胃口，倒大有希望哩！所以要请两位看一看。"

说完话，正把手里拿着个红格文稿递到雯青手里。只听里边卧房里，公坊咳了声嗽，喊道："霞芬，你唧唧喳喳和谁说话？"霞芬道："顾大人、金大人在这里看你。"公坊道："请他们坐一坐，你进来，我有话和你说。"霞芬向金、顾两人一笑，一扭身进了房。只听一阵窸窸窣窣穿衣服的声音，又低低讲了一回话，霞芬笑眯眯地先出来，叫桂儿跟着一径往外去了。这里公坊已换上一身新制芝麻地大牡丹花的白纱长衫，头光面滑地才走出卧房来，向金、顾两人拱拱手道："对不起，累两位久候了！"雯青道："我们正在这里拜读你的大作，奇怪，怎么你这回也学起烂污调来了？"公坊劈手就把雯青拿的稿子抢去，往纸笼里一摔道："再不要提这些讨人厌的东西！我们去约唐卿、珏斋、搴如，一块儿上菱云那里去。"肇廷道："上菱云那里做什么？"雯青道："不差，前天他约定的，去吃霞芬的喜酒。"肇廷道："霞芬不是出了师吗？他自立的堂名叫什么？在哪里呢？"公坊道："他自己的还没定，今天还借的景和堂梅家。"公坊一边说，一边已写好了三个小简，叫松儿交给长班分头去送。松儿道:"不必雇,朱相公的车和牲口都留在后头车厂里给爷坐的,他自己是走了去的。"公坊点了点头,就和雯青、肇廷说:"那么我们到那边谈吧。"

于是一行人都出了寓门,来到景和堂。霞芬进进出出,招呼得十二分殷勤。那时唐卿、珏斋也都来,只有搴如姗姗来迟,大家只好先坐了。霞芬照例到各人面前都敬了酒,坐在公坊下肩。肇廷提议叫条子,唐卿、珏斋也只好随和了。肇廷叫了琴香,雯青叫了秋菱,唐卿叫了怡云,珏斋叫了素云。须臾,各伶慢慢地走了,霞芬也抽空去应他的条子。这里主客酬酢,渐渐雌黄当代人物起来。唐卿道:"古人说京师是人海,这话是不差。任凭讲什么学问,总有同道可以访求的。"雯青道:"说的是。我想我们自从到京后,认得的人也不少了,大人先生,通人名士,都见过了,到底谁是第一流人物?今日没事,大家何妨戏为月旦!"公坊道:"那也不能一概论的,以兄弟的愚见,分门别类比较起来,挥翰临池,自然让龚和甫独步;吉金乐石,到底算潘八瀛名家;赋诗填词,文章尔雅,会穆李治民纯客是一时之杰;博闻强识[②],不名一家,只有北地庄香芝栋为北方之英。"肇廷道:"丰润庄仓樵佑培,闽县陈森葆琛何如呢?"唐卿道:"词锋可畏,是后起的文雄。再有瑞安黄叔兰礼方,长沙王忆莪仙屺,也都是方闻君子。"公坊道:"旗人里头,总要推祝宝廷名溥的是标杆了。"唐卿道:"那是还有一个成伯怡呢。"雯青道:"讲西北地理的顺德黎石农,也是个风雅总持。"珏斋道:"这些人里头,我只佩服两庄,是用世之才。庄寿香大刀阔斧,气象万千,将来可以独当一面,只嫌功名心重些;庄仓樵才大心细,有胆有勇,可以担当大事,可惜躁进些。"四人正议论得高兴,忽外面走进人来,见是搴如,大家迎入。搴如道:"朝廷后日要大考了,你们知道么?"大家又惊又喜地道:"真的么?"搴如道:"今儿衙门里掌院说的,明早就要见上谕了。可怜那一班老翰林手是生了,眼是花了,得了这个消息,个个急得屁滚尿流,琉璃厂墨浆都涨了价了,正是应着句俗语叫'急来抱佛脚'了。"大家谈笑了一回,到底心中有事,各辞了公坊自去。

次日,果然下了一道上谕[③],着翰詹科道在保和殿大考。雯青不免告诉大人,同着料理考具。张夫人本来贤惠、能干的,当时就替雯青置办一切,缺的添补,坏的修理,一霎时齐备了。雯青自己在书房里,选了几支用熟的紫毫,调了一壶极匀净的墨浆。原来调墨浆这件事,是清朝做翰林的绝大经济,玉堂金马,全靠着墨水翻身。墨水调得好,写的字光润圆黑,主考学台放在荷包里;墨水调得不好,写的字便晦蒙否塞,只好一世当穷翰林,没得出头。所以翰林调墨,与宰相调羹,一样的关系重大哩。闲言少叙。

到了大考这日,雯青天不亮就赶进内城,到东华门下车,背着考具,一径上保和殿来。那时考的人已纷纷都来了。到了殿上,自己把小小的一个三折叠的考桌支起,在殿东角向阳的地方支好了,东张西望找着熟人,就看见唐卿、珏斋、肇廷都在西面；辇如却坐在自己这一边，桌上摊着一本白折子，一手遮着，怕被人看见的样子，低着头在那里不知写些什么。雯青一一招呼了。忽听东首有人喊着道："寿香先生来了，请这里坐吧！"雯青抬头一望，只见一个三寸丁的矮子，猢狲脸儿，乌油油一嘴胡子根，满头一寸来长的短头发，身上却穿着一身簇新的纱袍褂，怪模怪样，不是庄寿香是谁呢？也背着一个藤黄方考箱，就在东首，望了一望，挨着第二排一个方面大耳气概的少年右首放下考具，说道："仑樵，我跟你一块儿坐吧！"雯青仔细一看，方看清正是庄仑樵，挨着仑樵右首坐的是祝宝廷，暗想这三位宝贝今朝聚在一块儿了。不多会儿，钦命题下来，大家咿咿哑哑地，有搔头皮的，有咬指甲的，有坐着摇摆的，有走着打圈儿的；另有许多人却挤着庄寿香，问长问短，寿香手舞足蹈地讲他们听。看看太阳直过，大家差不多完了一半，只有寿香还不着一字。宝廷道："寿香前辈，你做多少了？"寿香道："文思还没来呢！"宝廷接着笑道："等老前辈文思来了，天要黑了，又跟上回考差一样，交白卷了。"雯青听着好笑，自己赶着带做带写。又停一回，听见有人交卷，抬头一看，却是庄仑樵，归着考具，得意洋洋地出去了。雯青也将完卷，只剩首赋得诗，连忙做好誊上，看一遍，自觉还好，没有毛病，便见唐卿、珏斋也都走来。辇如喊道："你们等等，我要挖补一个字呢！"唐卿道："我替你挖一挖好么？"辇如道："也好。"唐卿就替他补好了。雯青看着道："唐卿兄挖补手段，真是天衣无缝。"随着肇廷也走来。于是四人一同走下殿来，却见庄寿香一人背着手，在殿东台阶儿上走来走去，嘴里吟哦不断，不提防雯青走过，正撞了满怀，就拉着雯青喊道："雯兄，快来欣赏小弟这篇奇文！"恰好祝宝廷也交卷下来，就向殿上指着道："寿香，你看殿上光都没了，还不去写呢！"寿香听着，顿时也急起来，对雯青等道："你们都来帮我糊弄完了吧！"大家只好自己交了卷，回上殿来，替他同格子的同格子，调墨浆的调墨浆。唐卿替他挖补，辇如替他拿蜡台，寿香半真半草地胡乱写完了，已是上灯时候。大家同出东华门，各自回家歇息去了。

过了数日放出榜来，却是庄仑樵考了一等第一名，雯青、唐卿也在一等，其余都是二等。仑樵就授了翰林院侍讲学士，雯青得了侍讲，唐卿得了侍读。寿香本已开过坊了，这回虽考得不高，倒也无荣无辱。

却说雯青升了官，自然有同乡同僚的应酬，忙了数日。这一日，略清静些，忽想到前日仑樵来贺喜，还没有去答贺，就叫套车，一径来拜仑樵。他们本是熟人，门上一直领进去，刚走至书房，见仑樵正在那里写一个好像折子的样子，见雯青来，就往抽屉里一摔，含笑相迎。彼此坐着，说笑一回。看看已是午饭时候，仑樵道："雯青兄，在这里便饭吧！"雯青讲得投机，就满口应承。仑樵脸上却顿了一顿，等一回，就托故走出，去叫着个管家，低低说了几句，就进来了。仑樵进来后，却见那个管家在上房走出，手里拿着一包东西出去了。雯青也不在意，只是腹中饥炎上焚，难过却不见饭开上来。仓樵谈今说古，兴高采烈，雯青只好勉强应酬。直到将交未末申初，始见家人搬上筷碗，拿上四碗菜，四个碟子。仓樵让座，雯青已饿极，也不客气，拿起饭来就吃，却是半冷不热的，也只好胡乱填饱就算了。正吃得香甜时，忽听得门口大吵大闹起来，仓樵脸上忽红忽白。雯青问是何事，仓樵尚未回答，忽听外面一人高声道："你们别拿官势吓人，别说个穷翰林，就是中堂王爷吃了人家米，也得给银子！"原来仓樵欠了米店两个月的米账，那讨账人发了急，所以就吵起来。仓樵本来幼孤，父母不曾留下一点家业，小时候全靠着一个堂兄抚养。幸亏仓樵读书聪明，科名顺利，年纪轻轻，居然巴结了一个翰林，就娶了一房媳妇，奁赠丰厚。仓樵生性高傲，不愿寄人篱下，想如今自己发达了，看看妻财也还过得去，就胆大谢绝了堂兄的帮助，自立门户。谁知命运不佳，到京不到一年，那夫人就过去了。仓樵又不善经纪，坐吃山空；又不好吃回头草。到了近来，连饭都有一顿没一顿的。自从大考升了官，不免有些外面应酬，益发支不住。说也可怜，已经吃了三天三夜白粥了。这日一早起来，喝了半碗白粥，肚中实在没饱，发狠道："这瘟官做他干吗？我看如今那些京里的尚侍、外省的督抚，有多大能耐呢？不过头儿尖些、手儿长些、心儿黑些！我那一点儿不如人？就穷到如此！没顿饱饭吃，天也太不平了！"

越想越恨。忽然想起前两天有人说浙、闽总督纳贿卖缺一事，又有贵州巡抚侵占饷项一事，还有最赫赫的直隶总督李公许多骄奢冈上的款项，却趁着胸中一团饥火，把这些事情统做一个折子，着实参他们一本，出出恶气，又显得我不畏强御的胆力；便算因此革了官，那直声震天下，就不怕没人送饭来吃了，强如现在庸庸碌碌的干瘪死！主意定了，正在细细打起稿子，不想恰值雯青走来，正是午饭时候，顺口虚留了一句。谁知雯青竟要吃起来。仓樵没奈何，拿件应用的纱袍子叫管家当了十来吊钱，到饭庄子买了几样菜，遮了这场面，却想不到不做脸的债主儿竟吵到面前，顿时脸上一红道："那东西混账极了！兄弟不过一时手头不便，欠了他几个臭钱。兄弟素性不肯恃势欺人，一直把好言善语对付他，他不知好歹，倒欺上来了。好人真做不得！"说罢，高声喊着："来！"就只见那当袍子的管家走到。仓樵圆睁着眼道："你把那混账讨账人给我捆起来，拿我片子送坊去，请坊里老爷好重重地办一下子，看他还敢硬讨么！"那管家有气没气慢慢地答应着，却背脸儿冷笑。雯青看着，不得下台，就劝仓樵道："仓樵兄，你别生气！论理这人情实可恶，谁没个手松手紧？又不赖他，便这般放肆！都照这么着，我们京官没得日子过了，该应重办！不过兄弟想现在仓兄新得意，为这一点小事，办一个小人，人家议论不犯着。"一面就对那管家道："你出去说，叫他不许吵，庄大人为他放肆，非但不给钱，还要送坊重办哩！我如今好容易替他求免了，欠的账，叫他到我那里去取，我暂时替庄大人垫付些就得了。"那管家诺诺退下。仓樵道：

"雯兄，真大气量！依着兄弟，总要好好儿给他一个下马威，有钱也不给他。既然雯兄代弟垫了，改日就奉还便了。"雯青道："笑话了，这也值得说还不还。"说着，饭也吃完，那米店里人也走了。雯青作别回家，一宿无话。

次日早上起来，家人送上京报，却载着"翰林院侍讲庄佑培递封奏一件"，雯青也没留心。又隔一日，见报上有一道长上谕，却是有人奏参浙、闽总督和贵州巡抚的劣迹，还带着合肥李公，旨意为严切，交两江总督查办。下面便是接着召见军机庄佑培。雯青方悟到这参案就是仓樵干的，怪不得前日见他写个好像折子一样的，当下丢下报纸，就出门去了。这日会见的人，东也说仓樵，西也说仓樵，议论纷纷，轰动了满京城。顺便到珏斋那里，珏斋告诉他仓樵上那折子之后，立刻召见，上头问了两个钟头的话才下来，着实奖励了几句哩！雯青道："仓樵的运气快来了。"这句话，原是雯青说着玩的，谁知仓樵自那日上折，得了个采，自然愈加高兴。横竖没事，今日参督抚，明日参藩臬，这回劾六部，那回劾九卿，笔下又来得，说的话锋利无比，动人听闻。枢廷里有敬王和高扬藻、龚平暗中提倡，上头竟说一句听一句起来，半年间那一个笔头上，不知被他拔掉了多少红顶儿。仓樵却也真厉害，常常有人家房闱秘事，曲室密谈，不知怎地被他囫囫囵囵④地全探了出来，于是愈加神鬼一样地怕他。说也奇怪，人家愈怕，仓樵却愈得意，米也不愁没了，钱也不愁少了，车马衣服也华丽了，房屋也换了高大的。雯青有时去拜访，十回倒有九回道乏，真是今昔不同了。还有庄寿香、黄叔兰、祝宝廷、何珏斋、陈森葆一班人跟着起哄，京里叫做"清流党"的"六君子"，朝一个封奏，晚一个密折，闹得鸡犬不宁，好一派圣明景象。话且不表。

这日离出京的日子近了，清早就出门，先到龚、潘两尚书处辞了行。从潘府出来，顺路去访曹公坊，见他正忙忙碌碌地在那里收拾归装。这几天见几个熟人都外放了，遂决定长行，不再留恋软红了。当下见了雯青，就把这意思说明。雯青说："我们同去同来，倒也有始有终。只是丢了霞郎，如何是好？"公坊道："筵席无不散，风情留有余。"彼此说明，互不相送，就珍重而别。雯青又到拳如、肇廷、珏斋几个好友处话别，顺路走过庄寿香门口，叫管家投个帖子，一来告辞，二来道贺。帖子进去，却见一个管家走来车旁，请个安道："这会儿主人在上房吃饭哩！早上却吩咐过，金大人来，请内书房宽坐，主人有话，要同大人说呢。"雯青听着，就下了车。这家人扬着帖子，弯弯曲曲，领雯青走到一个三开间两明一暗的书室。那家人道："请大人里间坐。"说着，打起里间帘子。雯青就在窗前一张小小红木书桌旁边坐下，那家人就走了。等了一回，不见寿香出来，一人不免焦闷起来，随手翻着桌上书籍，见一本书目，知道还是寿香从前做学台时候的大著作。正想拿来看着消闷，忽然坠下一张白纸，上头有条标头，写着"袁尚秋讨钱冷西檄文"，看着诧异。只见上头写道：

钱狗来，告尔狗！尔狗其敬听！我将割狗腹，刳狗肠，杀狗于狗国之衢，尔狗其慎旃！

雯青看了，几乎要笑出来，晓得这事也是寿香做学台时候，幕中有个名士叫袁旭，与龚和甫的妹夫钱冷西，在寿香那里争恩夺宠闹的笑话，也就丢在一边。正等得不耐烦，要想走出去，忽听角门呀的一声开了，一阵笑话声里，就有一男一女，帖帖达达走出南窗楠木书桌边。忽又一阵脚声，一人走回去了；一人坐在加官椅上，低低道："你别走呀，快来呢！"一人站在角门口跺脚道："死了，有人哩！"一人忽高声道："没眼珠的王八，谁叫你来？还不滚出去！"雯青一听那口音，心里倒吓一跳，贴着帘缝一张，见院子里那个接帖的家人，手里还拿着帖子，踉踉跄跄往外跑；角门边却走出个三十来岁涂脂抹粉大脚的妖娆姐儿。那人涎着脸望那姐儿笑，又顺手拥着姐儿，三脚两步推倒在书架下的醉杨妃榻上。雯青被书架遮着，看不清楚，心里又好气又好笑。逼得饿不可当，几番想闯出来，到底不好意思，仿佛自己做了歹事一般，心毕卜毕卜地跳，气花也不敢往外出。忽听一阵吃吃地笑，也不辨哪个。又一会儿，那姐儿出声道："我的爷，你书，招呼着，要倒！"语还未了，砯的一声，架上一大堆书都往着榻上倒下来。正是：

风宪何妨充债帅，书城从古接阳台。

到底倒下来的书压着何人？欲明这个哑谜，待我喘过气来，再和诸位讲。

【注释】

①蟾宫折桂：蟾宫：月宫。攀折月宫桂花。科举时代比喻应考得中。

②博闻强识：闻：见闻。形容知识丰富，记忆力强。

③上谕：即诏书，是皇帝的命令和指示。也指清代皇帝用来发布命令的一种官文书。

④囫(hú)囵囵(lún)囵：整个儿。

献绳技唱黑旗战史　听笛声追白傅遗踪

话说雯青在寿香书室的里间，听见那姐儿上气不接下气地说话，砰的一声，架上一大堆书往榻上倒下来。在这当儿，那姐儿趁势就立起来，嗤的一笑，扑翻身飞也似的跑进角门去了。那人一头理着书，哈哈大笑，也跟着走了。顿时室中寂静。雯青得了这个当儿，恐那人又出来，倒不好开交，连忙蹑手蹑脚①地溜出房屋，却碰着那家人。那家人满心不安，倒红着脸替主人道歉，说主人睡中觉还没醒哩，明儿个自己过来给大人请安吧。雯青一笑，点头上车。家奴俊仆，大马高车，一阵风地回家去了。到了家，不免将刚才听见的告诉夫人，大家笑不可抑。雯青想几时见了寿香，好好地问他一问哩。想虽如此，究竟料理出京事忙，无暇及此。

唐卿往陕甘去了；宝廷忙往浙江去了；公坊也回常州本籍，过他的隐居生活去了；雯青也带了家眷，择吉长行，到了天津。那时旗昌洋行轮船，我中国已把三百万银子去买了回来，改名招商轮船局。办理这事的，就是搴如在梁聘珠家吃酒遇见的成木生。这成木生现在正做津海关道，与雯青素有交情，晓得雯青出京，就替他留了一间大餐间。雯青在船上有总办的招呼，自然格外舒服。不日就到了上海，关防在身，不敢多留，换坐江轮，到九江起岸，直抵南昌省城，接篆进署，安排妥当，自然照常地按棚开考。雯青初次冲交，又兼江西是时文出产之乡，章、罗、陈、艾遗风未沫，雯青格外细心搜访，小敢造次。

有话即长，无话即短。不觉春来秋往，忽忽过了两年。那时正闹着法、越的战事，在先秉国钧的原是敬亲王，辅佐着的是大学士包钧、协办大学士吏部尚书高扬藻、工部尚书龚平，都是一时人望的名臣。只为广西巡抚徐延旭、云南巡抚唐炯，误信了黄桂兰、赵沃，以致山西、北宁连次失守，大损国威。太后震怒，徐、唐固然革职拿问，连敬王和包、高、龚等全班军机也因此都撤退了。军机处换了义亲王做领袖，加上大学士格拉和博、户部尚书罗文名、刑部尚书庄庆藩、工部侍郎祖钟武一班人了。边疆上主持军务的也派定了彭玉麟督办粤军、潘鼎新督办桂军、岑毓英督办滇军，三省合攻，希图规复，总算大加振作了。然自北宁失败以后，法人得步进步，海疆处处戒严。又把庄佑培放了会办福建海疆事宜，何太真放了会办北洋事宜，陈琛放了会办南洋事宜。这一批的特简，差不多完全是清流党的人物。以文学侍从之臣，得此不次之擢，大家都惊异。在雯青却一面庆幸着同学少年，正盼他们互建奇勋，为书生吐气；一面又免不了杞人忧天，只怕他们纸上谈兵，使国家吃亏。

谁知别人倒还罢了，只有上年七月，得了马尾海军大败的消息，众口同声，有说庄仑樵降了，有说庄仑樵死了，却都不确定。原来仑樵自到福建以后，还是眼睛插在额角上，摆着红京官、大名士的双料架子，把督抚不放在眼里。闽督吴景、闽抚张昭同，本是乖巧不过的人，落得把千斤重担卸在他身上。船厂大臣又跟他面和心不和，将领既不熟悉，兵士又没感情，他却忘其所以，大权独揽，只弄些小聪明，闹些空意气。哪晓得法将孤拔倒老实不客气地乘他不备，在大风雨里架着大炮打来。仑樵左思右想，笔管儿虽尖，终抵不过枪杆儿的凶；崇论宏议虽多，总挡不住坚船大炮的猛，只得冒了雨，赤了脚，也顾不得兵船沉了多少艘，兵士死了多少人，暂时退了二十里，在厂后一个禅寺里躲避一下。等到四五日后调查清楚了，才把实情奏报朝廷。朝廷大怒，不久就把他革职充发了。雯青知道这事，不免生了许多感慨。若不是后来庄芝栋保了冯子材出来，居然镇南关大破法军，杀了他数万人，八日中克服了五六个名城，算把法国的气焰压了下去，中国的大局正不堪设想哩！只可惜威毅伯只知讲和,不会利用得胜的机会,把打败仗时候原定丧失权利的和约,马马虎虎逼着朝廷签订,神不知鬼不觉依然把越南暗送。总算没有另外赔款割地,已经是他折冲樽俎②的大功,国人应该纪念不忘的!如今闲话少说。

且说那年法、越和约签订以后,国人中有些明白国势的,自然要咨嗟太息,愤恨外交的受愚。但一班醉生梦死的达官贵人,却又歌舞升平起来。那时的江西巡抚达兴,便是其中的一个。达兴本是个纨绔官僚,全靠着祖功宗德除了上谄下骄之外,只晓得提倡声技。他衙门里只要不是国忌,没一天不是笙歌彻夜。当时有一个知县,姓江,名以诚,伺候得这位抚台小姐最好,不惜重资,走遍天下,搜访名伶。他在衙门里专门做抚台的戏提调,不管公事。省城中曾有嘲笑他的一副对联道:

以酒为缘,以色为缘,十二时买笑追欢,永朝永夕酣大梦;
诚心看戏,诚意听戏,四九旦登场夺锦,双麟双凤共销魂!

也可想见一时的盛况了。

话说雯青一出江西,看着这位抚院的行动,就有些看不上眼。达抚台见雯青是个文章班首,翰苑名流,倒着实拉拢。雯青顾全同僚的面子,也只好勉强敷衍。有一天,雯青刚从外府回到省城,江以诚忽来禀见。雯青知道他是抚台那里的红人,就请了进来。一见面,呈上一副红柬,说是达抚台专诚打发他送来的。雯青打开看时,却是明午抚院请他吃饭的一个请帖。雯青疑心抚院有什么喜庆事,就问道:"中丞那里明天有什么事?"江知县道:"并没甚事,不过是个玩意儿。"雯青道:"什么玩意呢?"江知县道:"是一班粤西来的跑马卖解的,里头有两个云南的苗女,走绳的技术非常高妙。最奇怪的,能在绳上连舞带歌,唱一支最长的歌,名叫《花哥曲》。是一个有名人替刘永福的姨太太做的。'花哥',就是那姨太太的小名。曲里面还包含着许多法、越战争时候的秘史呢,大人倒不可不去赏鉴赏鉴!"

雯青听见是歌唱着刘永福的事,倒也动了好奇之心。一到明天,老早就上抚院那里来了。雯青先开口道:"昨天江令转达中丞盛意,邀弟同观绳戏,听说那班子非常的好,不晓得从哪里来的?"达抚台笑道:"无非小女孩气,央着江令到福建去聘来。那班主儿,实在是广两人,还带着两个云南的傈姑,说是黑旗军里散下来的余部,所以能唱《花哥曲》。'花哥',就是他们的师父。"雯青道:"想不到刘永福这老武夫,倒有这些风流故事!"这抚台道:"这支曲子,大概是刘永福或冯子材幕中人做的,只为看那曲子内容,不但是叙述艳迹,一大半是敷张战功。据兄弟看来,只怕做曲子的另有用意吧!好在他有抄好的本子在那边场上,此时正在开演,请雯兄过去,经法眼一看,便明白了。"

说着,就引着雯青迤逦③到衙东花园里一座高大的四面厅上来。绳戏场设在大厅的轩廊外,用一条粗的绳紧紧绷着,两端拴在三叉木架上。那时早已开演。只见一个十七八岁的女子,面色还生得白净,穿着一件湖绿色密纽的小袄，扎腿小脚管的粉红裤，一对小小的金莲，头上包着一块白绸角形的头兜，手里拿着一根白线绕绞五尺来长的杆子，两头系着两个有黑穗子的小球，正在绳上忽低忽高地走来走去，大有矫若游龙、翩若惊鸿之势。堂下胡琴声咿咿哑哑的一响，那女子一边婀娜地走着，一边啭着娇喉，靡曼④地唱起来。那时江知县就走到雯青面前，献上一本青布面的小手折，面上粘着一条红色签纸，写着"花哥曲"三字。雯青一面看，一面听她清楚的官音唱道：

　　我是个飞行绝迹的小佣狼，我是黑旗队里一个女领军；我在血花肉阵里过了好多岁，我是刘将军旧情人。（一解）

　　刘将军，刘将军，是上思州里的出奇人！太平军不做做强盗，出了镇南走越南。（二解）

　　保胜有个何大王，杀人如草乱边疆；将军出马把他斩，得了他人马，霸占了他地方。（三解）

　　将军如虎，儿郎如兔，来去如风雨，黑旗到处人人怕。（四解）

　　法国通商逼阮哥，得了西贡，又要过红河；法将安邺神通大，勾结了黄崇英反了窝，在河内立起黄旗队，啸聚强徒数万多！（五解）

　　慌了越王阮家福，差人招降刘永福，要把黑旗扫黄旗，拜了他三宣大都督。（六解）

　　精的枪，快的炮，黄旗军里夹洋操，刀枪剑戟如何当得了！如何当得了！（七解）

　　幸有将军先预备，军中练了飞云队，空中来去若飞仙，百丈红绳走佣妹。（八解）

　　我是飞云队里的女队长，名叫做花哥身手强，衔枚夜走三百里，跟了将军到宣光。敌营扎在大岭的危崖上，沉沉万帐月无光。（九解）

　　将军忽然叫我去，微笑把我肩头抚，你若能今夜立奋功，我便和你做夫妇。（十解）

　　我得了这个稀奇令，英雄应得去拼性命，刀光照见羞颜红，欢欢喜喜来承认。（十一解）

　　大军山前四处伏，我领全队向后崖扑，三百个蛮腰六百条臂，蜿蜒银蛇云际没。（十二解）

　　一声呐喊火连天，山营忽现了红妆妍，弯刀落处人头舞，枪不及肩来炮不及燃。（十三解）

　　将军一骑从天下，四下里雄兵围得不留罅；安邺丧命崇英逃，一战威扬初下马。（十四解）

　　我便做了他第二房妻，在战场上双宿又双飞，天天想去打法兰西，偏偏我的命运低，半路里犯了驸马爷黄佐炎的忌，他私通外国把赵王欺！暗暗把将军排挤，不许去杀敌搴旗！（十五解）

孽海花

镇守了保胜、山西好几年，保障了越南固了中国的边！惹得法人真讨厌，因此上又开了这回的大战！（十六解）

战！战！战！越南大乱摇动了桂、粤、滇。可恶的黄佐炎，一面请天兵，一面又受法兰西的钱，六调将军，将军不受骗。（十七解）

三省督办李少荃，广东总督曾国荃。李少荃要讲和，曾国荃只主战，派了唐景崧，千里迢迢来把将军见。（十八解）

面献三策：上策取南交，自立为王，向中朝请封号。

否则提兵打法人，做个立功异域的汉班超，总胜却死守保胜败了没收梢。（十九解）

将军一听大欢喜，情愿投诚向清帝，纸桥一战敌胆落，手斩了法国大将李威利。（二十解）

越王忽死太妃垂了帘，阮说辅政串通了黄佐炎，偷降法国把条约签，暗害将军设计险！（二十一解）

我有个偝狠洞里的旧夫郎，刁似狐狸狠似狼，他暗中应了黄佐炎的悬赏，扮作投效人，来进营房。（二十二解）

虽则是好多年的分离，乍见了不免惊奇！背着人时刻把旧情提，求我在将军处，格外提携！（二十三解）

将军信我，升了他营长，谁知道暗地里引进了他的党羽！有一天把我骗进了棚帐，醉得我和死人一样。（二十四解）

约了法军来暗袭山西，里应外合的四面火起，直杀得黑旗兵辙乱旗靡，只将军独自个走脱了单骑。（二十五解）

等我醒来只见战火红，为了私情受了蒙，恶汉逼得我要逃也没地缝，捆上马背便走匆匆。（二十六解）

走到半路来了一支兵，是冯督办的部将叫潘瀛，一阵乱杀把叛徒来杀尽，倒救了我一条性命。（二十七解）

问我来历我便老实说，他要通信黑旗请派人来接，我自家犯罪自家知，不愿再做英雄妾。（二十八解）

我害他丧失了几年来练好的精锐，我害他把一世英名坠！我害了山西、北宁连连的溃，我害了唐炯、徐延旭革职又问罪！（二十九解）

我害他受了威毅伯的奏参，若不是岑毓英、若不是彭雪琴权力的庇荫，军饷的担任，如何会再听宣光、临洮两次的捷音！（三十解）

我无颜再踏黑旗下的营门，我愿在冯军里去冲头阵！

我愿把弹雨硝烟的热血，来洗一洗我自糟蹋的瘢痕！（三十一解）

七十岁的老将冯子材，领了万众镇守镇南来，那时候马江船毁谅山失，水陆官兵处处败。（三十二解）

将军誓众筑长墙，后有王孝祺，前有王德榜，专候敌军来犯帐。（三十三解）

果然敌人全力来进攻，炮声隆隆弹满空；将军屹立不许动，退者手刃不旋踵。（三十四解）

忽然旗门两扇开，掀起长须大叫随我来！两子随后脚无鞋。（三十五解）

我那时走若飞猱轻过了燕，一瞥眼儿抄过阵云前。我见炮火漫天好比繁星现，我连斩炮手断了弹火的线。（三十六解）

潘瀛赤膊大辫盘了颈，振臂一呼，十万貔貅排山地进！孝祺率众同拼命，跳的跳来滚的滚。德榜旁山神勇奋，突攻冲断了中军阵，把数万敌人杀得举手脱帽白旗耀似银，还只顾连放排枪不收刃。（三十七解）

八日夜追奔二百里，克服了文渊、谅山一年来所失的地，乘胜长驱真快意，何难一战收交趾！（三十八解）

威毅伯得了这个消息，不管三七二十一，草草便把和议结。（三十九解）

战罢亏了冯将军，战功叙到我女佣狠。我罪虽大，将功赎罪或许我折准，且借饶歌唱出回心院，要向夫君乞旧恩！（四十解）

这一套《花哥曲》唱完，满厅上发出如雷价的齐声喝彩。雪白的赏银，雨点般撒在红氍毹上。雯青等大家撒完后，也抛了二十个银饼。那苗女跳下绳来，走到抚台和雯青面前，道了一声谢。雯青问她道："你这曲子真唱得好，谁教你的？"苗女道："这是一支在我们那边最通行的新曲，差不多人人会唱，况且曲里唱的就是我们做的事，那更容易会了。"达抚台道："你们真在黑旗兵里当过女兵吗？"苗女点了点头。雯青道："那么你们在花哥手下了，你们几时散出来的呢？"苗女道："就在山西打了败仗后，飞云队就溃散了。"达抚台道："现在花哥在哪里呢？"苗女道："听说刘将军把她接回家去了。"雯青道："花哥的本事，比你强吗？"苗女笑道："大人们说笑话了！我们都是她练出来的，如何能比？黑旗兵的厉害全靠盾牌队；盾牌队的精华，又全在飞云队。花哥又是飞云队的头脑，不但我们比不上，只怕是世上无双，所以刘将军离不了她。"

正回答间，厅上筵席恰已摆好。抚台就请雯青坐了中间一席的首座，藩、臬、道、府作陪。一时觥筹交错，谐笑自如。迨至酒半，绳戏又开，这回却与上次不同，又换了一个苗女上场，打扮得全身似红孩儿一般。在两条绳上，串出种种把戏。须臾席散，宾主尽欢。雯青告辞回衙，已在黄昏时候。

歇了几日，雯青便又出棚，去办九江府属的考事，几乎闹了一个多月。等到考事完竣，恰到了新秋天气，就约着几个幕友，去访白太傅琵琶亭故址。明月初上，叩舷中流，雯青正与几个幕友飞觞把盏。忽听一阵悠悠扬扬的笛声，从风中吹过来。雯青忽指着江面道："哪，那里不是一只小船？笛声就在这船上哩！"又侧着耳听了一回道："还唱哩！"说着话，那船愈靠近来，就离这船不过一箭路了，却听一人唱道：

莽乾坤，风云路遥；好江山，月明谁照？天涯携着个玉人娇小，畅好是镜波平，玉绳纸，金风细，扁舟何处了？

雯青道："好曲儿，是新谱的。你们再听！"那人又唱道：

痴顽自怜，无分着宫袍；琼楼玉宇，一半雨潇潇！落拓江湖，着个青衫小！灯残酒醒，只有侬相靠，博得个白发红颜，一曲琵琶泪万条！

雯青道："听这曲儿，倒是个愤世忧时的谪室。是谁呢？"说着，那船却慢慢地并上来。雯青看那船上黑洞洞没有点灯，月光里看去，仿佛是两人，一男一女。雯青想听他们再唱什么，忽听那个男的道："别唱了，怪腻烦的，你给我斟上酒吧！"雯青听这说话的是北京人，心里大疑，正委决不下，那人高吟道：

宗室八旗名士草，江山九姓美人麻。

只听那女的道："什么麻不麻？你要作死哩！"那人哈哈笑道："不借重尊容，哪得这副绝对呢？"雯青听到这里，就探头出去细望。那人也推窗出来，不觉正碰个着，就高声喊道："那边船上是雯青兄吗？"雯青道："咦，奇遇！奇遇！你怎么会跑到这里来呢？"那人道："一言难尽，我们过船细谈。"说罢，雯青就叫停船，那人一脚就跳了过来。这一来，有分教：

一朝解绶，心迷南国之花；

千里归装，泪洒北堂之草。

不知来者果系何人，且听下回分解。

【注释】

①蹑(niè)手蹑脚：形容走路脚步放得非常轻。

②折冲樽俎(zǔ)：不用武力而在酒席谈判中取胜。

③迤逦(yǐ lǐ)：缓行的样子。

④靡曼(mǐ màn)：柔弱，柔细。

宝玉明珠弹章成艳史　红牙檀板画舫识花魁

却说雯青正在浔阳江上，访白傅琵琶亭故址，虽然遇着一人，跳过船来，却是现任浙江学台宗室祝宝廷。宝廷好端端地做他浙江学台，为何无缘无故，跑到江西九江来？原来宝廷的为人，是八面玲珑，却十分落拓，读了几句线装书，自道满洲名士，不肯人云亦云，在京里跟着庄仑樵一班人高谈气节。终究旗人本性是乖巧不过，他一眼看破庄仑樵风头不妙，冰山将倾，就怕自己葬在里头。不想那日忽得浙江学政之命，喜出望外，一来脱了清流党的羁绊；二来南国风光，是素来羡慕的。一到南边，果然山明川丽，如登福地洞天。

如今且说浙江杭州城，有个钱塘门，门外有个江，就叫做钱塘江。江里有一种船，叫做江山船。如要渡江往江西，或到浙江一路，总要坐这种船。这船上都有船娘，都是十七八岁的妖娆女子，名为船户的眷属，实是客商的钩饵。老走道儿知道规矩的，高兴起来，也同苏州、无锡的花船一样，摆酒叫局。若碰着公子哥儿懵懂货，那就整千整百的敲竹杠了。做这项生意的，都是江边人，只有九个姓，他姓不能去抢的，所以又叫"江山九姓船"。闲话休提。

　　话说宝廷这日正要到严州一路去开考，就叫了几只江山船，自己坐了一只最体面的头号大船。宝廷也不晓得这船上的故事，糊里糊涂上了船。宝廷向周围看了一遍，心中适意，暗忖：怪道人说"上有天堂，下有苏杭"，原来怎地快活！那船户载着个学台大人，自然格外巴结，一回茶，一回点心，川流不断。开了船，走不上几十里，宝廷在卧房走出来，在下首围廊里，叫管家吊起蕉叶窗，端起椅子，靠在短栏上，看江中的野景。正在心旷神怡之际，忽地里噗的一声，有一样东西，端端正正打上脸来，回头一看，恰正掉下一块橘子皮在地上。正待发作，忽见那舱房门口，坐着个十七八岁妖娆的女子，低着头，在那里剥橘子吃哩，好像不知道打了人，只顾一块块地剥。那时天色已暮，一片落日的光彩，反正照到那女子脸上。宝廷远远望着，越显得耀花人眼睛。忽然心生一计，拾起那块橘皮，照着她身上打去，正打个着。宝廷想看她怎样，忽后艄有个老婆子，一迭连声叫珠儿。那女子答应着，临走却回过头来，向宝廷嫣然地笑了一笑。宝廷从来眼界窄，没见过南朝佳丽，怎禁得这般挑逗，早已三魂去了两魂。那时正是初春时节，容易天黑，不一会儿，点上灯来，家人来请吃晚膳，方回中舱来，胡乱吃了些，就趄到卧房来。在床上反复了一个更次，忽眼前一亮，见一道灯光，从间壁板缝里直射过来。宝廷心里一喜，直坐起来，忽听那婆子低低道："那边学台大人安睡了？"那女子答着道："早睡着哩，你看灯也灭了。"婆子道："那大人好相貌，粉白脸儿，乌黑须儿，听说他还是当今皇帝的本家，真正的龙种哩。"那女子道："妈呀，你不知那大人的脾气儿倒好，一点不拿皇帝势吓人。"婆子道："怎么？你连大人脾气都知道了？"那女子笑道："刚才我剥橘皮，不知怎的，丢在大人脸上。他不动气，倒笑了。"婆子道："不好哩！大人看上了你了。"那女子不言语了，就听见两人窸窸窣窣，脱衣上床。那女子睡处，正靠着这一边，宝廷听得准了，暗忖：可惜隔层板，不然就算同床共枕。心里胡思乱想，听那女子也叹一口气，咳一回嗽，直闹个整夜。好容易巴到天亮，宝廷一人悄地起来，满船人都睡得寂静，只有两个水手，咿哑咿哑地在那里摇橹。宝廷借着要脸水，手里拿个脸盆，推门出来，走过那房舱门口，那小门也就轻轻开了，珠儿身穿一件紧身红棉袄，笑嘻嘻地立在门槛上。宝廷没防她出来，倒没了主意，待走不走。那珠儿笑道："天好冷呀，大人怎不多睡一会儿？"宝廷笑道："不知怎地，你们船上睡不稳。"

　　说着，就走近女子身边，在她肩上捏一把道："穿得好单薄，你怎禁得

孽海花

〇二七

这般冷？我知道你也是一夜没睡。"珠儿脸一红，推开宝廷的手低声道："大人放尊重些。"就挪嘴儿望着舱里道："别给妈见了。"宝廷道："你给我打盆脸水来。"珠儿道："放着多少家人，倒使唤我。"嗤地一笑，抢着脸盆去了。宝廷回房，不一会儿，珠儿捧着盆脸水，冉冉地进房来。宝廷见她进来，趁她一个不防，抢上几步，把小门顺手关上。这门一关，那情形可想而知。却不道正当两人难解难分之际，忽听有人喊道："做得好事！"

宝廷回过头，见那老婆子圆睁着眼，把帐子揭起。宝廷吃一吓，赶着爬起来，却被婆子两手按住道："且慢，看着面儿光光嘴儿亮，像人样儿，到底是包草儿的野胚，不识羞，倒要爬在上面，欺负你老娘的血肉来！老娘不怕你是皇帝本家，学台大人，只问你做官人强奸民女，该当何罪？"宝廷见不是路，只得哀求释放道："愿听妈妈处罚，只求留个体面。"珠儿也哭着，向他妈千求万求。那婆子顿了一回道："我答应了，你爹爹也不饶你们。"珠儿道："爹睡哩，只求妈遮盖则个。"婆子冷笑道："好风凉话儿！怎么容易吗？"宝廷道："任凭老妈妈吩咐，要怎么便怎么。"那婆子想一想道："也罢，要我不声张，除非依我三件事。"宝廷连忙应道："莫说三件，三百件都依。"老婆子道："第一件，我女儿既被你污了，不管你有太太没太太，娶我女儿要算正室。"宝廷道："依得，我的太太刚死了。"婆子又道："第二件，要你拿出四千银子做遮盖钱；第三件，养我老夫妻一世衣食。三件依了，我放你起来，老头儿那里，我去担当。"宝廷道："件件都依，你快放手吧！"婆子道："空口白话，你们做官人翻脸不识人，我可不上当。你须写上凭据来！"宝廷道："你放我起来才好写！"

真的那婆子把手一推，宝廷几乎跌下地来，珠儿趁着空，一溜烟跑回房去了。宝廷慢慢穿衣起来，被婆子逼着，一件件写了一张永远存照的婚据。婆子拿着，洋洋得意而去。这事当时虽不十分丢脸，他们在房舱闹的时候，那些水手家人哪个不听见？宝廷虽再三叮咛，哪里封得住人家的嘴，早已传到师爷朋友们耳中。后来考完，回到杭州，宝廷又把珠儿接到衙门里住了，风声愈大，谁不晓得这个祝大人讨个江山船上人做老婆！有些好事的做《竹枝词》，贴黄莺语，纷纷不一。宝廷只做没听见。珠儿本是风月班头，吹弹歌唱，色色精工。宝廷着实地享些艳福，倒也乐而忘返了。一日，忽听得庄仑樵兵败充发的消息，想着自己从前也得罪人，如今话柄落在人手，人家岂肯放松！与其被人出首，见快仇家，何不老老实实，自行检举，倒还落个玩世不恭，不失名士的体统。打定主意，就把自己狎妓旷职的缘由详细叙述，参了一本，果然奉旨革职。宝廷倒也落得逍遥自在，等新任一到，就带了珠儿，游了六桥、三竺，逛了雁荡、天台，再渡钱塘江到南昌，游了滕王阁，正折到九江，想看了匡庐山色，便乘轮到沪，由沪回京。不想这日携了珠儿，在浔阳江上正"小红低唱我吹箫"的时候，忽见了雯青也在这里，宝廷喜出望外，即跳了过来。

原来宝廷的事，雯青本也知些影响，如今更详细问他，宝廷从头至尾述了一遍。雯青听了，叹息不止，说道："英雄无奈是多情。吾辈一生，总跳不出情关情海。功名富贵，直刍狗耳！我当为宝翁浮一大白！"宝廷也高兴起来，就与幕友辈猜拳行令，直闹到月落参横，方始回船傍岸。到得岸边，忽见一家人手持电报一封，连忙走上船来。雯青忙问是哪里的，家人道："是南昌打来的。"雯青拆看，见上面写着：

九江府转学宪金大人鉴：奉苏电，赵太夫人八月十三日辰时疾终，速回署料理。

雯青看完，仿佛打个焦雷，当着众人，不免就号啕大哭起来。宝廷同众幕友，大家劝慰。雯青要连夜赶回南昌，宝廷自与雯青作别过船，流连了数日，与珠儿乘轮到沪。在沪上领略些洋场风景，就回北京做他的满洲名士去了。

话分两头。却说雯青当日赶回南昌，报了丁忧。回到了苏州，开丧出殡，整整闹了两个月。过了百日，出门谢客，还要存问故旧，拜访姻俦。

却说雯青在家，好容易挨过了一年。这日正是清明佳节，雯青独自在书房里，闷闷不乐，却来了谢山芝。雯青连忙接入。正谈间，效亭、胜芝陆续都来了。效亭道："今天闾门外好热闹呀，雯青兄怎么不想去看看，消遣些儿？"雯青道："从小玩惯了，如今想来也乏味。"胜芝道："雯青，你十多年没有闹这个玩意儿了，如今莫说别的，就是上下塘的风景，也越发繁华。"山芝不待说完，就接口道："今日兄弟叫了大陈家的船，要想请雯青兄同诸位去热闹一天，不知肯赏光吗？"雯青道："不过兄弟尚在服中，好像不便。"效亭向山芝使个眼色。山芝道："我们并不叫局，不过借他船坐坐舒服些。"胜芝、效亭都撺掇①着。雯青想是清局，就答应了。一同下船，见舱里却坐着袅袅婷婷花一样的人儿，抱着琵琶弹哩。效亭走下船来，就哈哈大笑道："雯兄可给我们拖下水了。"雯青正待说话，山芝忙道："别听效亭胡说！这是船主人，我们不能香火赶出和尚，还是清局一样。"胜芝道："不叫局也太煞风景。雯青自己不叫，就是完名全节了，管甚别人。"雯青难却众意，也就不言语了。于是大家高兴起来，各人都叫了一个局。那当儿里，忽然又来了一个客，走进舱来，就招呼雯青。雯青一看，却是认得的，姓匡，号次芳，名朝凤，是雯青同衙门的后辈，新近告假回籍的，今日也是山芝约来。过时见名花满坐，次芳就向众人道："大家都有相好，如何老前辈一人向隅！"大家尚未回言，次芳点点头道："喔，我晓得了，老前辈是金殿大魁，必须个蕊官榜首，方配得上。待我想一想。"说着，仰仰头，合合眼，忽拍手道："有了。"众人问："是谁？"次芳道："咦，怎么这个天造地设、门当户对的女貌郎才，你们倒想不到？"众人被他闹糊涂了，雯青倒也听得呆了。在座的妓女也不知道他葫芦里卖的甚药，正要听他下文，次芳忽望着窗外一手指着道："哪，那岸上轿子里，不是坐着个新科花榜状元大郎桥巷的傅彩云走过吗？"雯青不知怎的听了"状元"二字，那头慢慢回了过去。谁知这头不回，万事全休，一回头时，却见那轿子里坐着个十四五岁的不长不短、不肥不瘦的女郎，面如瓜子，脸若桃花，两条欲蹙不蹙的蛾眉，一双似开非开的凤眼，似曾相识，莫道无情，正是说不尽的体态风流，风姿绰约。雯青一双眼睛，好像被那顶轿子抓住了，再也拉不回来，心头不觉小鹿儿撞。说也奇怪，那女郎一见雯青，半面着玻璃窗，目不转睛地盯在雯青身上。直至轿子走远看不见，方各罢休。大家看出雯青神往的情形，都暗暗好笑。次芳乘他不防，拍着他肩道："这本卷子好吗？"雯青倒吓一跳。山芝道："远观不如近睹。"就拿一张薛涛笺写起局票来，吩咐船等一等开，立刻去叫彩云。雯青此时也没了主意，由他们闹，一言不发了。等了好一会儿，次芳就跳了出来道："你们快来看状元夫人呀！"雯青抬头一望，只见颤巍巍、袅婷婷的那人儿已经下了轿，两手扶在一个美丽大姐肩上，慢慢地上船来了。这一来，有分教：

五洲持节，天家倾绣虎之才；
八月乘槎，海上照惊鸿[2]之采。
不知来者是否彩云，且听下回分解。

【注释】

①撺掇(cuān duo)：怂恿。
②惊鸿：形容体态轻盈。

避物议男状元偷娶女状元
借诰封小老母权充大老母

话说彩云扶着个大姐走上船来，次芳暗叫大家不许开口，看她走到谁边。彩云的大姐正要问哪位叫的，只说得半句，被彩云啐了一口："蠢货！谁要你搜根问底？"说着，就撒了大姐，含笑地挨到雯青身边一张美人椅上并肩坐下。大家哗然大笑起来。山芝道："奇了，好像是预先约定似的！"胜芝笑道："不差，多管是前生的旧约。"次芳就笑着朗吟道："身无彩凤双飞翼，心有灵犀一点通。"雯青本是花月总持，不道这回见了彩云，却心上万马千猿。就是彩云自己，也不解何故，踏上船来，不问情由，就一直往雯青身边。如今被人说破，倒不好意思起来，只顾低头弄手帕儿。雯青无精打采地搭讪着，向山芝道："我们好开船了。"山芝就吩咐一面开船，一面在中舱摆起酒席来。众人见中舱忙着调排桌椅，就一拥都到头舱去了。雯青也想立起来走出去，却被彩云轻轻一拉，一扭身就往房舱里床沿上坐着。雯青不知不觉，也跟了进去。两人并坐在床沿上，相偎相倚，好像有无数体己话要说，只是我对着你，你对着我地痴笑。歇了半天，雯青就兜头问一句道："你知道我是谁吗？"彩云怔了一怔道："我认得你，只是想不起你姓名来。"雯青就细细告诉了她一遍。彩云想一想，说："我妈认得金大人。"雯青道："你今年多少年纪了？"彩云道："我今年十五岁。"雯青脸上呆了半晌，却顺手拉了彩云的手，耳鬓厮磨地端相的不了，不知不觉两股热泪，从眼眶中直滚下来，口里念道："当时只道浑闲事，过后思量总可怜。"彩云看着，暗暗吃惊，止不住就拿着帕子替他拭泪，说道："你怎的没来由哭起来？"雯青对着彩云，低低念道："愁到天地翻，相看不相识。"一面道："彩云，我心里只是可怜你，你知道吗？"彩云摸不着头脑，却趁势就靠在雯青身上道："你只管伤心做什么？回来等客散了，肯到我那里去坐坐么？我还有许多话要问你呢！"雯青点头。只听外面次芳喊道："请坐吧，讲话的日子多着哩！"雯青、彩云只好走出来，见席已摆好，山芝正拿着酒壶斟酒，让效亭坐首座。效亭不肯，正与胜芝推让。后来大家公论，效亭是寓公，仍让他坐了，胜芝坐二座，雯青坐三座，次芳挨雯青坐下，山芝坐了主席。大家叫的局，也各归各座。彩云自然在雯青背后坐了。

其时船已摇到了白公堤下，真娘墓前一带柳荫下泊着。船上五彩绢灯一齐点起，照得满船如不夜城一般。大家划拳猜谜，正闹得高兴，次芳道："今日这会，专为男女两状元作合，我倒想个新鲜酒令，好多吃两杯喜酒。"大家问是何令？次芳指着彩云道："就借着女状元的芳名，叫做彩云令。用《还魂记》曲文起句，第二句用曲牌名，第三句用《诗经》，依首句押韵。韵不合者罚三杯。佳妙者各贺一杯。再用唐诗一句，有彩云两字相连的飞觞[①]，照座顺数，到"彩云"二字各饮一杯，云字接令。"大家听毕道："好新鲜雅致的令儿！只是烦难些。"彩云道："谁要你们称名道姓的作弄人。"次芳道："你别管，酒令如军令，违者先罚！"彩云笑了笑，就低头不语了。次芳道："我先说一个吧！"念道：

甚蟾宫贵客傍雯宵，集贤宾，河上乎逍遥。

大家都哗然道好。

效亭道："应时对景，我们各贺一杯，你再说飞觞吧！"次芳道："彩云箫史驻。"顺着数去，恰是雯青、效亭各一杯。次芳先斟雯青一杯道："请箫史饮个成双杯儿、添些气力，省得骑着龙背，跌下半天来。"雯青正要举杯，却被彩云劈手夺过去道："你倒高兴喝，我偏不许你喝！"次芳笑道："嗄，一会儿就怎地肉麻！"效亭道："别闹，人家要接令哩！"一面就念道：

迤逗的彩云偏，相见欢，君子万年。

大家道："吉祥艳丽，预卜状元郎夫荣妻贵，该贺该贺！"效亭道："快喝贺酒，我要飞觞哩！"接着就念句"学吹凤箫乘彩云"。"彩"写数到雯青，"云"字次芳。次芳道："贺酒还没全喝，倒要喝令酒了。"大家照喝了。次芳道："作法自毙，这回可江郎才尽了！"彩云道："做不出，快罚酒！"次芳耸肩道："好了，有了，你们听听，稍顿一顿，人家就要罚酒，险呀！"雯青笑道："你说呢！"次芳念道：

昨夜天香云外，谒金门，莺声哕哕②。

飞觞是"断续彩云生"。效亭一杯，雯青一杯，接令。山芝道："次芳这句话，是明明祝颂雯翁起服进京升官的预兆，快再饮贺酒一杯！"雯青道："回回硬派我喝酒，这不是作弄人吗？"彩云低声道："我替你喝了吧！"说着，举杯一饮而尽，大家拍掌叫好。雯青道："你们是玩呢，还是行令？"就念道：

又怕为雨为云飞去了，念奴娇，与子偕老。

大家道："白头偕老，金大人已经面许了，彩云你须记着。"彩云背着脸，不理他们。雯青笑念道："化作彩云飞。"次芳笑道："老前辈不放心，只要把一条软麻绳，牢牢结住裙带儿，怕她飞到哪儿去！"彩云瞅了一眼。雯青道："该山芝、效亭各饮一杯。"效亭道："又挨到我接令。"他说的是：

他海天秋月云端挂，归国遥，日月其迈。

胜芝道："你怎么说到海外去了？不怕海风吹坏了人，金大人要心痛的呢！"山芝道："胜翁你不知雯翁通达洋务，安知将来不奉使出洋呢？这正是佳谶。"大家催着效亭飞觞，效亭道："唐诗上'彩云'两字连的，真说完了！"低头想了半天，忽然道："有了，碧箫曲尽彩云动。"雯青暗数，知道又临到自己了，便不等效亭说完，就执杯在手道："我念一句收令吧！"

就一面喝酒，一面念道：

美夫妻图画在碧云高，最高楼，风雨潇潇。

就念飞觞道："彩云易散玻璃薄。"应当次芳、胜芝各一杯。次芳道："这句气象萧飒，做收令不好，况且胜翁也没说过，请胜翁收令吧！"胜芝道："我荒疏久了，饶恕了吧！"山芝道："快别客气，说了好收令。"

胜芝不得已，想一想念道：

雨迹云踪才一转，玉堂春，言笑晏晏。

又说飞觞，"桥上衣多抱彩云"。于是合席公饮了一杯。雯青道："我们酒也够了，山翁赏饭吧！"次芳在身上摸出一只十二成金的打簧表，当当地敲了十下，道："可不是，该送状元归第了，快叫开船回去，耽误了吉日良时，不是要处。"彩云带嗔带笑地指着次芳道："我看匡老，只有你一张嘴能说会道，我就包在你身上，叫金大人今晚到我家里来，不来时便问你！"次芳说："这个我敢包，不但包他来，还要包你去。"彩云道："包我到哪里去？"次芳道："包你到圆峤巷金府上去。"彩云啐了一口。大家说说笑笑，饭也吃完，船也到了阊门太子码头了，各妓就纷纷散去。效亭、胜芝先上岸回家去了。彩云轿子也来，那大姐就扶着彩云走上船头。彩云忽回头叫声："金大人，你来，我有话跟你说。"雯青走出来道："什么话？"彩云望着雯青，顿了一顿，笑道："不要说了，到家里去告诉你吧！"

说着，就上轿走了。次芳道："这小妮子声价自高，今日见了老前辈，就看她一种痴情，十分流露，倒不要辜负了她。"雯青微笑，就谢了山芝，也自上岸。你想：雯青、彩云今日相遇的情形，这晚哪有不去相访的理呢！既去访了，彩云哪有不留宿的理呢！红珠帐底，絮语三生；水玉帘前，相逢一笑。韦郎未老，凄迷玉箫之声；杜牧重来，绸缪紫云之梦。双心一抹，盒誓钗盟，不消细表。

却说匡次芳当日见了彩云，见雯青十分留恋，料定当晚雯青决不能放过的。到了次日清早，一人赶到大郎桥巷，进后门来。相帮要喊客来，次芳连连摇手，自己放轻脚步，走上扶梯，推门进去，却见中间大炕床上躺着个大姐，正在披衣坐起，看见次芳，就低声叫："匡老爷，来得怎早！"次芳连忙道："你休要声张，我问你句话，金大人在这里不在？"那大姐就挪嘴儿，对着里间笑道："正做好梦哩！"次芳就在靠窗一张书桌边坐下。那大姐起来，替次芳去倒茶。次芳瞥眼看见桌上一张桃花色诗笺，恭恭楷楷，写着四首七律诗道：

山色花光映画船，白公堤下草芊芊。
万家灯火吹箫路，五夜星辰赌酒天。
凤胫烧残春似梦，驼钩高卷月无烟。
微波渺渺尘生袜，四百桥边采石莲。

吴娘似水艳无曹，貌比红儿艺薛涛。
烧烛夜摊金叶格，定春春拥紫檀槽。
蝇头试笔蛮笺腻，鹿爪拈花羯鼓高。
忽忆灯前十年事，烟台梦影浪痕淘。

胡麻手种葛鸦儿，红豆重生认故枝。
四月横塘闻杜宇，五湖晓网荐西施。
灵箫辜负前生约，紫玉依稀入梦时。
只有伤心说不得，凭栏吹断碧参差。

龙头劈浪凤箫哀，展尽芙蓉向月开。
细雨银荷中妇镜，东风铜雀小乔台。
青衫痕渍隔年泪，绛蜡心留未死灰。
肠断江南歌子夜，白凫飞去又飞回。

次芳看着这几首诗，觉得雯青寻常没有这副笔墨。正在诧异，忽见诗尾题着"谶情生写诗彩云旧侣慧鉴"一行小字，暗忖：雯青与彩云尚是初面，如何说是旧侣呢？难道这诗不是雯青手笔么？心里惑惑突突地模拟，恰值那大姐端茶上来，次芳就微笑地问道："昨夜金大人是几时来的？"那大姐道：

"我们先生前脚到家,金大人后脚就跟了来,吃了半夜的酒,讲了一夜的话。"次芳道:"你听见讲些什么呢?"大姐道:"他们讲的话,我也不大懂。只听金大人说,我们先生的面貌,活脱像金大人的旧相好。又说那旧相好,为金大人死了。死的那一年,正是我们先生养的那一年。"那大姐正一五一十地说,就听里间彩云的口声喊道:"阿巧,你叽里咕噜同谁说话哟?"阿巧向次芳伸伸舌头答道:"匡老在这里寻金大人哩!"只听里面好像两人低低私语了几句,又窸窸窣窣一回,彩云就云鬓蓬松,开门出来,见了次芳,就笑道:"请匡老里面坐,金大人昨夜被你们灌醉了,今日正害着酒病哩!"说着,就往后间梳洗去了。次芳一面笑,一面就走进来,看见雯青,却横躺在一张烟榻上,旁边还堆着一条锦被,见次芳来,就坐起来招呼。次芳走上去道:"恭喜!恭喜!"雯青笑道:"别取笑人,次兄请坐着,我想托你办一件事,不晓得你肯不肯?"次芳道:"老前辈不用说了,是不是那红儿、薛涛的事吗?"雯青愕然道:"怎么这几首歪诗,又被你看见了?我的心事,也不能瞒你了。"次芳道:"这种事,门子里都有一定规矩的,须得个行家去讲,才不致吃龟鸨的亏。我有个熟人叫戴伯孝,极能干的,让我去托他办便了。"雯青道:"只是现在热孝在身,做这件事好像于心不安,外面议论又可怕!"次芳道:"那个容易。只要现在先讲妥了,做个外室,瞒着尊嫂,到服满进京,再行接回,便两全其美了。"雯青点头说:"既如此,这事只有请次兄替我代托戴先生罢!兄弟昨夜未归,今日必须早些回去,安排妥密,免得人家疑心。"说着就穿衣,别了次芳,又低低托付了几句,一径下楼走了。次芳只好去找了戴伯孝,托他去向老鸨交涉。老鸨自然有许多做作,好说歹说,才讲明了身价一千元,又叫了彩云的生身父来。原来彩云本是安徽人,乃父是在苏州做轿班的,恐怕将来有枝节,爽性另给了那轿班二百块钱,叫他也写了一张文契。费了两日工夫,才把诸事办妥,就由戴伯孝亲来雯青处告诉明白。雯青欢喜,自不必说。从此大郎桥巷就做了雯青的外宅,无日不来,两人打得如火的一般热。

　　光阴似箭,转瞬之间,雯青也满了服,几回要将此告诉张夫人,只是自己理短,总说不出口。心想不如一人先行到京,再看机会吧。这日宫门召见下来,就补授了内阁学士。雯青自出差到今,已离京五六年了,时局变更,沧桑屡改,朝中歌舞升平,而海外失地失藩,频年相属,日本灭了琉球,法国取了安南,英国收了缅甸。中国一切不问,还要铺张扬厉,摆出天朝空架子。话虽如此,到底交涉了几年,这外交的事情,倒也不敢十分怠慢,那些通达洋务的人员,上头不免看重起来。恰好这年出使英、俄大臣吕萃芳,要改充英、法、义、比四国大臣;出使德、俄、荷、奥、比五国大臣许镜澂,三年任满,要人接替,也是雯青时来运来,又有潘八瀛、龚和甫这班大帽子替他揄扬帮衬,声誉日高一日,廷旨就派金沟出使俄罗斯、德意志、荷兰、澳大利亚四国。旨意下来,好不荣耀!

那时同乡京官，挲如也开了坊了；唐卿却从陕、甘回来了；珏斋也因公在京；只有肇廷改了外官，不在那里。这班人合着轮流替雯青饯贺。当日欢饮一天，雯青心里只记挂着彩云，忽忽已一年多不见了，忙着出京。

到得家中，夫妻相见，自有一番欢庆，不消说得。坐定，说着出洋的事来，雯青笑说："这回倒要夫人辛苦一趟了。但是夫人身弱，不知禁得起波涛跋涉否？"夫人笑道："辛苦不辛苦，倒在其次。闻得外国风俗，公使夫人，一样要见客赴会，握手接吻。妾身系出名门，万万弄不惯这种腔调，本来要替老爷弄个贴身服侍的人。"说到这里，却笑了一笑。雯青心里一跳，知道不妙。只听夫人接道："好在老爷早已讨在外头，倒也省了我许多周折。我昨日已吩咐过家人们，收拾一间新房，只等老爷回来，择吉接回。"雯青忸怩了半天道："这事原是下官一时糊涂，……"下句还未说出，夫人正色道："你别假惺惺，现在倒是择日进门才正经。你是王命在身的人，哪里能尽着耽搁！"

雯青得了夫人的命，就放了胆，看了明日是黄道吉日，隔夜就预备了酒席，邀请亲友，来看新人。到了这日，夫人就命安排一顶彩轿，四名鼓乐手，去大郎桥巷迎接傅彩云。不一时，门前箫鼓声喧，接连鞭炮之声、人声、脚步声，但见四名轿班，披着红，簇拥一肩绿呢挖云四垂流苏的官轿，直入中堂停下。夫人早已预备两名垂鬟美婢，各执大红纱灯，将新人从彩轿中缓缓扶出。却见颤巍巍的凤冠、光耀耀的霞帔③，衬着杏眼桃腮、黛眉樱口，越显得光彩射目，芬芳扑人，真不啻嫦娥离月殿、妃子降云霄矣。那时满堂亲友杂沓争先，喝彩声、诧异声、交头接耳，正议论这个妆饰越礼。忽人丛中夫人盛服走出，大家倒吃一惊。正是：

名花入手销魂极，艳福如君几世修。

不知夫人走出何事，且听下回分解。

【注释】

①飞觞（shāng）：指传杯行酒令。
②哕哕（huì huì）：鸟鸣。
③霞帔（xiá pèi）：中国古代妇女礼服的一部分，类似披肩。

遣长途医生试电术　怜香伴爱妾学洋文

却说诸亲友正交头接耳，议论彩云妆饰越礼，忽人丛中夫人盛服走出，却听她说道："诸位亲长，今日见此举动，看此妆饰，必然诧异，然愿听妾一言：此次雯青出洋，妾本该随侍同去，无奈妾身体荏弱，不能前往；今日所娶的新人，就是代妾的职分。而且公使夫人是一国观瞻所系，草率不得，所以妾情

孽海花

愿从权,把诰命补服暂时借她,将来等到复命还朝时,少不得要一概还妾的。诸尊长以为如何?"言次,大家都同声称赞。行礼毕,彩云叩见雯青夫妇,大家送入洞房。雯青这一喜,感激夫人到十二分,自己就从新房出来,应酬外客。雯青陪着畅饮,到漏静更深,方始散去。雯青进来,自然假意至夫人房中,夫人却早关了门。雯青只得自回新房,与彩云叙旧。久别重逢,绸缪备至,自不消说。

正是芳时易过,倏满假期,便别了夫人,带了彩云,一径到上海。雯青因是钦差大臣,上海道特地派了一只官轮来接。一班名士寄来送行诗词,清词丽句,觉得美不胜收。翻到末了一封,却是庄小燕的,雯青连忙拆开,暗想此人的手笔倒要请教。你道雯青为何见了庄小燕姓名,就如此郑重呢?小燕是个广东人,佐杂出身,却学富五车,而且深通两学,屡次出洋,现在因交涉上的劳绩,保举到了侍郎,不日又要出使美、日、比哩!雯青当时拆开一看,却是四首七律道:

诏持龙节度西溟,又捧天书问北庭。
神禹久思穷亥步,孔融真遣案丁零。
遥知汊极双旌驻,应见神州一发青。
直待车书通绝徼,归来扈跸禅云亭。

声华藕藕侍中君,清切承明出入庐。
早擅多闻笺豹尾,亲图异物到邛虚。
功名儿勒黄龙舰,国法新衔赤雀书。
争识威仪迎汉使,吹螺伐鼓出穹闾。

竹枝异域词重谱,敕勒风吹草又低。
候馆花开赤璎珞,周庐瓦复碧琉璃。
异鱼飞出天池北,神马徕从雪岭西。
写入夷坚支乙志,杀青他日试标题。

不嫌夺我凤池头,谭思珠玲佐庙谋。
敕赐重臣双白璧,图开生绢九瀛洲。
茯苓赋有林牙诵,苜蓿花随驿使稠。
接伴中朝人第一,君家景伯旧风流。

雯青看罢,拍案叫绝道:"真不愧白衣名士,我辈愧死了!"遂即收好,交与管家。回天后宫行辕,已在午牌时候。

早有自己的参赞、翻译、随员等等这一班人齐集着,都要谒见。手本进去,不一时,就见管家出来传话:"单请匡朝凤匡大人、戴伯孝戴老爷进去,有公事面谈。其余老爷们,一概明日再见吧。"大家听见这话,就纷纷散了。只剩匡次芳、戴伯孝二人,跟那管家往里边去。到了客厅,雯青早在等着,见他们进来,连忙招呼道:"次兄,伯兄,这几日辛苦了!快换了便服,我们好长谈。"次芳等上前见了,早有阿福等几个俊童,上去替他们换衣服。次芳一面换,一面说走:"这里分内的事,算什么辛苦。"说着,主宾坐了。雯青问起乘坐公司船,次芳道:"正要告诉老前辈,此次出洋,既先到德国,再到俄、奥诸国,自然坐德公司的船为便。前十数日德领事来招呼,本月廿二日,德公司有船名萨克森的出口,这船极大。船主名质克,晚生都已接头过了。"伯孝道:"卑职和匡参赞商量,替大人定的是头等舱,匡参赞及黄翻译、塔翻译等坐二等,其余随员学生都是三等。"雯青道:"我听说外国公司船,十分宽敞,就是二等舱,也比我们招商局船的大餐间大得多哩。其实就是我也何必一定要坐头等呢!"次芳道:"使臣为一国代表,举动攸关国体,从前使德的刘锡洪、李葆丰,使俄的嵩厚、曾继湛,使德、意、荷、奥的许镜徵,我们的前任吕萃芳,晚生查看过旧案,都是坐头等舱,不可惜小费而伤大体。"次芳说时,戴会计凑近了雯青耳旁,低声道:"好在随员等坐的是三等,都开报了二等,这里头核算过来差不多,大人乐得舒服体面。"雯青点点头。次芳顺手在靴筒里拔出一个折子,递到雯青手里道:"这里开报启程、日期的折子,誊写已好,请老前辈过目后,填上日子,便可拜发了。"雯青看着,忽然面上踌躇了半响道:"公司船出口是廿二,这天的日子……"这句话还没有说出,戴伯孝接口道:"这不用大人费心,卑职出门就是一二百里,也要拣一个黄道吉日。况大人衔命万里,关着国家的祸福,哪有轻率的道理?这日子是大人的同衙门最精河图学的余笏南检定的,恰好这日有此船出口,也是大人的洪福照临。"雯青道:"原来笏南在这里,他拣的日子是一定好的,不用说了。"看看天色将晚,次芳等就退了出来。当日无话。

次日,雯青不免有宴会拜客等事,又忙了数日,直到廿二日上午,方把诸事打扫完结。午后大家上了萨克森公司船,慢慢地出了吴淞口,口边俄、德各国兵轮,自然要升旗放炮的致敬。出口后,一路风平浪静,依着欧、亚航路进行。彩云还是初次乘坐船,虽不颠簸①,终觉头晕眼花,终日的困卧。不知不觉,已过了亚丁,入了红海,将近苏伊士河地方。

这日雯青刚与彩云吃过中饭,彩云要去躺着,劝雯青去寻次芳谈天。彩云喊阿福好好伺候着,恰好阿福不在那里,雯青道:"不用叫阿福。"就叫三个小僮跟着,到二等舱来,听见里面人声鼎沸,不知何事。雯青叫一个小僮,先上前去探看,只听里面阿福的口声,叫这小僮道:"你们快来看外国人变戏法!"

正喊着,雯青已到门口,向里一望,只见中间一排坐着三个中国人,似乎打盹的样子;一个中年有须的外国人,立在三人前头,矜心作意地凝神注视着;四面围着许多中西男女。次芳及黄、塔两翻译也在人丛里,看见雯青进来,齐来招呼。次芳道:"老前辈来得正巧,快请看毕叶发生的神术!"雯青茫然不解。那个外国人早已抢上几步来,与雯青握着手,回顾次芳及两翻译道:"这便是出使敝国的金大人么?"雯青听这外国人会说中国话,便问道:"不敢，在下便是金某，没有请教贵姓大名。"黄翻译道："这位先生叫毕叶士克，是俄国有名的大博士，油画名家，精通医术，还有一样奇怪的法术，能拘摄魂魄。一经先生施术之后，这人不知不觉，一举一动，都听先生的号令，直到醒来，自己一点也不知道。昨日先生与我们谈起，现在正在这里试验哩！"一面说，一面就指着那坐的三人道："大人，看这三个中国工人，不是同睡去的一样吗？"雯青听了，着实称异。毕叶笑道："这不是法术，我们西国叫做 Hypnotisme，是意大利人所发明的，乃是电学及心理学里推演出来的，没有什么稀奇。大人，你看他三人齐举左手来。"说完，又把眼光注射三人，那神情好像法师画符念咒似的，喝一声："举左手！"只见那三人的左手，如同有线牵的一般，一齐高高竖起。又道："我叫他右手也举起！"照前一喝，果然三人的右手，也都跟着他双双并举了。

于是满舱喝彩拍掌之声。毕叶连忙向众人摇手，叫不许喧闹，又喊道："诸君看，彼三人都要仰着头、张着嘴、伸着舌头、拍着手，赞叹我的神技了！"他一般的发了口令，不一时果然三人一齐拍起手来，那神气一如毕叶所说的，引得大家都大笑起来。次芳道："昨日先生说，能叫本人把自己隐事，自己招供，这个可以试验么？"毕叶道："这个试验是极易的。不过未免有伤忠厚，还是不试的好。"大家都要再试。雯青就向毕叶道："先生何妨挑一个试试。"毕叶道："既金公使要试，我就把这个年老的试一试。"

说着，就拉出三人中一个四五十岁的老者，单另坐开。毕叶施术毕，喝着叫他说。稍停一会儿，这老者忽然垂下头去，嘴里咕噜咕噜地说起来，起先不大清楚，忽听他道："这个钦差大人的二夫人，我看见了好不伤心呀！他们都道钦差的二夫人标致，我想我从前那个雪姑娘，何尝不标致呢？我记得因为自己是底下人，不敢做那些。雪姑娘对我说：'如今就是武则天娘娘，也要相与两个太监，不曾听见太监为着自己是下人推脱的。听说还有拼着脑袋给朝里的老大们砍掉，讨着娘娘的快活哩！你这没用的东西，这一点就怕么？'我因此就依了。如今想来，这种好日子是没有了。"大家听着这老者的话，愈说愈不像了，恐怕雯青多心，毕叶连忙去收了术，雯青倒毫不在意，笑着对次芳道："看不出这老头儿，倒是风流浪子。"大家和着笑了。雯青便叫阿福来装旱烟。一个小僮回道："刚才那老者说梦话的当儿，他就走了。"雯青听了无话。正看毕叶在那里鼓捣那三人，一会儿，都揩揩眼睛，如梦初觉，大家问他们刚才的事，一点也不知道。毕叶对雯青及众人道："这术还可以把各人的灵魂，彼此互换。现在这几人已乏了，改日再试吧。"

雯青正听着，忽觉眼前一道奇丽的光彩，定睛一看，却是一个二十来岁非常标致的女洋人，身上穿着纯黑色的衣裙，粉白的脸、金黄的发、蓝的眼、红的唇，真是说不出的一幅绝妙仕女图，半身斜倚着门，险些钩去了这金大人的魂灵。雯青不知不觉地看呆了，心想何不请毕先生把这人试一试，倒有趣，只不好开口。想了半天，忽然心生一计，就对毕叶道："先生神术，固然奇妙极了，但兄弟尚不能无疑。这三个中国人，安见不是先生买通的呢？"毕叶听罢，面上大有怫然之色。雯青接着道："并非我不信先生，我想请先生再演一遍。"说着，便指着女洋人低声道："倘先生能借这个女洋人一试妙技，那时兄弟真死心塌地的佩服了。"次芳及两个翻译也附和着雯青。毕叶怫然[2]道："这有何难？我立刻请这位姑娘，把那东边桌子上的一盆水果搬来，放在公使面前好么？"这句话原被雯青那一句激出来的。大凡欧洲人性情是直爽不过，又多好胜，最恨人家疑心他作伪。毕叶被雯青这一激，也不问那位姑娘是谁，就冒冒失失地施起他的法术来。他的法术又是百发百中，顿时见那姑娘脸上呆一呆，就袅袅婷婷地走到东边桌子上，伸出纤纤玉手，端着那盆冰梨雪藕，款步而来，端端正正地放在雯青坐的那张桌上。雯青这一乐非同小可，比着那金殿传胪、高唱谁某的时候，还加十倍！哪里知道这边施术的毕叶，这一惊也不寻常，却比那死刑宣告牵上刑台的当儿仿佛一般，连忙摘了帽子，向满船的人致敬，先说西话，又说中国话，叮嘱大家等姑娘醒来，切不可告诉此事。大家答应了。毕叶方放了心，慢慢请那位姑娘自回房中去，把法术解了。雯青诸人看见毕叶慌张情形，倒弄得莫名其妙，问他何故。毕叶吞吞吐吐道："这位姑娘是敝国有名的人物，学问极好，通十几国的语言学，实在是不敢渎犯[3]。"次芳道："毕叶先生知道她的名姓吗？"毕叶道："记得叫夏雅丽。"雯青道："她能说中国话么？"毕叶道："听说能作中国诗文！"雯青听了，不觉大喜。原来雯青自见了这姑娘的风度，实在羡慕，不过没法亲近。今听见会说中国话，这是绝好的引线了，当时就对毕叶道："兄弟有句不知进退的话，只是不敢冒昧。"毕叶道："金大人不用客气，有话请讲！"雯青道："就是敝眷，向来愿学西文，只是没有女师傅，总觉不便。现据先生说，贵国姑娘精通语言学，还会中文，没有再巧的好机会了。现在舟中没事，正好请教。先生既然跟夏姑娘同国，不晓得肯替兄弟介绍介绍么？"毕叶想一想道："这事既蒙委托，哪有不尽力的道理！不过这姑娘的脾气古怪，只好待小可探探口气，明日再行回复吧！"当时次芳及黄、塔两翻译，又替雯青帮腔了几句，毕叶方肯着实答应，于是大家都散归。

雯青回房，就把毕叶奇术，告诉彩云。彩云道："这没什么奇。那些中国人，一定是他的同党，跟我们苏州的变戏法一样骗人。"雯青又把那个女洋人的事情告诉她，说："这女洋人是我叫他试的，难道也是通同的么？"彩云于是也稀奇起来。雯青又把学洋文的话，从头述了一遍，彩云欢喜得很。原来彩云早有此意，与雯青说过几次。当晚无话。

次早，雯青刚刚起来，次芳已经候在大餐间。雯青见面，就问："昨天的事怎么了？"次芳道："成了。昨日老前辈去后，他就去跟这位姑娘攀谈[4]，灌了多少米汤，后来慢慢说到正文。姑娘先不肯，毕先生再三说合，方才允了。好在这姑娘也往德国，说在德国或许有一两个月耽搁，随后至俄。与我们的路途倒是相仿的，可以常教。不过要如夫人去就她的，每月薪水要八十马克。"雯青说："八十马克，不贵不贵，今天就去开学么？"次芳道："可以，她已等候多时了。"雯青道："等小妾梳洗了就来，你去招呼一声。"次芳答应着去了。雯青进来，次芳的话彩云早已听得明白，赶着梳好头。雯青就派阿福过去伺候，自己也来二等舱，与次芳等闲谈，正对着夏雅丽的房间。说说之间，时时偷看那边。彩云见了那位姑娘，倒甚投契。夏雅丽叫她先学德文，因德文能通行俄、德诸国缘故。从此之后，每日早来暮归。彩云资性聪明，不到十日，语言已略能通晓。夏雅丽也甚欢喜。

一日，萨克森船正过地中海，将近意大利的火山，时正清早，晓色苍然。雯青与彩云刚从床上跨下，共倚船窗，隐约西南一角云气郁葱，岛屿环青，殿阁拥翠，奇景壮观，怡魂养性。正在流连赏玩，忽见一人推门直入，左手揽雯青之袖，右手执彩云之臂，发出一种清冽之音，说道："我要问你们俩说话哩！如不直说，我眼睛虽认得你们，我的子弹可不认得你们！"雯青同彩云两人抬头一看，吓得目瞪口呆，不知何意。正是：

一朝魂落幻人手，百丈涛翻少女风。

欲知后事如何，且听下回分解。

【注释】

①颠簸（diān bǒ）：上下震荡；不平稳。
②怫（fú）然：愤怒的样子。
③渎犯：侮慢；冒犯。
④攀谈：为了接近对方而与之交谈；闲谈。

险语惊人新钦差胆破虚无党
清茶话旧侯夫人名噪赛工场

却说雯青正与彩云双双地靠在船窗，赏玩那意大利火山的景致，忽有人推门进来，把他们俩拉住问话。两人抬头一看，却就是那非常标致的女洋人夏雅丽姑娘。两人这一惊非同小可，知道前数日毕叶演技的事露了风了。只听那姑娘学着响亮的京腔道："我要问你，我跟你们往日无仇，今日无故，干吗你叫人戏弄我姑娘？你可听打听听看，本姑娘是大俄国轰轰烈烈的奇女子，我为的是看重你是一个公使大臣，我好意教你那女人念书，谁知道你们中国的官员，越大越不像人，简直都是糊涂的蠢虫！我姑娘也不犯和你们讲什么理，今儿个就叫你知道知道姑娘的厉害！"说着，伸手在袖中取出一支雪亮的小手枪。雯青被那一道的寒光一逼，倒退几步，一句话也说不出。还是彩云老当，见风头不妙，连忙上前拉住夏雅丽的臂膀道："密斯请息怒，这事不关我们老爷的事，都是贵国毕先生要显他的神通，我们老爷是看客。"雯青听了方抖声接说道："我不过多了一句嘴，请他再演，并没有指定着姑娘。"夏雅丽鼻子里哼了一声。彩云又抢说道："况老爷并不知道姑娘是谁，不比毕先生跟姑娘同国，晓得姑娘的底里，就应该慎重些。倘或毕先生不肯演，难道我们老爷好相强吗？所以这事还是毕先生的不是多哩，望密斯三思！"

夏雅丽正欲开口，忽房门咿呀一响，一个短小精悍的外国人，挨身进来。雯青又吃一吓，暗忖道："完了，一人还打发不了，又添一个出来！"彩云眼快，早认得是船主质克，连忙喊道："密斯脱质克，快来解劝解劝！"夏雅丽也立起道："密斯脱质克，你来干吗？"质克笑道："我正要请问密斯到此何干，密斯倒问起我来！密斯你为何如此执性？我昨夜如何劝你，你总是不听，闹出事来，倒都是我的不是了！"

夏雅丽怒颜道："难道我不该来问他么？"质克道："不管怎么说。这事金大人固有不是，毕先生更属不该。但毕叶在演术的时候，也没有留意姑娘是何等人物，直到姑娘走近，看见了贵会的徽章，方始知道，已是后悔不及。至于金大人，是更加茫然了。据我的意思，现在金大人是我们两国的公使，闹出国际问题，已属不犯着。况现在公使在我的船上，都是我的责任，我绝不容姑娘为此强硬手段。"夏雅丽道："照你说来，难道就罢了不成？"质克道："我的愚见，金公使渎犯了姑娘，自然不能太便宜他。我看现在贵党经济十分困难，叫金公使出一宗巨款，捐入贵党，聊以示罚。在姑娘虽受些小辱，而为公家争得大利，姑娘声誉，必然大起，大家亦得安然无事，岂不两全？至于毕先生是姑娘的同国，他得罪姑娘，心本不安，叫他在贵党尽些力，必然乐从的。"这番说话，质克都是操着德话，雯青是一句不懂。彩云听得明白，连忙道："质克先生的话，我们老爷一定遵依的。"其时夏雅丽面色已和善了好些，手枪已放在旁边小几上，开口道："既然质克先生这么说，我就看着国际的名誉上，船主的权限上，便宜了他。但须告诉他，不比中国那些见钱眼开的主儿，什么大事，有了孔方，都一天云雾散了。再问他到底能捐多少呢？"质克看着彩云。彩云道："这个一切听姑娘主张。"夏雅丽拿着手枪一头往外走，一头说道："本会新近运动一事，要用一万马克，叫他担任了就是了。"又回顾彩云道："这事与你无干，刚才恕我冒犯，回来仍到我那里，今天要上文法了。"说着，扬长而去。彩云诺诺答应。质克向着彩云道："今天险极了！亏得时候尚早，都没有晓得，暗地了结，还算便宜。"说完，自回舱面办事。

这里雯青本来吓倒在一张榻上发抖，心中又怕又疑。惊魂略定，彩云方把方才的话，从头告诉一遍，一万马克，彩云却说了一万五千。雯青方略放心，听见要拿出一万五千马克，不免又懊恼起来，与彩云商量能否请质克去说说，减少些。彩云撅着嘴道："刚才要不是我，老爷性命都没了。这时得了命，又舍不得钱了。我劝老爷省了些精神吧！人家做一任钦差，哪个不发十万八万的财，何至于这一点儿买命钱，倒肉痛起来？"雯青无语。不一会儿，男女仆人都起来伺候，雯青、彩云照常梳洗完毕，雯青自有次芳及随员等相陪闲话，彩云也仍过去学洋文。

到傍晚时候，毕叶也来雯青处，其时次芳等已经散了。毕叶就说起早上的事道："船主质克另要谢仪，罚款则俟到德京由彩云直接交付，均已面议妥协，叫彼先来告诉雯青一声。"雯青只好一一如命。又问起："这姑娘到底在什么会？"毕叶道："讲起这会，话长哩。这会发源于法兰西人圣西门，乃是平等主义的极端。他立这会的宗旨，就要把假平等弄成一个真平等：无国家思想，无人种思想，无家族思想，无宗教思想；废币制，禁遗产，冲决种种网罗，打破种种桎梏[①]；皇帝是仇敌，政府是盗贼，国里有事，全国人公议公办。掷可惊可怖之代价，要购一完全平等的新世界。"

雯青越听越不懂，究竟毕叶是外国人，不敢十分批驳，不过自己咕噜道："男的还罢了，怎么女人家不谨守闺门，也出来胡闹？"毕叶连忙摇手道："大人别再惹祸了！"雯青只好闭口不语，彼此没趣散了。斯时萨克森船尚在地中海，这日忽起了风浪，震荡得实在厉害，大家困卧了数日，无事可说。直到七月十三日，船到热瓦，雯青谢了船主，换了火车，走了五日，始抵德国都城柏林。

在德国自有一番迎接新使的礼节，不必细述。前任公使吕莘芳交了簒务，然后雯青率同参赞随员等一同进署。连日往谒德国大宰相俾思麦克，适遇俾公事忙，五次方得见着。随后又拜会了各部大臣及各国公使。又过了几月，那时恰好西历一千八百八十八年正月里，德皇威廉第一去世，太子飞蝶丽新即了日耳曼帝位，于是雯青就趁着这个当儿，觐见[②]了德皇及皇后维多利亚第二，呈递国书，回来与彩云讲起觐见许多仪节。彩云忖着自己在夏雅丽处学得几句德语，便撒娇撒痴要去觐见。雯青道："这是容易，公使夫人本来应该觐见的。不过我中国妇女素来守礼，不愿跟他们学。前几年只有个曾小侯夫人，她却倜傥，一到西国居然与西人弄得来，往来联络得热闹。她就跟着小侯，一样觐见各国皇帝。我们中国人听见了，自然要议论她，外国人却佩服。你要学她，不晓得你有她的本事没有？"彩云道："老爷，你别瞧不起人！曾侯夫人也是人，难道她有三头六臂么？"雯青道："你倒别说大话。有件事，现在洋人说起，还赞她聪明，只怕你就干不了！"彩云道："什么事呢？"雯青笑着说道："你不忙，你装袋旱烟我吃，让我慢慢地讲给你听。"彩云抿着嘴道："什么稀罕事儿！值得这么拿腔？！"说着，便拿一根湘妃竹牙嘴三尺来长的旱烟筒，满满地装上一袋蟠桃香烟，递给雯青，一面又回头叫小丫头道："替老爷快倒一杯酽酽[③]儿的清茶来！"笑眯眯地向着雯青道："这可没得说了,快给我讲吧!"雯青道:"你提起茶,我讲的是一段茶的故事。当日曾侯夫人出使英国。那时英国刚刚起了个什么叫做'手工赛会'。这会原是英国上流妇女集合的,凡有妇女亲手制造的物件,荟萃④在一处,叫人批评比赛,好的就把金钱投下,算个赏彩。到散会时,把投的金钱,大家比较,谁的金钱多,系谁是第一。却说这个侯夫人,当时结交广,这会开的时候,英国外交部送来一角公函,请夫人赴会。曾侯便问夫人:'赴会不赴会?'夫人道:'为什么不赴?你复函答应便了。'曾侯道:'这不可胡闹。我们没有东西可赛,不要事到临头,拿不出手,被人耻笑,反伤国体!'夫人笑道:'你别管,我自有道理。'曾侯拗不过,只好回书答应。"彩云道:"这应该答应,叫我做侯夫人,也不肯不争这口气。"

　　说着,恰好丫环拿上一杯茶来。雯青接着一口一口地慢慢喝着,说道:"你晓得她应允了,怎么样呢?却毫不在意,没一点儿准备。这日正是开会的第一日,曾侯清早起来,却不见了夫人,知道已经赴会去了,连忙坐了马车,赶到会场,只见会场中人山人海,异常热闹。四处找他夫人,一时慌了,竟找不着。只听得一片喝彩声、拍掌声,从会场门首第一个桌子边发出。回头一看,却正是他夫人坐在那桌子旁边一把矮椅上,桌上却摆着十几个康熙五彩的鸡缸杯,几把紫砂的龚春名壶,壶中满贮着无锡惠山的第一名泉,泉中沉着几撮武夷山的香茗,一种幽雅的古色,映着陆离的异彩,直射眼帘;一股清俊的香味,趁着氤氲的和风,直透鼻官。许多碧眼紫髯的伟男、卷发蜂腰的仕女,正是摩肩如云、挥汗成雨的时候,烦渴得很。忽然一滴杨枝术,劈头洒将来,正如仙露明珠,琼浆玉液,哪一个不欢喜赞叹?顿时抛掷金钱,如雨点一般。直到会散,把金钱汇算起来,侯夫人竟占了次多数。曾侯那时的得意可想而知,觉脸上添了无数的光彩。你想侯夫人这事办得聪明不聪明?写意不写意?无怪外国要佩服她!你要有这样本事,便不枉我带你出来走一趟了。"

　　彩云听着,心中暗忖⑤:老爷这明明估量我是个小家女子,不能替他争面子,怕我闹笑话。我倒偏要显个手段胜过侯夫人,也叫他不敢小觑。想着,扭着头说道:"本来我不配比侯夫人,她是金一般,玉一般的尊贵,我是脚底下的泥,路旁的草也不如,哪里配有她的本事!出去替老爷坍了台,倒叫老爷不放心,不如死守着这螺蛳壳公使馆,永不出头;要不然,送了我回去,要出丑也出丑到家里去,不关老爷的体面。"雯青连忙立起来,走到彩云身旁,拍着她肩笑道:"你不要多心,我何尝不许你出去呢!你要觐见,只消叫文案上备一角文书,知照外部大臣,等他择期觐见便了。"彩云见雯青答应了,方始转怒为喜,催着雯青出去办文。雯青微笑地慢慢踱出去了。正是:

　　初送隐娘金盒去,却看冯嫽锦车来。

　　欲知后事,且听下回细说。

【注释】

①桎梏(zhì gù)：束缚，压制。
②觐(jìn)见：朝见。
③酽(yàn)酽：很浓。
④荟萃(huì cuì)：聚集。
⑤暗忖(cǔn)：思量。

潘尚书提倡公羊学　黎学士狂胪老鞑文

上回正说彩云要觐见德皇，催着雯青去办文，知照外部。雯青自然出来与次芳商量。次芳也不便反对，就交黄翻译办了一角请觐的照例公文。谁知行文过去，恰因飞蝶丽政躬不适，一直未得回文，连雯青赴俄国的日期都耽搁了。趁雯青、彩云在德国守候没事的时候，做书的倒抽出这点空儿，要暂时把他们搁一搁，叙叙京里一班王公大人，提倡学界的历史了。

原来犖如、唐卿、珏斋这班同乡官，自从那日饯送雯青出洋之后，不上一年，唐卿就放了湖北学政，珏斋放了河道总督，庄寿香也从山西调升湖广总督，苏州有名的几个京官也都风流云散。就是一个潘探花八瀛先生，已升授了礼部尚书，位高德劭，与常州龚状元平、现做吏部尚书的和甫先生，总算南朝两老。这位潘尚书学问渊博，性情古怪，专门提倡古学，不但喜欢讨论金石，尤喜讲《公羊》《春秋》的绝学，那班殿卷试帖的太史公，哪里在他眼里。所以犖如虽然传了鼎甲的衣钵①，沾些同乡的亲谊，又当着乡人冷落的当儿，却只照例请谒，不敢十分亲近。因此犖如那时在京，觉清静。那一年正是光绪十四年，太后下了懿旨，宣布了皇帝大婚后亲政的确期。四海臣民，同声欢庆。恰又遇着戊子乡试的年成，江南大主考，放了一位广东南海县的大名士，姓黎，号石农，名殿文，词章考据，色色精通，写得一手好北魏碑版的字体，尤精熟辽、金、元史的地理，把几部什么《元秘史》、长春真人《西游记》、《双溪醉隐集》都注遍了，要算何愿船、张舟斋后独步的人物了。当日雯青在京的时候，也常常跟他在一处，讲究西北地理的学问。江南放了这人做主考，自然把沿着扬子江如鲫的名士，一网都打尽了。苏州却也收着两个。一个姓米，名继曾，号筱亭；一个却姓姜，名表，号剑云，都列在魁卷中。当时这部闱墨出来，大家就议论纷纷，说好的道"沉博绝丽"，说坏的道"牛鬼蛇神"。犖如在寓无事，也去买一部来看看，正独自咕哝着，一个管家跑进回道："老爷派了磨勘官了，请立刻就去。"犖如便叫套车。上车一直跑到磨勘处，与认得的同官招呼过了，便坐下读卷。忽听背后有一人说道："这回磨勘倒要留点神，别胡粘签子，回来粘差了，叫人笑话！"

搴如听着那口音熟，回头看时，却是袁尚秋，与邻座一个不大熟识的、仿佛是个旗人，名叫连沅，号苓仙的，在那里议论。搴如本来认得尚秋，便拱手招呼。尚秋却待理不理的，点了一点头。搴如心里不舒服，没奈何，只好摊出卷子来，一本一本地看，心里总想吹毛求疵②，见得自己的细心，且要压倒尚秋方才那句话。忽然看到一本，面上现出喜色，便停了看，手里拿着签子要粘，嘴里不觉自言自语道："每回我粘的签子，人家总派我冤屈人，这个可给我粘着了，再不能说我粘错了。"搴如一人咕哝着，不想被尚秋听见了，便立起伸过头来，凑着卷子道："搴如，你签着什么字？"搴如就拿这本卷子挪过桌子，指给尚秋看道："你看这个荒唐不荒唐？感慨的'慨'字，会写成木字的'概'字。这个文章，一定是枪替来的，否则谬不至此！"尚秋看了不语，却对那个邻座笑了一笑，附耳低低说了两句话，依然坐下。搴如看见如此神情，明明是笑他，自己不信，难道这个还是我错，他不错吗？心里倒疑惑起来。停一会儿，尚秋忽叫着那人道："苓仙兄，上回考差时候，有个笑话儿，你知道吗？"指着搴如道："也就是这位搴兄的贵同乡。那日题目，是出的《说文解字》，他不晓得，听人说是《说文》，他便找我问道：'这题目到底出在许《说文》上的呢，还是段《说文》呢？'我那时倒没话回他，便道：'老兄且不要问，回去弄明白了《说文》是谁著的，再问吧！'"

　　那邻座的旗人笑道："这人你不要笑他，他到底还晓得《说文》，总算认得两个大字，比那一字不识、《汉书》都没有看过，倒要派人家写别字的强多着呢！"搴如一听此话，不禁脸上飞红，强着冷笑道："你们别指东说西地挖苦人。你们既讲究《说文》，这部书我也曾看过，里头最要紧，总不外声音意思两样。现在这个'慨'字，意思不是叹气吗？叹气从心里发出，自然从心旁，难道木头人会叹气的吗？这就不通极了！你们说我没有读《汉书》，我看你们看的《汉书》，决然不是原版初印，上了当了！"尚秋见搴如动了气，就不敢言语了。搴如接着道："况且我们做翰林的本分，该依着字学举隅写，才是遵王的道理。偏要寻这种僻字吓人，不但心术坏了，而且故违公令，不成了悖逆吗？"

　　当时尚秋与那个旗人，都低着头看卷子，由他一人发话。不一时，卷子看完，大家都出来了。尚秋因刚才的话，怕搴如芥蒂③，特地走过来招呼道："搴兄，八瀛尚书那里，你今天去吗？"搴如正收拾笔砚，听了摸不着头脑，忙应道："去做什么？"尚秋道："八瀛尚书没有招你吗？今天是大家公祭何邵公哟！"搴如愕然道："何邵公是谁呀？八瀛从没提这人。喔，我晓得了，大家知道我跟他没有交情，所以公祭没有我的份儿！"尚秋忍不住笑道："何邵公不是今人，就是注《公羊》《春秋》的汉何休呀！八瀛先生因为前几天钱唐卿在湖北上了一个封事，请许叔重从祀圣庙，已经部议准了。八瀛先生就想着何邵公，也是一个汉朝大儒，邀着几个同志议论此事，顺便就在拱宸堂公祭一番，略伸敬仰的意思。挚兄，你高兴同去观礼吗？"挚如向来对于这种事不愿与闻，想回绝尚秋。转念一想，尚书处多日未去，好像过于冷落，看看时候还早，回去没事，落得借此通通殷勤，就答应了尚秋，一同出来，上车向着南城米市胡同而来。

到得潘府门前，当时门上接了帖子，尚秋在前，挚如在后，一同进去，领到一间幽雅的书室。满架图书，却堆得横七竖八，桌上列着无数的商彝周鼎，古色斑斓。两面墙上挂着几幅横披，题目写着消夏六咏，都是当时名人和八瀛尚书咏着六事的七古诗：一拓铭，二读碑，三打砖，四数钱，五洗砚，六考印，都是拿考据家的笔墨，来作的古今体诗，也是一时创格。内中李纯客、叶缘常的最为详博。正中悬个横匾，写着大的"龟巢"两个字，下边署款却是"成煜书"，知道是满洲名士、国子监祭酒成伯怡写的了。挚如看着，却不解这两字什么命意。

尚秋是知道潘公好奇的性情，当时候的书笺，还往往署着"龟白"两字，当做自己的别号哩，所以倒毫不为奇。尚秋、挚如走进书房，见正中炕上左边，坐着个方面大耳的长须老者，不问而知为龚和甫尚书；右边一个胖胖儿面孔，凑近龚尚书，同看那书，那人就是写匾的伯怡先生。下面两排椅子上，坐着两个年纪稍轻的，右面一个苍黑脸的，神情活像山西票号里的掌柜；左边个却是唇红齿白的美少年。这两人，尚秋却不大认识。八瀛尚书正坐在主位上，看见尚秋，迎着道："怎么你和挚如一块儿来了？"尚秋不及回言，与挚如上去见了龚、成两老，又见了下面两位。尚秋正要问姓名，挚如招呼，指着那苍黑脸的道："这是米筱亭兄。"又指那少年道："这是姜剑云，都是今科的新贵。"潘尚书接口道："两位都是石农的得意门生哟！"上面龚尚书也放了那本书道："现在尚秋已到，只等石农跟纯客两个，一到就可行礼了。"伯怡道："我听说还有庄小燕、段扈桥哩。"八瀛道："小燕今日会晤一个外国人，说不能来了。扈桥今日在衙门里见着，没有说定来，听说他又买着了一块张黑女的碑石，整日在那里摩挲①哩，只好不等他罢！"

于是大家说着，各自坐定。尚秋正要与姜、米两人搭话，忽见院子里蹀进两人。走近一看，却认得前头是荀子珮，名春植；后头个是黄叔兰的儿子，名朝杞，号仲涛。那时子珮看见尚秋开口道："你来得好晚，公祭的仪式，我们都预备好了。"尚秋听了，方晓得他们在对面拱宸堂里铺排祭坛祭品，就答道："偏劳两位了。"龚尚书手拿着一本书道："刚才伯怡议，这部北宋本《公羊春秋何氏注》，也可以陈列祭坛，你们拿去吧！"子珮接着翻阅，尚秋、挚如也凑上看看，只见那书装潢华美，澄心堂粉画冷金笺的封面，旧宣州玉版的衬纸，上有上宋五彩蜀锦的题签，写着"百宋一廛所藏，北宋小字本公羊春秋何氏注"一行，下注"千里题"三字。尚秋道："这是谁的藏本？"潘尚书道："是我新近从琉璃厂翰文斋一个老书估叫老安的手里买的。"子珮道：

"老安的东西吗？那价钱必然可观了。"龚尚书道："也不过三百金罢了。"尚秋又将那书看了几遍，里头有两个图章：一个是"莞圃过眼"，还有一个"曾藏汪阆源家"六字。尚秋道："既然莞翁的藏本，怎么又有汪氏图印呢？"那苍黑脸的米筱亭忙接口道："本来莞翁的遗书，后来都归汪氏的。汪氏中落，又流落出来，于是经史都归了常熟瞿氏铁琴铜剑楼，子集都归了聊城杨氏海源阁。这书或者常熟瞿氏遗失的，也未可知。我曾经在瞿氏校过书，听瞿氏子孙说，长发乱时，曾失去旧书两橱哩。"孳如听大家你一句我一句。忽听一阵脚步声，几个管家说道："黎大人到！"就见黎公摇摇摆摆进来，嚷道："来迟了，你们别见怪呀！"看见姜、米两人，就笑道："你们也在这里，我来得巧了。"潘尚书笑道："怎样着，贵门生不在这里，你就来得不巧了？"石农道："再别提门生了。如今门生收不得了，门生愈好，老师愈没有日子过了。"龚、潘两尚书都一愣道："这话怎么讲？"石农道："我们坐了再说。"于是大家坐定。石农道："我告诉你们，昨儿个我因注释《元秘史》，要查一查徐星伯的《西域传注》，家里没有这书，就跑到李纯客那里去借。"成伯怡道："纯客不是你的老门生吗？"石农道："论学问，我原不敢当老师，只是承他情，见面总叫一声。昨天见面，也照例叫了。你道他叫了之后，接上句什么话？"龚尚书道："什么话呢？"他道："老师近来跟师母敦伦的兴致好不好？我当时给他蒙住了，脸上拉不下来，又不好发作，索性给他畅论一回容成之术，素女方呀，医心方呀，胡诌了一大篇。今天有个朋友告诉我，昨天人家问他，为什么忽然说起'敦伦'？他道：'石农一生学问，这"敦伦"一道，还算是他的专门，不给他讲"敦伦"，讲什么呢？'你们想，这是什么话？不活气死了人！你们说这种门生还收得吗？"说罢，就看着姜、米二人微笑。大家听着，都大笑起来。潘尚书忽然跳起来道："不好了，了不得了！"就连声叫："来！来！"大家倒愣着，不知何事。

一会儿，一个管家走到潘尚书跟前，尚书正色问那管家道："这月里李治民李老爷的喂养费，发了没有？"那管家笑着说："不是李老爷的月敬吗？前天打发人送过去了。"潘尚书道："发了就得了。"就回过头来，向着众人笑道："要迟发一步，也要来问老夫'敦伦'了！"众人问什么叫喂养费？龚尚书笑道："你们怎糊涂起来？他挖苦纯客是骡子罢了！"于是众人回味，又大笑一回。正笑着，见一个管家送进一封信来。潘尚书接着一看，正是纯客手札，大家都聚头来看着。

孳如今日来得本来勉强，又听他们议论，一半不明白，一半不以为然，坐着好没趣，就暗暗溜出。到了家中，他的夫人告诉他道："你出门后，信局送来上海文报处一信，还有一个纸包，说是俄国来的东西，不知是谁的。"说罢，就把信并那包，一同送上去。孳如拆开看了，又拆了那纸包，却密密层层地包着，直到末层，方露出是一张一尺大的西法摄影。上头却是两个美

丽的西洋妇人。莙如夫人看了不懂,心中不免疑惑,正要问明,忽听莙如道:"倒是一件奇闻。"正是:

方看日边德星聚,忽传海外雁书来。

欲知后事如何,且听下回分解。

【注释】

①衣钵(bō):原指佛教中师父传授给徒弟的袈裟和钵,后泛指传授下来的思想、学问、技能等。

②吹毛求疵(cī):吹开皮上的毛,寻找里面的毛病。比喻故意挑剔别人的毛病、缺点。

③芥蒂(jiè dì):本指细小的梗塞物,后比喻心里的不满或不快。

④摩挲(mó suō):抚摩;抚弄。

影并帝天初登布士殿 学通中外重翻交界图

却说莙如当日正接了一封俄国邮来的信件,还没拆开,先见两个西装妇女的摄影,不解缘故。他夫人倒大动疑心起来。莙如连忙把信拆开,原来这封信还是去年腊月里,雯青初到圣彼得堡京城所寄的。信中并无别话,就告诉莙如几时由德动身,几时到俄。又说在德京,用重价购得一幅极秘密详细的中俄交界地图,自己又重加校勘,即日付印,印好后就要打发员赍送来京,呈送总理衙门存档,先托莙如妥为招呼等语,辞气非常得意。直到信末,另附一纸,说明这张摄影的来由,又是件旷世稀逢的佳话。

话说雯青驻节柏林,只等彩云觐见后就要赴俄;已经耽搁了一个多月,恰值德皇政体违和,外部总没回文。雯青心中焦闷,倒是彩云兴高采烈,到处应酬,东来西往,煞是风光。彩云容貌本好,又喜修饰,倒弄得艳名大噪起来。偌大一个柏林城,几乎没个不知道傅彩云是中国第一个美人,连铁血宰相的郁亨夫人,也来往过好几次。那郁亨夫人,替彩云又介绍认得了一位贵夫人,自称维亚太太,说是德国的世爵夫人,年纪不到五十许,神情八面威风。那日一见彩云,就非常投契,从此也常常约会。不过约会的地方,不在花园,即在戏馆,从不叫登这夫人的邸第,夫人也没有来过。彩云有时提起登门造访的话,那太太总把别话支吾①。彩云只得罢了。话且不表。

却说有一晚,彩云刚与这位太太在维良园看完了戏,独自回来,坐着一辆华丽的轿式双马车,如飞地到了使馆门口停住。车夫拉开车门,彩云正要跨下,却见马路上有一个十七八岁的美童,飞奔地跑到车前,把肩膀凑近车门,口里还吁吁发喘。彩云就一手搭在他肩上,轻轻地跳了下来。进了馆门,就有一班管家们，喊道："太太回来了，快掌灯伺候！"这当儿，那些丫环仆妇也都知道了，在楼上七跌八撞地跑了下来。那时彩云已到了升高机器小屋里，那些丫环仆妇都要上前搀扶，都道："阿福哥，劳你驾了！让我们来搀着吧！"彩云冷笑了一声，自顾仍扶着阿福。那机器就如飞地上升了。到了楼上，彩云有气没力的，全身都靠在阿福的身上，连喘带笑地迈到了自己卧房一张五彩洋锦的软榻上就倒下了，两颊绯晕，双眼粘饧，好像贵妃醉酒一般，歪着身，斜着眼，似笑不笑地望着阿福。阿福也笑眯眯地低着头，立在榻旁。彩云忽然把一个玉葱，咬着银牙，狠狠地直指到阿福额上，颤声道："你这坏透顶的小子，我不想今儿个……"刚说到这里，那些丫环仆妇都从扶梯上走了进来，彩云就缩住了口，马上翻过脸来道："你们这班使坏心的娼妇，都晓得这会儿我快回来了，倒一个个躲起来。幸亏阿福是个小子，不要紧，要是大汉子，臭男人，也叫我扶着走吗？"彩云说罢，那些丫环仆妇都面面相觑②，不敢则声。阿福就趁势回道："那辆车，明天还叫他来伺候吗？"彩云道："明天有什么事？"阿福道："怎么太太会忘了！明儿个维亚太太约游缔尔园吗？"彩云想一想道："不错，看戏的时候，她当面约定的。"说着，把眼瞪着阿福道："可是我再不要坐轿式车了。明天早上，叫她来一辆亨斯美吧！"阿福笑道："你自个儿拉缰吗？"彩云道："谁耐烦自个儿拉，你难道折了手吗？"阿福笑了一笑，再要说话，听见房门外靴声橐橐，仆妇们忙喊道："老爷进来了！"阿福顿时失色，慌慌张张想溜。彩云故意正色高声地喊道："阿福，你别忙走呀！我还有话吩咐呢！"阿福会意，就垂着手，答应一声："着！""你告诉她，明儿早上八点钟来，别误了！"这当儿，雯青一头掀着门帘，一头嘴里咕噜着："阿福老是这样冒冒失失得风使篷的。"说着，已经踱了进来，冲着彩云道："明天你又要上哪儿去了？"其时阿福得空，就挨身出房。彩云撅着嘴道："到缔尔园去，会一个外国女朋友，你问她什么？难道你嫌我多出门吗？什么又不又的？"说着，赌气就一溜风走到床后去更衣洗面了。雯青讨了个没趣，低低说道："彩云，你近来真变了相了，我一句话没有说了，你就生气了。我原是好意，你可知道今天外部已有回文，叫你后天就去觐见，在沙老顿布士宫 CharlotenBburg，离着柏林有二三十里地呢！我怕你连日累着，想要你歇息歇息呀！"彩云听了雯青这番软话，心里想想，到底有点过意不去，又晓得觐见在即，倒又欢喜起来，就笑嘻嘻走到床面前来道："谁生气来？不过老爷也太顾怜我了。既然后天要觐见，明天早点回来，省得老爷不放心，好吗？"雯青道："这也由你吧！"说罢，彼此一笑，同入罗帏。一宵无话。

原来这座花园，古呢普提坊要算柏林市中第一个名胜之区。崇楼杰阁，曲廊洞房，锦簇花团。园中有座三层楼，画栋飞龙，雕盘承露，尤为全园之中心点。其最上一层有精舍四五，无不金钉衔壁，为贵绅仕女登眺之所。彩云每次到园，与诸贵女聚会，总在此间憩息③。这日马车进了园门，就一径到

孽海花

〇四九

这楼下下车,阿福扶着,迤逦登楼。刚走到常坐的那一间门口,彩云一只纤趾正要跨进,忽听咳嗽一声,抬头一看,却见屋里一个雄赳赳的日耳曼少年,金发赫颜,风采奕然,一身陆军装束,很是华丽。见了彩云,一双美而且秀的眼光,把彩云周身上下打了一个圈儿。彩云猛吃一惊,连忙缩脚退出。阿福指着道:"间壁有空房,我们到那里坐吧!"说罢,就掖了彩云径进那紧邻的一间精室。彩云坐下,就吩咐阿福道:"你到外边去候着,等维亚太太一到,就先来招呼。"阿福答应如飞而去。彩云独自在房,心里暗忖那个少年不知是谁,倒想不到外国人有如此美貌的!看他神情,见了我也非常留意,可见好色之心,中外是一样了。彩云胡思乱想了一会,觉得心神恍惚,就和身倒在一张红绒如意榻上,睡眼惺忪④,似睡不睡的,正有点朦胧,忽听耳边有许多脚步声,连忙张开眼来,却见阿福领了一个中年妇人上来。彩云忙问阿福道:"这是谁?"阿福道:"这位就是维亚太太打发来的。"那妇人就接嘴道:"我们主人说,今天不来这里了,要请密细斯到我们家里去。主人特地叫我们来接的,马车已在外面等着。请密细斯上车吧!"彩云听了,想了一想道:"太太府上,我早该去请安,就为太太的住处不肯告诉我,就因循下来了。现在既然太太见招,我就坐我自己的车前去便了。"说着,回头叫阿福去套车。那妇人道:"我们主人吩咐,请密细斯就坐我们来车。因为我们主人的住处,不肯轻易叫人知道。"彩云道:"这是什么道理?"那妇人笑道:"主人如此吩咐,其中缘故,奴辈哪里敢问呢?"彩云没法,只好叫阿福到身边,附耳说了两句话,阿福先去了,自己就立起身来道:"我们走吧!"那妇人在前,彩云在后,走下楼来。刚到门口,彩云还没看清那车子的大小方圆,却被那妇人猛然一推,彩云身不由己被她推进车来,车门已砰地关上了,弄得彩云迷迷糊糊,又惊又吓。

只见那车里四面糊着金绒,当前一悬明镜,两旁却放着绿色的布帘,遮着玻璃,一些望不见外面。对面却笑微微坐着那妇人,开口道:"密细斯休怪粗莽,这是主人怕你知道了路程,所以如此的。"彩云听了这话,更加狐疑。正冥想间,那车忽然停了,车门欵地开了,那中年妇人先下车,后来搀彩云。刚跨下地,忽觉眼前一片光明,耀耀烁烁,眼睛也睁不开。好容易定睛一认,原来一辆朱轮绣幰的百宝宫车,端端正正地停在一座五光十色的玻璃宫台阶之下。

彩云不及细看,却被那妇人不由分说就扶上台阶,曲曲折折,走到一面大镜子面前,那妇人把镜子一推,却呀的一声开了,原来是个门儿。向里一望,只见是个窈窕洞房,满室奇光异彩。几个华装女子听见门响,向外一望,问道:"来了吗?"那妇人道:"来了。"忽听嘤然一声,清越可听道:"快请进来。"迎面袅袅婷婷的,来了个细腰长裙、锦装玉裹的中年贵妇,不用说就是维亚太太了。见了彩云,就抢上一步,紧握住彩云的双手,回头向那些女子说道:

"这就是中国第一美女,金公使的夫人傅彩云呀!今儿个你们可开开眼儿了!"说完,就把彩云拉到了一张花瓷面的圆桌上首坐下,自己朝南陪着。彩云此时迷迷糊糊,只是婉婉地说道:"贱妾蒲柳之姿,幸蒙太太见爱,今日登宝地,真是三生有幸了!只是太太的住处,为何如此秘密?还请明示,以启妾疑。"维亚太太笑道:"不瞒密细斯说,我平生有个癖见,以为天地间最可宝贵的是两种人物,就是权诈的英雄与放诞的美人。英雄而不权诈,便是死英雄;美人而不放诞,就是泥美人。如今密细斯又美丽,又风流,真当得起'放诞美人'四字。我正要你的风情韵致泄露在我的眼前,装满在我的心里,我就怕你一晓了我的身份地位,就把你的真趣艳情拘束住了,这就大非我要见你的本心了。"

彩云不听这太太的话,心里倒还有点捉摸,如今听了这番议论,更糊涂了,又问道:"到底太太的身份、地位,能赐教吗?"那太太笑道:"你不用细问,到明日就会知道的。"说话间,有几个华装女子,来请早餐,维亚太太就邀彩云入餐室。坐定后,山珍海味,珍果醇醪⑤,络绎不绝地上来。维亚太太殷勤劝进,彩云也只得极力周旋。酒至数巡,维亚太太立起身来,走到沿窗一座极大的风琴前,手抚玉徽,回顾彩云道:"密细斯精于音律吗?"彩云连说"不懂"。那太太就唱起来。歌曰:

美人来兮亚之南,风为御兮云为骖,微波渺渺不可接,但闻空际琼瑶音。吁嗟乎彩云!

美人来兮欧之西,惊鸿照海天龙迷,瑶台绰约下仙子,握手一笑心为低。吁嗟乎彩云!

山川渺渺月浩浩,五云殿阁琉璃晓,报道青鸾海上来,汝来慰我忧心搞。吁嗟乎彩云!

劝君酒,听我歌,我歌欢乐何其多!听我歌,劝君酒,雨复云翻在君手!愿君留影随我肩,人间天上仙乎仙!吁嗟乎彩云!

歌毕,就向彩云道:"千里之音,不足动听。只是末章所请愿的,不知密细斯肯俯允吗?"彩云原不懂文墨,幸而这回歌词全用德语,所以彩云倒略解一二,就答道:"太太如此见爱,妾非木石,哪有不感激的哩。只是同太太并肩拍照,蒹葭倚玉,恐折薄福,意欲告辞,改日再遵命吧!"那太太道:"请密细斯放心,拍了照,我就遣车送你回去。现在写真镜已预备在草地上,我们走吧!"就亲亲热热携了彩云的手,慢慢走出房来。早见有一群人簇拥着一具写真镜的匣子,离匣子三四丈地。那太太就携了彩云,立在这石池旁边,只见那写真师正在那里对镜配光。彩云瞥眼看去,那写真师好像就是在萨克森船上见的那毕叶先生,心里不免动疑。想要动问,恰好那镜子已开,自己被镜光一闪,觉得眼花缭乱了好一会。等到捉定了神,那镜匣已收起,那一群人也不知去向了,却见一辆马车停在面前。维亚太太就执了彩云的手道:"今天倒叫密细斯受惊了。车子已备好,就此请登车,我们改日再叙吧!"彩云一听送她回去,欢喜地也道了谢,就跨进车来。车门随手就关上了,却见车帘仍旧放着,乌洞洞闷死人。那车一路走着,彩云一路猜想:这太太的行径,实在奇怪,到底是何等样人?那毕叶先生怎么也认得她、替她拍照呢?还在呆呆地揣摩,只见门豁然开朗,原来已到了使馆门口。彩云就自己下了车,刚要发放车夫,谁知那车夫飞身跳上高座,加紧一鞭,逃也似的直奔前路。彩云倒吃了一惊,立在门口呆呆地望着,直到馆中看门的看见,方惊动了里边的丫环们,出来扶了进去。

　　雯青告诉她今天外部又来招呼,说明日七点钟在沙老顿布士宫觐见,他们打发宫车来接。当晚彩云绝早就睡,只是心里有事,终夜不曾安眠。刚要睡着,却被雯青唤醒,说宫车已到。六点钟动身,七点钟就到了那宫前。彩云一到,迎面就见一座六角的文石台,台上立着个骑马英雄的大石象,中央一条长的甬道。从那甬道一层高似一层,一直到大殿,中间是凸出的圆形屋。彩云走近圆屋,早有接引大臣把彩云引上殿来。却见德皇峨冠华服,南面坐着,两旁拥护剑珮铿锵的勋戚大臣,气象堂皇。彩云随着接引官走上前去,恭恭敬敬行了鞠躬大礼,照着向来觐见的礼节,都按次行了。那德皇忽含笑地向着彩云道:"贵夫人昨朝辛苦了。"说着,手中擎着个锦匣,说道:"这是皇后赐给贵夫人的。今天皇后有事,不能再与贵夫人把晤,留着这个算纪念吧!"一面说着,一面就递了下来。彩云茫然不解,又不好动问,只得糊里糊涂地接了。这当儿,就有大臣启奏别事,彩云只得慢慢退了下来。

　　到得车中,轮蹄转动,要紧把那锦匣打开一看,不觉大大吃惊。原来这匣内并非珠宝财帛,倒是一张活灵活现的小影:两个羽帽迎风、长裙率地的妇人,一个是袅袅婷婷的女郎,一个是庄严璀璨的贵妇。那女郎,不用说是自己的西装小像;这个贵妇,就是昨天并肩拍照的维亚太太。心中恍然大悟道:"原来维亚太太就是联邦帝国大皇帝飞蝶丽皇后,世界雄主英女皇维多利亚的长女,维多利亚第二嗄!怪不得她说,她的身份地位能拘束我了。亏我相处了半月有零,到今朝才明白,真是有眼不识泰山了。"心中就一惊一喜,七上八落起来。

　　那车子却已回到了自己门口,却又看见门口停着一辆轿车。彩云就问道:"老爷那里有什么客?"阿福道:"就是毕叶先生。"彩云听了,心里触动昨天拍照的事情,就大喜道:"原来就是他?我正要见他哩!"说着,就曲折行来。刚走到厅门口,彩云望里一张,只见满桌子摊着一方一方的画图,雯青正弯着腰在那里细细赏玩,毕叶却站在桌旁。彩云就叫"且不要声张,让我听听那东西和老爷说什么。"只听雯青道:"这图上红色的界线,就是国界吗?"毕叶道:"是的。"雯青道:"这界线准不准呢?"毕叶道:"这地图的可贵,就在这上头。画这图的人是个地学名家,又是奉着政府的命令画的,哪有不准之理!"雯青道:"既是政府的东西,他怎么能卖掉呢?"毕叶道:"这是当时的稿本。清本已被政府收藏国库,秘密万分,却不晓留着这稿子在外。这人如今穷了,流落在这里,所以肯卖。"雯青道:"但是要一千金镑,未免太贵了。"毕叶道:"他说,他卖掉这个,对着本国政府,担了泄露秘密的罪,一千金镑价值还是不得已呢!我看大人得了此图,大可重新把它好好地翻印,送呈贵国政府,这整理疆界的功劳是不小哩,何在这点儿小费呢!"彩云听到这里,心里想:"好呀,这东西倒瞒着我,又来弄老爷的钱了。我可不放他!"想着,把帘子一掀,就飘然地走了进去。正是:

美煞紫云傍霄汉,全凭红线界华戎。

不知彩云见了毕叶问他什么话来,且听下回分解。

【注释】

①支吾:用话应付搪塞。
②面面相觑(qù):形容人们因惊惧或无可奈何而互相望着,都不说话。
③憩(qì)息:休息。
④惺忪(xīng sōng):形容刚睡醒时神志和眼睛还处于模糊不清的状态。
⑤醇醪(chún láo):味厚的美酒。

误下第迁怒座中宾 考中书互争门下士

话说雯青正与毕叶在客厅上讲论中俄交界图的价值,彩云就掀帘进来,身上还穿着一身觐见的盛服。雯青就吃了一惊,正要开口,毕叶早抢上前来与彩云相见,恭恭敬敬地道:"密细斯觐见回来了。今天见着皇后陛下,自然益发要好了;赏赐了什么东西,可以叫我们广开眼界吗?"彩云略弯了弯腰,招呼毕叶坐下,道:"妾正要请教先生一件事哪!昨天妾在维亚太太家里拍照的时候,仿佛看见那写真师的面貌和先生一样,到底是先生不是?"毕叶怔了怔道:"什么维亚太太?小可却不认得,小可一到这里,就蒙维多利亚皇后赏识了小可的油画。昨天专程宣召进宫,就为替密细斯拍照。皇后命小可把昨天的照片放大,照样油画。听宫人们说,皇后和密细斯非常的亲密,所以要常留这个小影在日耳曼帝国哩!怎么密细斯倒说在维亚太太家碰见小可呢?"彩云笑道:"原来先生也不知底细,妾与维多利亚皇后虽然交好了一个多月,一向只知道她叫维亚太太,是公爵夫人罢咧,直到今天觐见了,才知道她就是皇后陛下哩!真算一桩奇闻!"

且说雯青见彩云突然进来,心中已是诧异;如今听两人你言我语,一句也不懂,就忍不住问彩云:"怎么你会认识这里的皇后呢?"彩云就把前前后后,得意洋洋地细述了一遍,把那照片递给雯青。雯青看了,自然欢喜,就向着毕叶道:"别尽讲这个了。毕叶先生,我们讲正事吧!那图价到底还请减些。"毕叶还未回答,彩云就抢说道:"不差。我正要问老爷,这几张破烂纸,画得模模糊糊的,有什么好看,值得花多少银子去买它!老爷你别上了当!"雯青笑道:"彩云,你尽管聪明,这事你可不懂了。我好容易托了这位先生,弄到了这幅中俄地图。我得了这图,一来可以整理整理国界,叫外人不能占踞我国的寸土尺地,也不枉皇上差我出洋一番;二来我数十年心血做成的一部《元史补证》,从此都有了确实证据,成了千秋不刊之业,就是回京见了中国著名的西北地理学家黎石农,他必然也要佩服我了。这图的好处多着哩!不过这先生定要一千金镑,那不免太贵了!"彩云道:"老爷别吹。你一天到晚抱了几本破书,嘴里叽里咕噜,说些不中不外的不知什么话,又是对音哩、三合音哩、四合音哩,闹得烟雾腾腾,叫人头疼,倒把正经公事搁着,三天不管,四天不理,不要说国里的寸土尺地,我看人家把你身体抬了去,你还摸不着头脑哩!我不懂,你就算弄明白了元朝的地名,难道算替清朝开了疆拓了地吗?依我说,还是省几个钱,落得自己享用。这些不值一钱的破烂纸,惹我性起一撕两半,什么一千金镑、二千金镑呀!"

　　雯青听了彩云的话倒着急起来,怕她真做出来,连忙拦道:"你休要胡闹,你快进去换衣服吧!"彩云见雯青执意要买那地图,倒赶她动身,就咕嘟着嘴,赌气扶着丫环走了。这里毕叶笑道:"大人这一来不情极了!你们中国人常说千金难买笑,大人何妨千镑买笑呢!"雯青笑了一笑。毕叶又接着说道:"既这么着,看大人份上,在下替敝友减了两百金镑,就是八百金镑吧!"雯青道:"现在这里诸事已毕,明后天我们就要动身赴贵国了。这价银,你今天就领下去,省得周折,不过要烦你到戴随员那里走一遭。"说着,就到书桌上写了一纸取银凭证,交给毕叶。毕叶就别了雯青,来找戴随员把凭证交了,戴随员自然按数照付。正要付给时候,忽见阿福急急忙忙从楼上走来,见了戴随员,低低地附耳说了几句。戴随员点头,便即拉毕叶到没人处,也附耳说了几句。毕叶笑道:"贵国采办委员,这九五扣的规矩是逃不了的,何况……"说到这里,顿住了,又道:"小可早已预备,请照扣便了。"当时戴随员就照付了一张银行支票。毕叶收着,就与戴随员作别,出使馆而去。这里,雯青、彩云就忙忙碌碌,料理动身的事。

　　这日正是十一月初五日,雯青就带了彩云及参赞翻译等,登火车赴俄。走了三日夜,始到俄都圣彼得堡。雯青到后,就到昔而格斯街中国使馆三层洋楼里,安顿眷属,于是拜会了首相吉尔斯及诸大臣。接着觐见俄帝,足足忙了半个月。诸事稍有头绪,那日无事,就写了一封信,把自己购图及彩云拍照的两件得意事,详详细细告诉了挚如。又把那新购的地图,就托次芳去找印书局,用五彩印刷。因为地图自己还要校勘校勘,连印刷,至快要两三个月,就先把信发了。

这信就是那日孛如在潘府回来时候接着的。正说得高兴,只见孛如一个着身管家,上来回道:"明天是朝廷放会试总裁房官的日子,老爷派谁去听宣?"孛如想一想道:"就派你去吧,比他们总要紧些!"那管家诺诺退出。当时无话。次日天还没亮,那管家就回来了。孛如急忙起来,管家老远就喊道:"米市胡同潘大人放了。"孛如接过单子,见正总裁是大学士高扬藻号理惺,副总裁就是潘尚书和工部右侍郎缪仲恩号绶山的,也是江苏人,还有个旗人。其余房官,袁尚秋、黄仲涛、荀子珮那班名士,都在里头。同乡熟人,却有个姓尹,名宗汤,号震生,也派在内。只有孛如向隅。不免没神打采地丢下单子,仍自回房高卧去了。

按下不表。

且说潘尚书本是名流宗匠,文学斗山,这日得了总裁之命,夹袋中许多人物,他们脱颖而出。尚书暗忖:这回伙伴中,余人都不怕他们,就是高中堂和平谨慎①,过主故常,不能容奇伟之士,总要用心对付他。当下匆忙料理,不到未刻,直径进闱。三位大总裁都已到齐,大家在聚奎堂挨次坐了。潘尚书先说道:"这回应举的很多知名之士,大家阅卷倒要格外用心点儿,一来不负朝廷委托;二来休让石农独霸,夸张他的江南名榜。"高中堂道:"老夫荒疏已久,老眼昏花,恐屈真才,全仗诸位相助。但依愚见看来,暗中摸索,只能凭文去取,哪里管得他名士不名士呢!况且名士虚声,有名无实的多哩!"缪侍郎道:"现在文章巨眼,天下都推龚、潘。然兄弟常见和甫先生每阅一文,翻来覆去,至少看十来遍,还要请人复看;瀛翁却只要随手乱翻,从没有首尾看完过,怎么就知好歹呢?"潘尚书笑道:"文章望气而知,何必寻行数墨呢!"大家议论一会儿,各自散归房内。

过了数日,头场已过,砾卷快要进来,各房官正在预备阅卷,忽然潘尚书来请袁尚秋,大家不知何事。尚秋进去一刻钟工夫方始出来,大家都问什么事。尚秋就在袖中取出一本小册子,递给子珮,仲涛、震生都来看。子珮打开第一页,只见上面写道:

章骞,号直蜚,南通州;闻鼎儒,号韵高,江西;

姜表,号剑云,江苏;米继曾,号筱亭,江苏;

苏胥,号郑龛,福建;吕成泽,号沐庵,江西;

杨逯,号淑乔,四川;易鞠,号缘常,江苏;

庄可权,号立人,直隶;缪平,号奇坪,四川。

子珮看完这一页,就把册子合上,笑道:"原来是花名册,八瀛先生怎么吩咐的呢?"尚秋道:"这册子上拢共六十二人,都是当世名人,要请各位按着省份去搜罗的。章、闻两位尤须留心。"子珮道:"那位直蜚先生,但闻其名,却大不认得。韵高原是熟人,真算得奇才异能了,兄弟告诉你们

〇五五

一件事：还是在他未中以前，有一回在国子监录科，我们有个同乡给他联号，也不知道他是谁，只见他进来手里就拿着三四本卷子，已经觉得诧异。一坐下来，提起笔如飞的只是写，好像抄旧作似的。那同乡只写得一篇四书文，他拿来一叠卷子都写好了。忽然停笔，想了想道：'啊呀，三代叫什么名字呢？'我们那同乡本是讲程、朱学的，就勃然起来，高声道：'先生既是名教中人，怎么连三代都忘了？'他笑着低声道：'这原是替朋友做的。'那同乡见他如此敏捷，忍不住要请教他的大作了。拜读一遍，真大大吃惊，原来四篇很发皇的时文、四道极翔实的策问，于是就拍案叫绝起来。谁知韵高却从从容容笑道：'先生谬赞不敢当，哪里及先生的大著朴实说理呢！'那同乡道：'先生并未见过拙作，怎么知道好呢？这才是谬赞[2]！'他道：'先生大著，早已熟读。如不信，请念给先生听，看差不差！'

说罢，就把那同乡的一篇考作，从头至尾滔滔滚滚念了一遍，不少一字。你们想这种记性，就是张松复生，也不过如此吧！"震生道："你们说的不是闻韵高吗？我倒还晓得他一件故事哩！他有个闺中谈禅的密友，却是个刎颈至交的娇妻。那位至交，也是当今赫赫有名的直臣，就为妄劾大臣，丢了官儿，自己一气，削发为僧，浪迹四海，把夫人托给韵高照管。不料一年之后，那夫人倒写了一封六朝文体的绝交书，寄予所夫，也遁迹空门去了。这可见韵高的辞才无碍，说得顽石点头了。"

大家听了这话，都面面相觑。尚秋道："这是传闻的话，恐未必正确吧！"仲涛道："那章直蜚是在高丽办事大臣吴长卿那里当幕友的。后来长卿死了，不但身后萧条，还有一笔大亏空，这报销就是直蜚替他办的。还有人议论办这报销，直蜚对不起长卿呢。"震生说："我听说直蜚还坐过监呢！这坐监的原因，就为直蜚进学时冒了如皋籍，认了一个如皋人同姓的做父亲，屡次向直蜚敲竹杠，直蜚不理会。谁知他竟硬认做真子，勾通知县办了忤逆，革去秀才，关在监里。幸亏通州孙知州访明实情，那时令尊叔兰先生督学江苏，才替他昭雪开复的哩！仲涛回去一问令尊，就知道了。"原来尹震生是江苏常州府人，现官翰林院编修，记名御史，为人戆直[3]敢任事，最恨名士。且喜修仪容，车马服御，华贵整肃，远远望去，俨然是个旗下贵族。当下说了这套话，就暗想道："这班有文无行的名士，要到我手中，休想轻轻放过。"大家正谈得没有收场，恰好内监试送进殊卷来，于是各官分头阅卷去了。

光阴容易，转瞬就是填榜的日子。各位总裁、房考衣冠楚楚，会集至公堂，一面拆封唱名，一面填榜，从第六名起，直填到榜尾。其中知名之士，如姜表、米继曾、吕成泽、叶鞠、杨遂诸人，倒也中了不少。只有章直蜚、闻韵高两人，毫无影踪。潘尚书心里还不十分着急，认定会元定是直蜚、韵高，或也在魁卷中。直到上灯时候，潘尚书拉长耳朵，只等第一名唱出来，必定是江苏章骞。谁知那唱名的偏偏不得人心，朗朗地喊了姓刘名毅起来。尚书气得须都竖了。

子珮却去拣了那本撤掉的元卷，拆开弥封一看，可不是呢！倒明明写着章骞的大名。这一来真叫尚书公好似哑子吃黄连了。填完了榜大家各散，尚书也垂头丧气的，自归府第去了。接着朝考殿试之后，诸新贵都来谒见，几乎把潘府的门限都踏破了。尚书礼贤下士，个个接见，只有会元公来了十多次，总以闭门羹相待。会元公益发疑瞑，倒来得更勤了。

此时已在六月初旬天气，这日尚书南斋入值回来，门上禀报："钱端敏大人从湖北任满回京，在外求见。"尚书听了大喜，连声叫"请"。门上又回道："还有新科会元刘。"尚书就瞪着眼道："什么留不留？我偏不留他，该怎么样呢！"那门上不敢再说，就退下去了。原来唐卿督学湖北，三年任满，告假回籍，在苏州耽搁了数月，新近到京。潘公原是师门，所以先来谒见。当时和会元公刘毅同在客厅等候。刘公把尚书不见的话告诉唐卿，请其缓颊。唐卿点头。恰好门上来请，唐卿就跟了进来，一进书室，就向尚书行礼。尚书连忙扶住，笑道："贤弟三载贤劳，尊容真清减了好些了。汉上友人都道，贤弟提倡古学，扫除积弊[4]，今之纪阮也！"唐卿道："门生不过遵师训，不敢陨越耳！然所收的都是小草细材，不足称道，哪里及老师这回东南竹箭、西北琨瑶，一网打尽呢！"尚书摇首道："贤弟别挖苦了。这回章直蜚、闻韵高都没有中，骊珠已失，所得是鳞爪罢了！最可恨的，老夫衡文十多次，不想倒上了毗陵伧夫的当。"唐卿道："老师倒别这么说，门生从南边来，听说这位刘君也有文名。况且这回原作，外间人人说好，只怕直蜚倒做不出哩！门生想朝廷快要考中书了，章、闻二公既有异才，终究是老师药笼中物，何必介介呢？倒是这位会元公屡次登门，老师总要见见他才好。"尚书笑道："贤弟原来替会元做说客的。看你份上，我到客厅上去见一见就是了。你可别走。"说罢，扬长而去。且说那会元公正在老等，忽见潘公出来，面容严厉，只得战战兢兢铺上红毡，着着实实磕了三个头起来。尚书略招一招手，那会元公斜签着身体，眼对鼻子，半屁股搭在炕上。尚书开口道："你的文章做得好，是自己做的吗？"会元公涨红了脸，答应个"是"。尚书笑道："好个揣摩家，我佩服你！"说着，就端茶碗。那会元只得站起来，退缩着走，冷不防走到台阶儿上，脚一滑，恰好四脚朝天，做了个状元及第。尚书看着，就哈哈笑了两声，洒着手，不管他，进去了。不说这里会元公爬起，匆匆上车，再说唐卿在书室门口看见这个情形，不免好笑。接着尚书进来，嘴不便提及。尚书又问了些湖北情形，及庄寿香的政策。唐卿也谈了些朝政，也就告辞出来，再到龚和甫及蓥如等熟人那里去。

话说蓥如自从唐卿来京，添了熟人，夹着那班同乡新贵姜剑云、米筱亭、叶缘常等轮流宴会，忙忙碌碌，看看已到初秋。那一天，忽然来了一位姓黄的远客，蓥如请了进来，原来就是黄翻译，因为母病，从俄国回来的。雯青托他把新印的中俄交界图带来。蓥如当下打开一看，是十二幅五彩的地图，当中一条界线,却是大红色画的,极为清楚。犟如想现在总理衙门,自己却无熟人,常听说庄小燕侍郎和唐卿极为要好,此事不如托了唐卿吧,就写了一封信,打发人送到内城去。不一会儿,那人回来说:"钱大人今天和余同余中堂、龚平龚大人派了考中书的阅卷大臣,已经入闱去了。信却留在那里。"犟如只得罢了。过了三四日,这一天,犟如正要出门,家人送上一封信。犟如见是唐卿的,拆开一看,只见写道:

前日辱教,适有校文之役,阙然久不报,歉甚!顷小燕、扈桥、韵高诸君,在荒斋小酌,祈纡驾过我,且商棐图事也!

末写"知名不具"四字。犟如阅毕,就叫套车,一径进城,到钱府而来。到了钱府,门公就领到花厅,看见厅上早有三位贵客:一个虎颔燕额,粗腰长干,气概昂藏的是庄小燕;一个短胖身材,紫圆脸盘,举动脱略的是段扈桥,都是犟如认得的;还有个胖白脸儿,魁梧奇伟的,犟如不识得,唐卿正在这里给他说话。只听唐卿道:"这么说起来,余中堂在贤弟面前,倒居功哩!"说到这里,却见犟如走来,连忙起来招呼送茶。犟如也与大家相见了。正要请教那位姓名,唐卿就引见道:"这位就是这回考中书第一的闻韵高兄。"犟如不免道了久仰。大家坐下,扈桥就向韵高道:"我倒要请教余中堂怎么居功呢!"韵高道:"他说兄弟的卷子,龚老夫子和钱老夫子都不愿意,全是他力争来的。"唐卿哈哈笑道:"贤弟的卷子,原在余中堂手里。他因为你头篇里用了句《史记·殷本纪》素王九主之事,他不懂来问我,我才得见这本卷子。我一见就觉得是贤弟的手笔,就去告诉龚老夫子,于是约着到他那里去公保,要取作压卷。谁知他嫌你文体不正,不肯答应。龚老夫子给他力争,几乎吵翻了,还是我再四劝和,又偷偷儿告诉他,绝对是贤弟。自己门生,何苦一定给他辞掉这个第一呢!他才活动了。直到拆出弥封,见了名字,倒又欢喜起来,连忙架起老花眼镜,仔细看了又看,眯花着眼道:'果然是闻鼎儒!果然是闻鼎儒!'这会儿倒要居功,你说好笑不好笑呢?"小燕道:"你们别笑他,近来余中堂肯拉拢名士哩!前日山东大名士汪莲孙,上了个请重修《四库全书》的折子,他也答应代递了,不是奇事吗?"大家正说得热闹,忽然外边如飞地走进个美少年来,嘴里嚷道:"晦气!晦气!"唐卿倒吃了一惊,大家连忙立起来。正是:

相公争欲探骊领,名士居然占凤头。

不知来者何人,嚷的何事,且听下回分解。

【注释】

①谨慎:小心慎重,不敢冒险。
②谬赞:原意是错误的赞美。这里的含义是"过奖"。

③戆(zhuàng)直：憨厚而刚直。
④积弊(bì)：积久相沿的弊病。

两首新诗是谪官月老 一声小调显命妇风仪

　　话说外边忽然走进个少年，嘴里嚷道"晦气"，原来是姜剑云。剑云和米筱亭，乡会两次同年，朝殿等第，又都高标，都用了庶常。两人的际遇好像一样，两人的处境却大大不同。剑云是寒士生涯，租定了西斜街一所小小四合房子，夫妻团聚，却俨然鸿案鹿车；筱亭是豪华公子，虽在苏州胡同觅得宽绰的宅门子，倒似槛鸾笯凤。

　　如今且说筱亭的夫人，是扬州傅容傅状元的女儿，容貌虽说不得美丽，却气概丰富，倜傥不群，有"巾帼须眉①"之号，但是性情傲不过，眼孔大不过，差不多的男子不值她眼角一睐；又是得了状元的遗传性，科名的迷信非常浓厚。自从嫁了筱亭，常常不称心，一则嫌筱亭相貌不俊雅，再则筱亭不曾入学中举。起先不过口角嘲笑，后来慢慢地竟要扑作教刑起来。弄得筱亭没路可投，只得专心黄榜。

　　如今果然乡会联捷，列职清班，旁人都替他欢喜，这回必邀玉皇上赏了。谁知筱亭自从晓得家眷将要到京，倒似起了心事一般。这日正在预备的夫人房户内，亲手拿了鸡毛帚，细细拂拭灰尘。忽然听见院子里夫人陪嫁乔妈的声音，就走进房，给老爷请安道喜道："太太带着两位少爷、两位小姐都到了，现在傅宅。"筱亭不知不觉手里鸡毛帚就掉在地上，道："我去，我就去。"乔妈道："太太吩咐，请老爷别出门，太太就回来。"筱亭道："我就不出门，我在家等。"不一会儿，外边家人进来道："太太到了。"筱亭跟着乔妈，三脚两步地出来，只听得院子外高声道："你们这班没规矩的奴才，谁家太太们下了车，脚凳儿也不知道预备？"

　　劈面撞着筱亭道："你大喜呀。你这会儿不比从前了，也做了绿豆官儿了，怎样还不摆出点儿主子架子，倒弄得屋无主，扫帚颠倒竖呀！"筱亭道："原是只等太太整顿。"大家一窝蜂进了上房。

　　太太一头宽衣服，一头说道："你们小孩儿们，怎么不去见爹呀？也道个喜！"于是长长短短四个小孩，都给筱亭请安。筱亭抚弄了小孩一会儿，看太太还欢喜，心里倒放了点儿心。少顷，开上中饭，夫妻对坐吃饭，太太赞厨子的手艺好。筱亭道："这是晓得太太喜欢吃扬州菜，专程到扬州去弄来的。"太太忽然道："呀，我忘问了，那厨子有胡子没自？"筱亭倒怔住，不敢开口。乔妈插嘴道："刚才到厨房里，看见仿佛有几根儿。"太太立刻把嘴里含的一口汪包肚吐了出来，道："我最恨厨子有胡子，十个厨子烧菜，九个要先尝尝

孽海花

○五九

味儿,给有胡子的尝过了,那简直儿是清炖胡子汪了。不呕死,也要腻心死!"

说罢,又干呕了一回,把筷碗一推不吃了。筱亭道:"这个容易。回来开晚饭,叫厨子剃胡子伺候。"太太听了,不发一语。筱亭怕太太不高兴,有搭没搭地说道:"刚才太太在那边,岳父说起我的考事没有?"太太冷冷地道:"谁提你来?"筱亭笑道:"太太常常望我中状元,不想倒真中了半天的状元。"筱亭说这句话,原想太太要问,谁知太太却不问,脸色慢慢变了。筱亭只管续说道:"向例阅卷大臣定了名次,把前十名进呈御览,叫做十本头。这回十本头进去的时候,明明我的卷子第一,不知怎的发出换了第十。别的名次都没动,就掉转了我一本。有人说是上头看时叠错的,那些阅卷的只好将错就错。太太,你想晦气不晦气呢?"太太听完这话,脸上更不自然了,道:"哼,你倒好!"说罢,忽然呜呜咽咽地哭起来,连哭带说道:"我是红顶子堆里养出来的!算我晦气,嫁了个不济的阘茸货。堂堂二品大员的女儿,连窑姐儿傅彩云都巴结不上!你不来安慰安慰我就够了,倒还花言巧语,在我手里弄乖巧儿!以后的日子,我还能过么?不如今儿个两命一拼,都死了倒干净。"说罢,自己把头发一拉,蓬着头,就撞到筱亭怀里。筱亭只说道:"太太息怒,下官该死!"

乔妈看闹得不成样儿,死命来拉开。筱亭趁势要跪下,不提防被太太一个巴掌,倒退了好几步。乔妈道:"怎么老爷连老规矩都忘了?"筱亭道:"只求太太留个体面,让下官跪在后院里吧!"太太只坐着哭,不理他。筱亭一步捱一步,走向房后小天井的台阶上,朝里跪着。太太方住了哭,自己和衣睡在床上去了。筱亭不得太太的吩咐,哪里敢自己起来;外面仆人仆妇又闹着搬运行李、收拾房间,竟把老爷的去向忘了。可怜筱亭整整露宿了一夜。好容易巴到天明,心想今日是岳丈的生日,不去拜寿,他还能体谅我的,倒是钱唐卿老师请我吃早饭,我岂可不理他呢!正在着急,却见女儿凤儿走来,筱亭就把好话哄骗她,叫她到对过房里去拿笔墨信笺来,又叮嘱她别给娘见了。那凤儿年纪不过十二岁,倒生得千伶百俐,果然不一会儿,人不知鬼不觉地都拿了来。筱亭就靠着窗槛,当书桌儿,写了一封求救的信给丈人傅容,叫他来劝劝女儿,就叫凤儿偷偷送出去了。

却说太太闹了一天,夜间也没睡好,一闪醒来,连忙起来梳妆洗脸,已是日高三丈。吩咐套车,要到娘家去拜寿。忽见凤儿在院子外跑进来喊道:"妈,看外公的信哟!"太太道:"拿来。"就在凤儿手里劈手抢下。看了两行,忽回顾乔妈道:"这会儿老爷在哪里呢?"凤儿抢说道:"爹还好好儿地跪在后院里呢!"乔妈道:"太太,恕他这一遭吧!"太太哈哈笑道:"咦,奇了!谁叫他真跪来?都是你们捣鬼!凤儿,你还不快去请爹出来,告诉他外公生日,恐陷又忘了!"凤儿得命,如飞而去。不一会儿,筱亭扶着凤儿一搭一跷走出来。太太见了道:"老爷,你腿怎么样了?"筱亭笑道:"不知怎地扭了筋。太太,今儿岳父的大庆,亏你提醒我。不然,又要失礼了!"太太笑着,那当儿,一个家人进来回有客。筱亭巴不得这一声，就叫"快请"，自己拔脚就跑，一径走到客厅去了。太太一看这行径不对，家人不说客人的姓名，主人又如此慌张，料道有些蹊跷②，就对凤儿道："你跟爹出去，看给谁说话，来告诉我！"

凤儿欢欢喜喜而去，去了半刻工夫，凤儿又是笑又是跳，进来说道："娘，外头有个齐整客人，倒好像上海看见的小旦似的。"太太想道："不好，怪不得他这等失魂落魄。"不觉怒从心起，恶向胆生，顾不得什么，一口气赶到客厅。在门口一张，果然是个唇红齿白、面娇目秀的少年，正在那里给筱亭低低说话。太太看得准了，顺手拉根门闩，帘子一掀，喊道："好，好，相公都跑到我家里来了！"

就是一门闩，望着两人打去。那少年连忙把头一低，肩一闪，居然避过。筱亭肩上却早打着，喊道："嗄，太太别胡闹。这是我，这是我……"太太高声道："是你的兔儿，我还不知道吗？"不由分说，揪住筱亭辫子，拖羊拉猪似的出厅门去了。这里那少年不防备吃了这一大吓，还呆呆地站在壁角里。有两个管家连忙招呼道："姜大人，还不趁空儿走，等什么呢？"

原来那少年正是姜剑云，正来约筱亭一同赴唐卿的席的，不想遭此横祸。当下剑云被管家提醒了，就一溜烟径赴唐卿那里来，心里说不出的懊恼，不觉说了"晦气"两字来。大家问得急了，剑云自悔失言，又涨红了脸。扈桥笑道："好兄弟，谁委屈了你？告诉哥哥，给你报仇雪恨！"小燕正色道："别闹！"唐卿催促道："且说！"韵高道："你不是去约筱亭吗！"剑云道："可不是！谁知筱亭夫人竟是个雌虎！"因把在筱亭客厅上的事情了一遍。大家哄堂大笑。小燕道："你们别笑筱亭，当今惧内就是阔相。赫赫中兴名臣。威毅伯，就是惧内领袖哩！"

犟如也插嘴道："不差，不多几日，我还听人说威毅伯为了招庄仑樵做女婿，老夫妻闹口舌哩！"扈桥道："闹口舌是好看话，还怕要给筱亭一样挨打哩！"韵高道："诸位别说闲话，快请燕公讲威毅伯的新闻！"小燕道："自从庄仑樵马江败了，革职充发到黑龙江，算来已经七八年了。只为威毅伯倒常常念道，说他是个奇才。今年恰遇着皇上大婚的庆典，威毅伯就替他缴了台费，赎了回来。仑樵就住在威毅伯幕中，掌管紧要文件，威毅伯十分信用。"犟如道："仑樵从前不是参过威毅伯骄奢罔上的吗？怎么这会儿，倒肯提拔呢？"剑云道："重公义，轻私怨，原是大臣的本分哟！"唐卿笑道："非也。这是英雄笼络人心的作用，别给威毅伯瞒了！"

说着，招呼众人道："筱亭既然不能来，我们坐了再谈罢！"于是唐卿就领着众人到对面花厅上来。家人递上酒杯，唐卿依次送酒。自然小燕坐了首席，扈桥、韵高、犟如、剑云个个就座。大家追问小燕道："仑樵留在幕中，怎么样呢？"小燕道："你们知道威毅伯有个小姑娘吗？年纪不过二十岁，却是貌比威、施，才同班、左，贤如鲍、孟，巧夺灵、芸，威毅伯爱之如明珠，左右不离。仑樵常听人传说，却从没见过，心里总想瞻仰瞻仰。"搴如道："仑樵起此不良之心，不该！不该！"小燕道："有一天，威毅伯有点感冒，忽然要请仑樵进去商量一件公事。仑樵见召，就一径到上房而来，刚一脚跨进房门，忽觉眼前一亮，心头一跳，却见威毅伯床前立着个不长不短、不肥不瘦的小姑娘，眉长而略弯，目秀而不媚，鼻悬玉准，齿列贝编。仑樵来不及缩脚，早被威毅伯望见，喊道：'贤弟进来，不妨事，这是小女呀——你来见见庄世兄。'那小姑娘红了脸，害羞答答地向仑樵福了福身，就转身如飞地跳进里间去了。仑樵还礼不迭。威毅伯笑道：'这痴妮子，被老夫惯坏了，真缠磨死人！'仑樵就坐在床边，一面和威毅伯谈公事，瞥目见桌子上一本锦面的书，上写着'绿窗绣草'，下面题着'祖玄女史弄笔'。仑樵趁威毅伯一个眼不见，轻轻拖了过来，翻了几张，见字迹娟秀，诗意清新，知道是小姑娘的手笔，心里羡慕不已。忽然见二首七律，题是《基隆》。你想仑樵此时，岂有不触目惊心呢！"唐卿道："这两首诗，倒不好措词，多半要骂仑樵了。"小燕道："倒不然，她诗开头道：

基隆南望泪潸潸，闻道元戎匹马还！

扈桥拍掌笑道："一起便得势，忧国之心，益然言表。"小燕续念道：

一战岂容轻大计，四边从此失天关！

剑云道："责备严谨，的是史笔！"小燕又念道：

焚车我自宽房琯，乘障谁教使狄山。

宵旰甘泉犹望捷，群公何以慰龙颜。

大家齐声叫好。小燕道："第二首还要出色哩！"道：

痛哭陈词动圣明，长孺长揖傲公卿。

论材宰相笼中物，杀贼书生纸上兵。

宣室不妨留贾席，越台何事请终缨！

豸冠寂寞犀渠尽，功罪千秋付史评。

韵高道："听这两首诗意，情词悱恻，议论和平，这小姑娘倒是仑樵的知己。"小燕道："可不是吗？当下仑樵看完了，不觉两股热泪，骨碌碌地落了下来。"韵高道："从来文字姻缘，感召最深；磁电相交，虽死不悔。流俗人哪里知道！"唐卿道："我倒可惜仑樵的官，从此永远不能开复了！"大家愕然。唐卿说："现在敢替仑樵说话，就是威毅伯。如今变了翁婿，不能不避这点嫌疑。你们想，谁敢给他出力呢？"说罢，就向小燕道："你再讲呢。"小燕道："那日仑樵说定了婚姻，自然欢喜。"唐卿道："人事变迁，真不可测！当日仑樵和祝宝廷上折的当儿，何等气焰。如今虽说安神闺房，陶情诗酒，也是英雄末路了！"扈桥道："仑樵还算有后福哩！可怜祝宝翁自从那年回京之后，珠儿水土不服，一病就死了。宝翁更觉牢骚不平，佯狂玩世，常常独自逛逛琉璃厂，游游陶然亭。吃醉酒，就在街上睡一夜。几月前，不知那一家门口，早晨开门来,见阶上躺着一人,仔细一认,却是祝大人,连忙扶起,送他回去,就此受了风寒,得病呜呼了。可叹不可叹呢?"

于是大家又感慨了一回。看看席已将终,都向唐卿请饭。饭毕,家人献上清茗。唐卿趁这当儿,就把搴如托的交界图递给小燕,又把雯青托在总理衙门存档的话说了一遍。小燕满口应承。于是大家作谢散归。搴如归家,自然写封详信去回复雯青,不在话下。

且说雯青自从打发黄翻译赍图回京之后,幸值国家闲暇,交涉无多,虽然远涉虎庭却似幽栖绿野,倒落得道遥快活。没事时,便领着次芳等游游蜡人馆,逛逛万生院,坐瓦泥江冰床,赏阿尔亚园之亭榭,入巴立帅场观剧,看萄蕾塔跳舞;略识兵操,偶来机厂,足备日记材料罢了。雯青还珍惜光阴,自己倒定了功课,每日温习《元史》,考究地理,就是宴会间,遇着了俄廷诸大臣中有讲究历史地理学的,常常虚心博访。大家也都知道这位使臣是欢喜讲究蒙古朝政的故事。有一日,首相吉尔斯忽然遣人送来古书一巨册、信一函。雯青叫塔翻译将信译出,原来吉尔斯晓得雯青爱读蒙古史,特为将其家传钞本波斯人拉施故所著的《蒙古全史》送给雯青。雯青忙叫作书道谢。后来看看那书,装潢得极为盛丽,翻出来却一字不识。黄翻译道:"这是阿拉伯文,使馆译员没人认得。"雯青只得罢了。过了数日,恰好毕叶也从德国回来,来见雯青,偶然谈到这书。毕叶说:"这书有俄人贝勒津译本,小可那里倒有。还有《多桑书》《讷萨怖书》,都记元朝遗事。小可回去,一同送给大人,倒可参考参考。"雯青大喜。等到毕叶送来,就叫翻译官译了出来。雯青细细校阅,其中足补正史传。从此就杜门谢客,左椠右铅[③],于俎豆折冲之中成竹素馨香之业,在中国外交官内真要算独一的人物了。

只是雯青这里正膨胀好古的热心,不道彩云那边倒伸出外交的敏腕。也是天缘凑巧,合当有事。这日彩云送了雯青下楼之后,一人没事,叫小丫头把一座小小风琴抬到阳台上,抚弄一回,静悄悄的觉得没趣,心想怎么这时候阿福还不来呢?手里拿着根金水烟袋,只管一筒一筒地抽,樱桃口里喷出浓郁的青烟;一双如水的眼光,只对着马路上东张西望。忽见东面远远来了个年轻貌美的外国人,心里当是阿福改装,跺脚道:"这小猴子,又闹这个玩意儿了!"

一语未了,只见那少年面上惊喜的,慢慢踅剑使馆门口立定了,抬起头来呆呆地望着彩云。彩云仔细一看,倒吃一惊,那个面貌好熟,哪里是阿福!只见他站了一会儿,好像觉得彩云也在那里看他,就走到人堆里一混不见了。彩云正疑疑惑惑地怔着,忽觉脸上冰冷一来,不知谁的手把自己两眼蒙住了,背后吃吃地笑。彩云顺手死命地一撒道:"该死,做什么?"阿福笑道:"我在这里看缔尔园楼上的一只呆鸟飞到俄国来了。"彩云听了,心里一跳,方想起那日所见陆军装束的美少年,就是他,就向阿福啐了一口道:"别胡说。这会儿闷,有什么玩儿的?"阿福指着洋琴道:"太太唱小调儿,我来弹琴,

孽海花

〇六三

好吗?"彩云笑道:"唱什么调儿?"阿福道:"《鲜花调》。"彩云道:"太老了。"阿福道:"《四季相思》吧!"彩云道:"叫我想谁?"阿福道:"打茶会,倒有趣。"彩云道:"呸,你发了昏!"阿福笑道:"还是《十八摸》,又新鲜,又活动。"说着,就把中国的工尺按上风琴弹起来。彩云笑一笑,背着脸,曼声细调地唱起来。顿时引得街上来往的人挤满使馆的门口,都来听中国公使夫人的雅调了。彩云正唱得高兴,忽然看见那个少年又在人堆里挤过来。彩云一低头,不提防头上晶亮的一件东西骨碌碌直向街心落下,说声"不好",阿福就丢下洋琴,飞身下楼去了。正是:

紫凤放娇遗楚珮,赤龙狂舞过蛮楼。

不知彩云落下何物,且听下回分解。

【注释】

①巾帼须眉:巾帼:古代妇女佩戴的头巾和发饰,后借指妇女;须眉:胡须和眉毛,借指男子汉。具有男子汉气概的女子。

②蹊跷(qī qiāo):奇怪;可疑。

③左椠(qiàn)右铅:书写工具不离左右。意指不停地写作。

瓦德西将军私来大好日
斯拉夫民族死争自由天

话说彩云只顾看人堆里挤出那个少年,探头出去,冷不防头上插的一对白金底儿八宝攒珠钻石莲蓬簪①,无心地滑脱出来,直向人堆里落去,叫声:"啊呀,阿福你瞧,我头上掉了什么?"阿福丢了风琴,凑近彩云椅背,端详道:"没少什么。嗄,新买的钻石簪少了一支,快让我下去找来!"说罢,一扭身往楼下跑。刚走到楼下夹弄,不提防一个老家人手里托着个洋纸金边封儿,正往办事房而来,低着头往前走,却被阿福撞个满怀,一手拉住阿福喝道:"慌慌张张干什么来?一眼珠子都不生,撞你老子!"阿福抬头见是雯青的老家人金升,就一撒手道:"快别拉我,太太叫我有事呢!"

金升马上瞪着眼道:"撞了人,还是你有理!小杂种,谁是太太?有什么说得响的事儿,你们打量我不知道吗?一天到晚,粘股糖似的,不分上下,搅在一块儿坐马车、看夜戏、游花园。玩儿也不拣个地方儿,也不论个时候儿,青天白日,仗着老爷不管事,在楼上什么花样不干出来?这会儿爽性唱起来了,引得闲人挤了满街,中国人的脸给你们丢完了!"嘴里咕嘟个不了。阿福只装个不听见,箭也似的往外跑。跑到门口,只见街上看的人都散了,街心里立个巡捕,台阶上三四个小儿在那里搂着玩呢。看见阿福出来,一哄儿都上来,一个说:"阿福哥,你许我的小表练儿,怎么样了?"一个说:"不差。我要的蜜蜡烟嘴儿,快拿来!"又有一个大一点儿的笑道:"别给他要,你们不想想,他敢赖我们东西吗!"

阿福把他们一推,几步跨下台阶儿道:"谁赖你们!太太丢了根钻石簪儿在这儿,快帮我来找,找着了,一并有赏。"几个小儿听了,忙着下来,说在哪儿呢?阿福道:"总不离这块地方。"于是分头满街的找,东椤椤,西摸摸;阿福也四下里留心地看,哪儿有簪的影儿!正在没法时,街东头儿,匡次芳和塔翻译两人说着话,慢慢儿地走回来,问什么事。阿福说明丢了簪儿。次芳笑了笑道:"我们出去的时候满挤了一街的人,谁捡了去了?赶快去寻找!"塔翻译道:"东西值钱不值钱呢?"阿福道:"新买的呢,一对儿要一千两哩,怎么不值钱?"

次芳向塔翻译伸伸五指头,笑着道:"就是这话儿了!"塔翻译也笑了道:"快报捕呀!"阿福道:"到哪儿去报呢?"塔翻译指着那巡捕道:"那不是吗?"次芳笑道:"他不会外国话,你给他报一下吧!"于是塔翻译就走过去,给那巡捕叽咕说了半天方回来,说巡捕答应给查了,可是要看样儿呢。阿福道:"有,有,我去拿!"就飞身上楼了。

这里次芳和塔翻译就一径进了使馆门,过了夹弄,东首第一个门进去就是办事房。好几个随员在那里写字,见两人进来,就说大人有事,在书房等两位去商量呢。两人同路出了办事房,望西面行来。过了客厅,里间正是雯青常坐的书室。塔翻译先掀帘进去,只见雯青静悄悄的,正在那里把施特拉《蒙古史》校《元史·太祖本纪》哩,见两人连忙站起道:"今儿俄礼部送来一角公文,不知是什么事?"

说着,把那个金边白封儿递给塔翻译。塔翻译拆开看了一回,点头道:"不差。今天是华历二月初三,恰是俄历二月初七。从初七到十一,是耶稣遭难复生之期,俄国叫做大好日,家家结彩悬旗,唱歌酣饮。俄皇借此佳节,择俄历初九日,在温宫开大跳舞会,请各国公使夫妇同去赴会。这份就是礼部备的请帖,届时礼部大臣还要自己来请呢!"次芳道:"好了,我们又要开眼了!"雯青道:"刚才倒吓我一跳,当是什么交涉的难题目来了。前天英国使臣告诉我,俄国铁路已接至海参崴,其意专在朝鲜及东三省,预定将来进兵之路,劝我们设法抵抗。我想此时有什么法子呢?只好由他罢了。"次芳道:"现在中、俄邦交好,且德相俾思麦正欲挑俄、奥开衅,俄、奥龃龉[2],必无暇及我。英使怕俄人想他的印度,所以恐吓我们,别上他当!"塔翻译道:"次芳的话不差。昨日报上说,俄铁路将渡暗木河,进窥印度,英人甚恐。就是这话了。"两人又说了些外面热闹的话,却不敢提丢钗的事,见雯青无话,只得辞了出来。这里雯青还是笔不停披地校他的《元史》,直到吃晚饭时方上楼来,把俄皇请赴舞会的事告诉彩云,原想叫她欢喜。哪知彩云正为失了宝簪心中不自在,推说这两日身上不好,不高兴去。雯青只得罢了。不在话下。

单说这日,到了俄历二月初九日,正是华历二月初五日。各国使馆无不升旗悬彩,共贺嘉辰。街上两个带刀的马上巡兵,街东走到街西,在那里弹压闲人,不许声闹。不一会儿,忽见街西面来了五对高帽乌衣的马队,如风地卷到使馆门口,勒住马缰,整整齐齐,分列两旁。只见馆中出来两个红缨帽、青色褂的家人,把车门开了,说声"请"车中走出身躯伟岸、髭须③蓬松的俄国礼部大臣来,身上穿着满绣金花的青毡褂,胸前横着狮头嵌宝的宝星,光耀耀款步进去。约摸进去了一点钟光景,忽听大门开处,嘻嘻哈哈一阵人声,礼部大臣披着雯青朝衣朝帽,锦绣飞扬;次芳等也朝珠补褂,衣冠济楚,一阵风地哄出门来。雯青与礼部大臣对坐了六马宫车,车后带了阿福等四个俊童;次芳、塔翻译等各坐了四马车。护卫的马步各兵吹起军乐,按队前驱,轮蹄交错,云烟缭绕,缓缓地向中央大道驰去。

此时使馆中悄无人声,只剩彩云没有同去,却穿着一身极灿烂的西装,一人靠在阳台上,眼看雯青等去远了,心中闷闷不乐。这档金升拿过来一封信给彩云。彩云正摸不着头脑,不敢就拆,等金升去远了,连忙拆开一看,原来并不是正经信札,一张白纸歪歪斜斜写着一行道:

俄罗斯大好日,日耳曼拾簪人,将于午后一点钟,持簪访遗簪人于公使馆,愿遗簪人勿出。此约!

彩云看完,又惊又喜。忽听楼下街上一片叫嚷的声音。彩云三脚两步跨到栏杆边,朝下一望,不知为什么,街心里围着一大堆人。再看时,只见两个巡捕拉住一个体面少年,一个握了手,一个揪住衣服要搜。那少年只把手一扬,肩一揪,两个巡捕一个东、一个西,两边儿抛球似的直滚去。只见少年仰着脸,竖着眉,喝道:"好,好,不生眼的东西!敢把我当贼拿?叫你认得德国人不是好欺负的!来呀,走了不是人!"彩云此时方看清那少年,就是在缔尔园遇见,前天楼下听唱的那个俊人儿,不觉心头突突地跳,想道:"难道那簪儿倒是他拾了?"忽听那跌倒的巡捕,气吁吁地爬起赶来,嘴里喊道:"你还想赖吗?几天前在这里穿梭似的来往,我就犯疑。这会儿鬼使神差,活该败露!爽性明公正气的把簪儿拿出手来,还亏你一头走,一头子细看呢!怕我看不见了真赃!这会儿给我捉住了,倒赖着打人,我偏要捉了你走!"

说着,狠命扑去。那少年不慌不忙,只用一只手,趁他扑进,就在肩上一抓,好似老鹰抓小鸡似的提了起来,往人堆外一掷,早是一个朝天馄饨,手足乱划起来。看的人喝声彩。那一个巡捕见来势厉害,吁吁地吹起叫子来。四面巡捕听见了,都找上来,足有十来人。彩云看得呆了,忽想这么些人,那少年如何吃得了!怕他吃亏,须得我去排解才好。不知不觉放下了玻璃杯,飞也似的跑下楼来,走到门口。众多家人小厮,见她慌慌张张地往外跑,不解缘故，又不敢问，都悄悄地在后跟着。彩云回头喝道："你们别来，你们不会说外国话，不中用！"说着，就推门出去。只见十几个巡捕，还是远远地打圈儿，围着那少年，却不敢近。那少年立在中间，手里举着晶光奕奕的东西，喊道："东西在这里，可是不给你们，你们不怕死的就来！哼，也没见不分青红皂白，就把人当贼！"刚说这话，抬头忽见彩云，脸上倒一红，就把簪儿指着彩云道："簪主来认了，你们问问，看我偷了没有？"那被打的巡捕原是常在使馆门口承值的，认得公使夫人，就抢上来指着少年，告诉彩云："簪儿是他拾的。刚才明明拿在手里走，被我见了，他倒打起人来。"彩云就笑道："这事都是我不好，怨不得各位闹差了。"说着，笑指那少年道："那簪儿倒是我这位认得的朋友拾的，他早有信给我，我一时糊涂，忘了招呼你们。这会子倒教各位辛苦了，又几乎伤了和气。"彩云一头说，就手在口袋里掏出十来个卢布，递给巡捕道："这不算什么，请各位喝一杯淡酒吧！"那些巡捕见失主不理论，又有了钱，就谢了各归地段去了，看的人也渐渐散了。

　　原来那少年一见彩云出来，就喜出望外，此时见众人散尽，就嘻嘻笑着，向彩云走来，嘴里咕噜道："好笑这班贱奴，得了钱，就没了气了，倒活像个支那人！不枉称做邻国！"话一脱口，忽想现对着支那人，如何就说他不好，真平常说惯了，倒不好意思起来，连忙向彩云脱帽致礼，笑道："今天要不是太太，可吃大亏了！真是小子的缘分不浅！"彩云听他道着中国不好，倒也有点生气，低了头，淡淡地答道："说什么话来！就怕我也脱不了支那气味，倒污了先生清操！"那少年倒局促起来道："小子该死！小子说的是下等支那人，太太别多心。"彩云嫣然一笑道："别胡扯，你说人家，干我什么！请里边坐吧！这里不是说话的地方。"说着，就让少年进客厅。一路走来，彩云觉得意乱心迷，不知所为。要说什么，又说不出什么，只是怔看那少年，见少年穿着深灰色细毡大袄，水墨色大呢背褂，乳貂爪泥的衣领，金鹅绒头的手套，金钮璀璨，硬领雪清，越显得气雄而秀，神清而腴。一进门，两手只向衣袋里掏。彩云当是要取出宝簪来还她，等到取出来一看，倒是张金边白地的名刺，恭恭敬敬递来道："小子冒昧，敢给太太换个名刺。"彩云听了，由不得就接了，只见刺上写着"德意志大帝国陆军中尉瓦德西"。彩云反复看了几遍，笑道："原来是瓦德西将军，倒失敬了！我们连今天已经见了三次面了，从来不知道谁是谁？不想靠了一支宝簪，倒拜识了大名，这还不是奇遇吗？"瓦德西也笑道："太太倒还记得敝国缔尔园的事吗？小可就从那一天见了太太的面儿，就晓得了太太的名儿，偏生缘浅，太太就离了敝国到俄国来了。好容易小可在敝国皇上那里讨了个游历的差使，赶到这里，又不敢冒昧来见。巧了这支簪儿，好像知道小可的心似的。那一天，正听太太的妙音，它就不偏不倚掉在小可手掌之中。今儿又眼见公使赴会去了，太太倒在家，所以小可就放胆来了。这不但是奇遇，真要算奇缘了！"彩云笑道："我

孽海花

〇六七

不管别的,我只问我的宝簪在哪儿呢?这会儿也该见赐了。"瓦德西哈哈道:"好性急的太太!人家老远地跑了来,一句话没说,你倒忍心就说这话!"

彩云忍不住嗤地一笑道:"你不还宝簪,干什么来?"瓦德西忙道:"是,不差,来还宝簪。别忙,宝簪在这里。"一头说,一头就在里衣袋里掏出一只陆离光采的小手箱来,放在桌上,就推到彩云身边道:"原物奉还,请收好吧!"彩云吃一吓。只见那手箱虽不过一寸来高、七八分厚,赤金底儿,四面嵌满的都是猫儿眼、祖母绿、七星线的宝石,盖上雕刻着一个带刀的将军,骑着匹高头大马,雄武气概,那相貌活脱一个瓦德西。彩云一面赏玩,爱不忍释,一面就道:"这是哪里说起!倒费……"

刚说到此,彩云的手忽然触动匣上一个金星纽的活机,那匣豁然自开了。彩云只觉眼前一亮,哪里有什么钻石簪,倒是一对精光四射的钻石戒指,那钻石足有五六克拉,似天上晓星般大。彩云看了,目不能视,口不能言。瓦德西却坐在彩云对面,嘻着嘴,只是笑,也不开口。彩云正不得主意,忽听街上蹄声得得,轮声隆隆,好像有许多车来,到门就不响了。接着就听见门口叫嚷。彩云这一惊不小,连忙夺了宝石箱,向怀里藏道:"不好了,我们老爷回来了。"瓦德西倒淡然地道:"不妨,说我是拾簪的来还簪就完了。"彩云终不放心,放轻脚步,掀幔出来一张,劈头就见金升领了个外国人往里跑。彩云缩身不及,忽听那外国人喊道:"太太,我来报一件奇闻,令业师夏雅丽姑娘谋刺俄皇不成被捕了。"彩云方抬头,认得是毕叶,听了不禁骇然[④]道:"毕叶先生,你说什么?"

毕叶正欲回答,幔子里瓦德西忽地也钻出来道:"什么夏雅丽被捕呀?毕叶先生快说!"彩云不防瓦德西出来,十分吃吓。只听毕叶道:"咦,瓦德西先生怎么也在这里!"瓦德西忙道:"你别问这个,快告诉我夏姑娘的事要紧!"毕叶笑道:"我们到里边再说!"彩云只得领了两人进来,大家坐定。毕叶刚要开谈,不料外边又嚷起来。毕叶道:"大约金公使回来了。"彩云侧耳一听,果然门外无数的靴声橐橐,中有雯青的脚声,不觉心里七上八下,再捺不住,只望着瓦德西发怔。忽然得了一计,就拉着毕叶低声道:"先生,我求你一件事,回来老爷进来问起瓦将军,你只说是你的朋友。"毕叶笑了一笑。

说时迟,那时快,只见雯青已领着参赞、随员、翻译等翎顶辉煌的陆续进来,一见毕叶,就赶忙上来握手道:"想不到先生在这里。"一回头,见着瓦德西,呆了呆,问毕叶道:"这位是谁?"毕叶笑道:"这位是敝友德国瓦德西中尉,久慕大人清望,同来瞻仰的。"说着,就领见了。雯青也握了握手,就招呼在靠东首一张长桌上坐了。黑压压团团坐了一桌子的人。雯青、彩云也对面坐在两头。彩云偷眼,瞥见阿福站在雯青背后,一眼注定了瓦德西,又溜着彩云。彩云一个没意思,搭讪着问雯青:"老爷怎么老早就回来了?不是说开夜宴吗?"雯青道:"怎么你们还不知道?事情闹大了,开得成夜宴倒好了!

今天俄皇险些儿送了性命哩！"

回头就向毕叶及瓦德西道："两位总该知道些影响了？"毕叶道："不详细。"雯青又向着彩云道："最奇怪的倒是个女子。刚才俄皇正赴舞会，已经出宫，半路上忽然自己身边跳出个侍女，一手紧紧拉住了御袖，一手拿着个爆炸弹，要俄皇立刻答应一句话，不然就用炸药炸死俄皇。后来亏了几个近卫兵有本事，死命把炸弹夺了下来，才把她捉住。如今发到裁判所讯问去了。你们想险不险？俄皇受此大惊，哪里能再赴会呢！所以大家也散了。"毕叶道："大人知道这女子是谁？就是夏雅丽！"雯青吃惊道："原来是她？"说着，觑着彩云道："怪道我们一年多不见她，原来混进宫去了。到底不是好货，怎么想杀起皇帝来！这也太无理了！到底逃不了天诛，免不了国法，真何苦来！"

毕叶听罢，就向瓦德西道："我们何妨赶到裁判所去听听，看政府怎么样办法？"瓦德西正想脱身，就道："好！我坐你车去。"两人就起来向雯青告辞。雯青虚留了一句，也就起身相送；彩云也跟了出来，直看雯青送出大门。彩云方欲回身，忽听外头嚷道："夏雅丽来了！"正是：

苦向异洲挑司马，忽从女界见荆卿。

不知来者果是夏雅丽？且听下回分解。

【注释】

①簪(zān)：用以绾住头发或插装饰物的一种妇女首饰，有横直之分。
②龃龉(jǔ yǔ)：牙齿上下对不上，比喻不合。
③髭(zī)须：嘴周围的胡子。
④骇(hài)然：惊讶的样子。

席上逼婚女豪使酒　镜边语影侠客窥楼

话说彩云正要回楼，外边忽嚷："夏雅丽来了！"彩云道是真的，飞步来看，却见瓦、毕两人都站在车旁，没有上去。雯青也在台阶儿上仰着头，张望东边来的一群人。直到行至近边，方看清是一队背枪露刃的哥萨克兵，静悄悄地巡哨而过，哪里有夏雅丽的影儿。原来这队兵是俄皇派出来搜查余党的，大家误会押解夏雅丽来了，所以嚷起来。其实夏雅丽是秘密重犯，信息未露之前，早迅雷不及地押赴裁判所去，哪里肯轻易张扬呢！此时大家知道弄错，倒笑了。雯青送了瓦、毕两人上车，自与彩云进去易衣歇息不提。

这里瓦、毕两人渐渐离了公使馆，毕叶对瓦德西道："我们到底到哪里去呢？"瓦德西道："不是要到裁判所去看审吗？"毕叶笑道："你傻了，谁真去看审呢？我原为你们俩鬼头鬼脑，怪可怜的，特为借此救你出来，你

孽海花

〇六九

倒还在那里做梦哩！快请我到那里去喝杯酒，告诉你们俩的故事儿我听，是正经！"瓦德西道："原来如此，倒承你的照顾了！你别忙，我自要告诉你的，倒是夏雅丽与我有一面缘，我真想去看看，行不行呢？"毕叶道："我国这种国事犯，政府非常保密，我那里虽有熟人，看你份上去碰一碰吧！"就吩咐车夫一径向裁判所去。

不说二人去裁判所看审，如今要把夏雅丽的根源，细表一表。原来夏雅丽姓游爱珊，俄国闵司克州人，世界有名虚无党女杰海富孟的异母妹。父名司爱生，本犹太人，移居圣彼得堡，为人鄙吝顾固。发妻欧氏，生海富孟早死，续娶斐氏，生夏雅丽。夏雅丽生而娟好，为父母所钟爱。及稍长，貌益娇，面形椭圆若瓜瓤，色若雨中海棠，娇红欲滴。眼波澄碧，齿光砑珠，发作浅金色，蓬松披戍削肩上，俯仰如画，顾盼欲飞，虽然些子年纪，看见的人，那一个不是魂夺神与！但是貌妍心冷，性却温善，常恨俄国腐败政治。又惯闻阿姊海富孟哲学讨论，就有舍身救国的大志，却为父母管束甚严，不敢妄为。那时海富孟已由家庭专制手段，逼嫁了科罗特揩齐，所幸科氏是虚无党员，倒是一对儿同命鸳鸯，奔走党事。夏雅丽常瞒着父母，从阿姊夫妻受学。海富孟见夏雅丽敏慧勇决，也肯竭力教导。科氏又教她击刺的法术。直到一千八百八十一年三月，海富孟随苏菲亚趁观兵式的机会，炸死俄皇亚历山大。海氏、科氏同时被捕于泰来西那街爆药制造所，受死刑。那时夏雅丽已经十六岁了，见阿姊惨死，又见鲜黎亚博、苏菲亚都遭残杀，痛不欲生，常切齿道："我必报此仇！"

司爱生一听这话，怕她出去闯祸，从此倒加防范起来，无事不准出门。夏雅丽自由之身，顿时变了锦妆玉裹的天囚了。还亏得斐氏溺爱，有时瞒着司爱生，领她出去走走。事有凑巧，一日，在某爵家宴会，忽在座间遇见了枢密顾问官美礼斯克罜的姑娘鲁翠。这鲁翠姑娘也是恨政府压制、愿牺牲富贵、投身革命党的奇女子。彼此接谈，自然情投意合。鲁翠力劝她入党。夏雅丽本有此志，岂有不愿？况且鲁翠是贵族闺秀，司爱生等也愿攀附①，夏雅丽与她来往绝不疑心，所以夏雅丽竟得列名虚无党中最有名的察科威团，常与党员私自来往。来往久了，党员中人物已渐渐熟识，其中与夏姑娘最投契的两人：一个叫克兰斯，一个叫波麻儿，都是少年英雄。克兰斯与姑娘更为莫逆。党人常比他们做苏斐亚、鲜黎亚博。虽说血风肉雨的精神，断无惜玉怜香的心绪，然雄姿慧质，目与神交，也非一日了。哪知好事多磨，情澜②忽起。这日夏雅丽正与克兰斯散步泥瓦江边，无意中遇见了母亲的表侄加克奈夫，一时不及回避，只好上去招呼了。

谁知这加奈夫本是尼科奈夫的儿子。尼科奈夫是个农夫。就因一千八百六十六年，告发莫斯科亚特俱乐部实行委员加来科梭谋杀皇帝事件，在夏园亲手捕杀加来科梭，救了俄皇，俄皇赏他列在贵族。尼科奈夫就皇然自大起来。俄皇又派他儿子做了宪兵中佐，正是炙手可热的时候。司爱生羡慕他父子富贵，又带些裙带亲，自然格外巴结。加克奈夫也看中了表妹的美貌，常常来溜达，无奈夏雅丽见他貌相性鄙，总不理他，任凭父母夸张他的敌国家私，薰天气焰，只是漠然。加克奈夫也久怀怨恨了。恰好这日遇见夏姑娘与克兰斯携手同游，禁不住动了醋火，就赶到司爱生家一五一十地告诉了；还说克兰斯是个叛党，不但有累家声，还怕招惹大祸。司爱生是暴厉性子，自然大怒，立刻叫回夏姑娘，大骂："无耻婢，惹祸胚！"现在既要说她的事情，不得不把根源表明。

且说夏雅丽虽在中国三年，本党里有名的人，如女员鲁翠，男员波儿麻、克兰斯诸人，常有信息来往，未动身的前数日，还接到克兰斯的一封信，告诉她党中近来经济困难，自己赴德运动，住在德京凯赛好富馆 Kaiserhof 中层第二百一十三号云云，所以夏姑娘那日一到柏林，就带了行李，雇了马车，径赴凯赛好富馆来，心里非常快活。一则好友契阔，会面在即；一则正得了雯青一万马克，供献党中，绝好一份士仪。心里正在忖度，马车已停大旅馆门口，就有接客的人接了行李。姑娘就问："中层二百一十三号左近有空房吗？"那接客的忙道："有，有，二百一十四号就空着。"

姑娘吩咐把行李搬进去，自己却急急忙忙直向二百一十三号而来。正推门进去，可巧克兰斯送客出来，一见姑娘，抢一步，执了姑娘的手，瞪了半天，方道："咦，你真来了！我做梦也想不到你真会回来！"说着话，手只管紧紧地握住，眼眶里倒索索地滚下泪来。夏雅丽嫣然笑道："克兰斯，别这么着，我们正要替国民出身血汗，生离死别的日子多着呢，哪有闲工夫伤心。快别这么着，快把近来我们党里的情形告诉我要紧。"说到这里，抬起头来，方看见克兰斯背后站着个英风飒爽的少年，忙缩住了口。克兰斯赶忙招呼道："我送了这位朋友出去，再来和姑娘细谈。"

谁知那少年倒一眼盯住了姑娘呆了，听了克兰斯的话方醒过来，一个没意思走了。克兰斯折回来，方告诉姑娘："这位是瓦德西中尉，热心地助着我运动哩！"姑娘道："说的是。前月接到你信，知道党中经济缺，到底怎么样呢？"克兰斯叹道："一言难尽。自从新皇执政，我党大举两次：一次卡米匿桥下的隧道，一次温宫后街的地雷。虽都无成效，却耗费了无数金钱，历年运动来的资本已倾囊倒箧了。敷衍到现在，再敷衍不下去了。倘没巨资接济，不但不能办一事，连党中秘密活版部、爆药制造所、通券局、赤十字会……一切机关，都要溃败。姑娘有何妙策？"夏姑娘低头半晌道："我还当是小有缺乏。照这么说来，不是万把马克可以济事了！"克兰斯道："要真有万把马克，也好济济急。"夏雅丽不等说完，就道："那倒有。"克兰斯忙问："在哪里？"夏姑娘因把讹诈中国公使的事说了一遍。克兰斯倒笑了，就问："款子已交割吗？"夏姑娘道："已约定由公使夫人亲手交来，决不误的。"

于是姑娘又问了回鲁翠、波儿麻的踪迹，克兰斯一一告诉了她。克兰斯

孽海花

〇七一

也问起姑娘避出的原由,姑娘把加克奈夫构陷的事说了。克兰斯道:"原来就是他干的!姑娘,你知道吗?尼科奈夫倒便宜他,不多几日好死了。加来科梭的冤仇竟没有报成,加克奈夫倒升了宪兵大尉。你想可气不可气呢?嗐,这死囚的脑袋,早晚总逃不了我们手里!"夏雅丽愕然道:"怎么尼科奈夫倒是我们的仇家?"克兰斯拍案道:"可不是。他全靠破坏了亚特革命团富贵的,这会儿加克奈夫还了得,家里放着好几百万家私,还要鱼肉平民哩!"夏雅丽又愣了愣道:"加克奈夫真是个大富翁吗?"克兰斯道:"他不富谁富?"夏雅丽点点头儿。看官们要知道两人,虽是旧交,从前私下往来,何曾畅聚过一日!

此时素心相对,无忌无拘,一个是珠光剑气的青年,一个是侠骨柔肠的妙女,我歌汝和,意浃情酣,直谈到烛跋更深,克兰斯送了夏姑娘归房,自己方就枕歇息。从此夏姑娘就住在凯赛好富馆日间除替彩云教德语外,或助克兰斯同出运动,或与克兰斯剪烛谈心。快活光阴,忽忽过了两月,雯青许的款子已经交清,那时彩云也没闲工夫常常来学德语了。夏雅丽看着柏林无事可为,一天忽向克兰斯要了一张照片;又隔了一天,并没告知克兰斯,清早独自搭着火车飘然回国去了。直到克兰斯梦醒起床,穿好衣服,走过去看她,但见空屋无人,留些残纸零墨罢了,倒吃一惊。然人已远去,无可奈何,只得叹息一回,自去办事。

单说夏姑娘那日偷偷出了柏林,径赴圣彼得堡火车进发。姑娘在上海早得了领事的旅行券,一路直行无碍。到第三日傍晚,已到首都。姑娘下车,急忙回家,拜见亲母斐氏,母女相见,又喜又悲。斐氏告诉她父亲病死情形,夏姑娘天性中人,不免大哭一场。接着亲友访问,鲁翠姑娘同着波儿麻也来相会。见面时无非谈些党中拮据情形,知道夏姑娘由柏林来,自然要问克兰斯运动的消息。夏姑娘就把克兰斯现有好友瓦德西助着各处设法的话说了。鲁翠说了几句盼望勉励的话头,然后别去。夏姑娘回得房来,正与斐氏在那里闲谈,斐氏又提起加克奈夫,夸张他的势派,意思要引动姑娘。姑娘听着,只是垂头不语。不防一阵鞑鞑的皮靴声从门外传进来,随后就是嬉嬉的笑声。这笑声里,就夹着狗嗥一般的怪叫声:"妹妹来了,怎么信儿都不给我一个呢?"

夏姑娘吓一跳,猛抬头,不是加克奈夫是谁呢!斐氏见了,笑嘻嘻立起来道:"你倒还想来,别给我花马吊嘴的,妹妹记着前事,正在这里恨你呢!"加克奈夫哈哈道:"屈天冤枉,不知哪个天杀的移尸图害。这会儿,我也不敢在妹妹跟前辩,只有负荆请罪,求妹妹从此宽恕就完了!"

说着,两腿已跨进房来,把帽子往桌子上一丢,伸出蒲扇大的手,要来拉夏姑娘。姑娘缩个不迭,脸色都变了。加克奈夫涎着脸道:"好妹妹,咱们拉个手儿!"斐氏笑道:"人家孩子面重,你别拉拉扯扯,臊了她,我可不依!"夏姑娘先本着了恼,自己已经狠狠地压下去。这回听了斐氏的话,低头想了一想,忽然桃腮上泛起浅玫瑰色,秋波横溢,柳叶斜飘,在椅上欸地站起来道:"娘也说这种话?我从来不知道什么臊不臊,拉个手儿,算得了什么?高兴拉,来,咱们拉!"就把一只粉嫩的手,使劲儿去拉加克奈夫的黑手。加克奈夫倒啊呀起来道:"妹妹,轻点儿!"夏姑娘道:"你不知道吗?拉手有规矩儿的,越重越要好。"

说完,嗤的一笑,三脚两步走到斐氏面前,滚在怀里,指着加克笑道:"娘,你瞧!他是个脓包儿,一捏都禁不起,倒配做将军!"加克只嬉笑着道:"妹妹到底出了一趟门,大变了样儿了。"夏姑娘含怒道:"变好了呢,还是变歹?你说!"斐氏笑搂住姑娘的脖子道:"痴儿,你今个儿怎么尽给你表兄拌嘴,不想想人家为好来看你。这会儿天晚了,该请你表兄吃晚饭才对!"加克连忙抢着说道:"姑母,今天妹妹快活,肯多骂我两句,就是我的福气了!快别提晚饭,我晚上还得到皇上那里有事哪。"夏姑娘笑道:"娘,你听!他又把皇帝打出来,吓唬我们娘儿俩。老实告诉你,你没事,我也不高兴请。谁家座客不请行客,倒叫行客先请的!"加克听了,拍手道:"不错,我忘死了!今天该替妹妹接风!"

斐氏道:"啊呀,天主!不当家花拉的倒费你,快别听这痴孩子的话。"夏姑娘睇了她娘半天道:"咦!娘也奇了。怎么只许我请他,不许他请我的?他有的是造孽钱,不费他费谁?娘,你别管,他不给我要好,不请,我也不稀罕;给我要好,他拿来,我就吃,娘也跟着吃。横竖不要你老人家掏腰儿还席,瞎费心干吗!"加克道:"是呀,我请!我死了也要请!"姑娘笑道:"死的日子有呢,这会儿别死呀死呀怪叫!"加克忙自己掌着嘴道:"不识好歹的东西,你倒叫妹妹心疼。"夏姑娘戟手指着道:"不要脸的,谁心疼你来?"加克此时看着姑娘娇憨③的样儿,又听着姑娘锋利的话儿,半冷半热,若讽若嘲,倒弄得近又不敢,远又不舍,不知怎么才好。

不一会儿,天也黑了,厨夫也带酒菜来了,加克就邀斐氏母女同入餐室,就在卧室外面,虽不甚宽敞,却也地铺锦毹,壁列电灯,花气袭人,镜光交影。东首挂着加特厘簪花小象,西方撑起姑娄巴多舞剑古图,煞是热闹,大家进门,斐氏还要客气,却被夏姑娘两手按在客位,自己也皇然不让座了。加克真的坐了主位。侍者送上香槟、白兰地各种瓶酒,加克满斟了杯香槟酒,双手捧给姑娘道:"敬替妹妹洗尘!"姑娘劈手夺了,直送斐氏道:"这杯给娘喝,你另给我斟来!"

加克只得恭恭敬敬又斟了一杯。姑娘接着,扬着杯道:"既承主人美意,娘,咱们干一杯!"说完,一饮而尽。加克微笑,又挨着姑娘斟道:"妹妹喝个成双杯儿!"夏姑娘一扬眉道:"喝呀!"接来喝一半,就手向加克嘴边一灌道:"要成双,大家成双。"加克不防着,不及张口禽受,淋淋漓漓倒了一脸一身。此时夏姑娘几杯酒落肚,脸上红红儿的,更觉意兴飞扬起来,脱了外衣,着

孽海花

○七三

身穿件粉荷色的小衣,酥胸微露,雪腕全陈,臂上几个镯子丁丁当当地厮打,把加克骂一会儿,笑一会儿,任意戏弄。斐氏看着女儿此时的样儿也揣摩不透,当是女儿看中了加克,倒也喜欢,就借了更衣走出来,好让他们叙叙私情。

两人正说得热闹,谁知斐氏却在门外都听饱了,见女儿肯嫁加克,正合了素日的盼望,走进来,对着加克道:"恭喜你,我女儿答应了!可别忘了老身!但是老身只有一个女儿,也不肯太草草的,马上办起来,也得一月半月,哪儿能就办呢!头一件,我就不依。"姑娘立刻变了脸道:"我不肯嫁,你们天天劝。这会儿我肯嫁了,你们倒又不依起来。不依也好,我也不依。告诉你们吧,我的话说完了,我的兴也尽了,人也乏了,我可要去睡觉了。"说罢,一扭身自顾自回房,砰的一声把门关了。这里加克奈夫与斐氏纳闷了半天。加克想老婆心切,想不到第一回来就得了采,也虑不到别的,倒怕中变,就劝斐氏全依了姑娘主意。过了两日,说也奇怪,果然斐氏领着夏姑娘自赴礼拜堂,与加克结了亲,签了结婚簿。从此夏雅丽就与加克夫妇同居。加克奈夫要接斐氏来家,姑娘不许,只好仍住旧屋。加克新婚燕尔,自然千依百顺。姑娘倒也克勤妇职,贤声四布。加克愈加敬爱。差不多加克家里的全权,都在姑娘掌握中了。

这日党人正在秘密所决议此事如何处置,可巧克兰斯从德国回来,也来赴会。一进门,别的都没有听见,只听会堂上一片声说:"夏雅丽嫁了"五个字,直打入耳鼓来。克兰斯飞步上前,喘吁吁还未说话,鲁翠一见他来,就迎上喊道:"克兰斯君,你知道吗?你的夏雅丽嫁了,嫁了加克奈夫!"

克兰斯一听这话,但觉耳边霹雳一声,眼底金星四爆,心中不知道是盐是醋是糖是姜,一股脑儿都倒翻了,只喊一声:"贱婢!杀!杀!"往后便倒,口淌白沫。大家慌了手脚。鲁翠忙道:"这是急痛攻心,只要扶他坐起,自然会醒的。"波儿麻连忙上来扶起,坐在一张大椅里。果然不一会儿醒了,呕的吐出一口浓痰,就跳起来要刀。波儿麻道:"要刀做什么?"克兰斯道:"你们别管,给我刀,杀给你们看!"鲁翠道:"克兰斯君别忙,你不去杀她,我们怕她泄漏党中秘密,也放不过她。可是我想,夏雅丽学问、见识、本事都不是寻常女流,这回变得太奇突。凡奇突的事倒不可造次,还是等你好一点,晚上偷偷儿去探一回。倘或真是背盟从仇,就顺手一刀了账,岂不省事呢!"克兰斯道:"还等什么好不好,今晚就去!"于是大家议定各散。鲁翠临走,回顾克兰斯道:"明天我们听信儿。"克兰斯答应,也一路回家,不免想着向来夏姑娘待他的情义,为他离乡背井,绝无怨言。这回在柏林时候,饭余灯背、送抱推襟,一种密切的意思,真是笔不能写、口不能言,如何回来不到一月就一变至此呢?况且加克奈夫又是她素来厌恨的,上回谈起他名氏,还骂他哩,如何倒嫁他?难道有什么不得已吗?一回又猜想她临行替他要小照儿的厚情,一回又揣摸她不别而行的深意。这一刻时中,一寸心里,好似万马奔驰,千猿腾跃，忽然心酸落泪，忽然切齿横目，翻来覆去，不觉更深，就在胸前掏出表来一看，已是十二点钟，惊道："是时候了！"

连忙换了一身纯黑衣裤，腰间插了一把党中常用的百毒纯钢小尖力，扎缚停当，把房中的电灯旋灭了，轻轻推门到院子里，耸身一纵，跳出墙外。那时正是十月下旬，没有月亮的日子。克兰斯靠着身体灵便，竟闪闪烁烁地被他混过几条街去。看看已到了加克奈夫的宅子前头，克兰斯紧把刀子插插好，猛然施出一个燕子翻身势，往上一掠。忽听丁当一声，一个身子随着几片碎玻璃直滚下去，看时，自己早倒在一棵大树底下。爬起来，转出树后，原来在一片草地上，当中有条马车进出的平路。克兰斯就依着这条路走去，只见一座巍巍的高楼。楼的下层乌黑黑无一点火光，窗里透出光来，照在树上，却见一人影在那里一闪一闪地动。克兰斯暗想这定是加克奈夫的卧房了，一伸手，抱定树身，好比白猴采果似的旋转而上。到了树顶，把身子使劲一摇，那树杈直摆过来，哗啦一响，好像树杈儿断了一般。谁知克兰斯就趁这一摆，一脚已钩定了阳台上的栏杆，倒垂莲似的反卷上去，却安安稳稳站在阳台上了。侧耳听了一听，毫无声音，就轻轻的走到那有灯光的窗口，向里一望，恰好窗帘还没放，看个完完全全。只见房内当地一张铁床，帐子已垂垂放着，房中寂无人声，就是靠窗摆着个镜桌，当桌悬着一盏莲花式的电灯，灯下却袅袅婷婷立着个美人儿。呀，那不是夏雅丽吗？只见她手里拿着个小照儿，看看小照，又看看镜子里的影儿，眼眶里骨溜溜地滚下泪来。克兰斯看到这里，忽然心里捺不住的热火喷了出来，拔出腰里的毒刀直砍进去。正是：

棘枳何堪留凤采，宝刀直欲溅鸳红。

不知夏雅丽性命如何，且看下回。

【注释】

①攀附：比喻投靠有权势的人，以求高升。
②情澜(lán)：情海波澜。
③娇憨：天真可爱的样子。

辞鸳侣女杰赴刑台　递鱼书舵师尝禁脔

话说克兰斯看见夏雅丽对着个小照垂泪，一时也想不到查看查看小照是谁的，只觉得夏雅丽果然丧心事仇，按不住心头火起。瞥见眼前的两扇着地长窗是虚掩着，就趁着怒气，不顾性命，扬刀挨入。忽然天昏地暗的一来，灯灭了，刀却砍个空，使力过猛，几乎身随刀倒。克兰斯吃一惊，暗道："人呢？"回身瞎摸了一阵，可巧摸着镜桌上那个小照儿，顺手揣在怀里，心想夏雅丽逃了,加克奈夫可在,还不杀了他走!刚要向前,忽听楼下喊道:主人回来了!"

随着辚辚的马车声,却是在草地上往外走的。克兰斯知道刚才匆忙,没有听他进来。忽想道:"不好,这贼不在床上,他这一回来叫起人,我怕走不了,不如还到那大树上躲一躲再说。"打定主意,急忙走出阳台,跳上栏杆,伸手攀树杈儿。一脚挂在空中,一脚还蹬在栏杆上。忽听楼底下砰地一声枪响,就有人没命的叫声:"啊呀!好,你杀我?"又是一声,可不像枪,仿佛一样很沉的东西倒在窗格边。克兰斯这一惊,出于意外,那时他的两脚还空挂着,手一松,几乎倒撞下来,忙钻到树叶密的去处蹲着。只听墙外急急忙忙跑回两人,远远地连声喊道:"怎么了?什么响?"

屋里也有好几人喊道:"枪声,谁放枪?"这当儿,进来的两人里头,有一个拿着一盏电光车灯,已走到楼前,照得楼前雪亮。克兰斯眼快,早看见廊下地上一个汉子仰面横躺着,动也不动。只听一人颤声喊道:"可不得了,杀了人!""谁呢?主人!"这当儿里面一哄,正跑出几个披衣拖鞋的男女来,听是主人,就七张八嘴地大乱起来。克兰斯在树上听得清楚,知加克奈夫被杀,心里倒也一快。但不免暗暗骇异,到底是谁杀的?这当儿,见楼下人越聚越多,忽然想到自己绝了去路,若被他们捉住,这杀人的事一定是我了,正盘算逃走的法子,忽然眼前欻的一亮,满树通明,却正是上、中层的电灯都开了。

灯光下,就见夏雅丽散了头发,仓仓皇皇跑到阳台上,朗朗地喊道:"到底你们看是主人不是呢?"众人严声道:"怎么不是呢?"又有一人道:"才从宫里承值回来,在这里下车的。下了车,我们就拉车出园,走不到一箭地,忽听见枪声,赶回来,就这么着了。"夏雅丽跺脚道:"枪到底中在哪里?要紧不要紧?快抬上来!一面去请医生,一面快搜凶手呢!一眨眼的事,总不离这园子,逃不了,怎么你们都昏死了!"一句话提醒,大家道:"枪中了脑瓜儿,脑浆出来,气都没了,人是不中用了。倒是搜凶手是真的。"克兰斯一听这话,倒慌了,心里正恨夏雅丽,忽听下面有人喊道:"咦,你们瞧!那树杈里不是一团黑影吗?"楼上夏雅丽听了,一抬头,好像真吃一惊的样子道:"怎么?真有了人!"连忙改口道:"可不是凶手在这里?快多来几人逮住他,楼下也防着点儿,别放走了!"

就听人声嘈杂的拥上五六人来。克兰斯知不能免,正是人急智生,从树上用力一跳,跳上阳台,想往后楼跑。这当儿,夏雅丽正在叫人上楼,忽见一人陡然跳来,倒退了几步;灯光下看清是克兰斯,脸上倒变了颜色,说不出话来,却只把手往后楼指着。克兰斯此时也顾不得什么,飞奔后楼,果见靠栏杆与前楼一样的大树。正纵身上树,只听夏雅丽在那里乱喊道:"凶手跳进我房里去了,你们快进去捉,不怕他飞了去。"只听一群人乱哄哄都到了屋里。

这里克兰斯却从从容容地爬过大树,接着一溜平屋,在平屋搭了脚,恰好跳上后墙飞身下去,正是大道,一口气地跑回家去。喘息一回,定了定神,觉得方才事真如梦里一般,不由得想起夏雅丽手指后楼的神情,并假说凶手进房的话儿,明明暗中救我,难道她还没有忘记我吗?既然不忘记我,就不该嫁加克夫,又不该二心于我!一头心里猜想,一头脱去那身黑衣想要上床歇息,不防衣袋中掉下一片东西,拾起来看时,倒吃一惊,原来就是自己在凯赛好富馆赠夏雅丽的小照,上面添写一行字道:"斯拉夫奇女子夏雅丽心嫁夫察科威团实行委员克兰斯君小影。"克兰斯看了,方明白夏雅丽对他垂泪的意思,也不免一阵心酸,掉下泪来,叹道:"夏雅丽!夏雅丽!你白爱我了!也白救了我的性命!叫我怎么能赦你这反复无常的罪呢?"说罢,就把那照儿插在床前桌上照架里,回头见窗帘上渐渐发出鱼肚白色,知道天明了,连忙上床,人已倦极,不免沉沉睡去。

正酣睡①间,忽听耳边有人喊道:"干得好事,捉你的人到了,还睡吗?"克兰斯睁眼见是波儿麻,忙坐起来道:"你好早呀,没的大惊小怪,谁干了什么?"波儿麻道:"八点钟还早吗?鲁翠姑娘找你来了,快出去。"克兰斯连忙整衣出来,瞥眼看着鲁翠华装盛服,秀采飞扬,明眸修眉,丰颐高准,倒比夏雅丽另有一种华贵端凝气象。一见克兰斯,就含笑道:"昨儿晚上辛苦了,我们该替加来科梭代致谢忱。怎么夏雅丽倒免了?"波儿麻笑道:"总是克君多情,杀不下去,倒留了祸根了。"克兰斯惊道:"怎么着?她告了我吗?"鲁翠摇头道:"没有。她告的是不知姓名的人,深夜入室,趁加克奈夫温宫夜值出来,枪毙廊下。凶手在逃。俄皇知道早疑心了虚无党,已派侦探四出,倒严厉。克君还是小心为是。"克兰斯笑道:"姑娘真胡闹!小心什么?哪里是我杀的!"鲁翠倒诧异道:"难道你昨晚没有去吗?"克兰斯道:"怎么不去?可没有杀人。"波儿麻道:"不是你杀是谁呢?"克兰斯道:"别忙,我告诉你们。"就把昨夜所遇的事从头至尾说了一遍,只把照片一事瞒起。两人听了,都称奇道异。波儿麻跳起来道:"克君,你倒被夏雅丽救坏了!不然倒是现成的好名儿!"鲁翠正低头沉思,忽被他一吓,忙道:"波君别嚷,怕隔墙有耳。"顿一顿,又道:"据我看,这事夏雅丽大有可疑。第一为什么要灭灯;再者既然疑心克君是凶手,怎么倒放走了,不然就是她杀的呢!"克兰斯道:"断乎不会。她要杀他,为什么嫁他呢?"鲁翠道:"不许她辱身赴义吗?"克兰斯连连摇头道:"不像。杀一个加克奈夫法子多,为什么定要嫁了才能下手呢?况且看她得了凶信,神气仓皇!"鲁翠也点点头道:"我们再去探听探听看。克君既然在夏雅丽面前露了眼,还是避避的好,请到我们家里去住几时吧!"克兰斯就答应了,当时吩咐了家人几句话,就跟了鲁翠回家。从此鲁翠、波儿麻诸人替他在外哨探,克兰斯倒安安稳稳住在美礼斯克罕邸第。先几个月风声紧,后来慢慢懈怠②,竟无声无息起来。看官你道为何?原来俄国那班警察侦探虽有手段,可是历年被虚无党杀怕了,

孽海花

只看一千八百八十一年三月以后,半年间竟杀了宪兵长官、警察长、侦探等十三人,所以事情关着虚无党,大家就要缩手。这案俄皇虽屡下严旨,无奈这些人都不肯出力,且加克氏支族无人,原告不来催紧,自然冰雪解散了。

克兰斯在美礼家,消息最灵,探知内情,就放心回了家。

日月如梭,忽忽冬尽春来。这日正是俄历二月初九,俄皇在温宫开舞会的大好日子,却不道虚无党也在首都民意俱乐部开协议会的秘密期。那时俄国各党势力,要推民意党察科威团算最威,土地自由党、拿鲁脱尼团次之。这日就举了民意党做会首。此外,哥卫格团、奥能伯加团、马黎可夫团、波兰俄罗斯俱乐部、夺尔格圣俱乐部,纷纷的都派代表列席,黑压压挤满了一堂。正是龙拿虎掷、燕叱莺嗔、天地无声、风云异色的时候,民意女员鲁翠曳长裾、围貂尾,站立发言台上,桃脸含秋、蛾眉凝翠地宣告近来党中经济缺乏,团力涣散,必须重加联络,大事运动,方足再谋大举。这几句话原算表明今日集会之想,还要畅发议论,忽见波儿麻连跌带撞远远地跑来,喊道:"可了不得!今儿个又出了第二个苏菲亚了!本党宫内侦探员,有秘密报告在此!"大众听了愕然。鲁翠就在台上接了波儿麻拿来的一张纸,约略看了看,脸上十分惊异。大众都问何事?鲁翠就当众宣诵道:

本日皇帝在温宫宴各国公使,开大跳舞会,车驾定午刻临场。方出内宫门,突有一女子从侍女队跃出,左手持炸弹,右手槛帝胸,叱曰:"咄,尔速答我,能实行一千八百八十一年二月十二日民意党上书要求之大赦国事犯、召集国会两大条件否?不应则炸尔!"帝出不意,不知所云,连呼卫士安在。卫士见弹股粟,莫敢前。相持间,女子举弹欲掷,帝以两手死抱之。其时适文部大臣波别士立女子后,呼曰:"陛下莫释手!"即拔卫士佩刀,猝砍女子臂,臂断,血溢,女子蹲。帝犹死持弹不敢释。卫士前擒女子,女子犹蹶起,抠一卫士目,乃被捕,送裁判所。烈哉,此女!惜未知名。探明再报!民意党秘密侦探员报告。

鲁翠诵毕,众人都失色,齐声道:"这女子是谁?可惜不知姓名。"这一片惊天动地的可惜声里,猛然地飘来一句极凄楚的说话道:"众位,这就是我的夏雅丽姑娘呀!"大家倒吃一惊,抬头一看,原来是克兰斯满面泪痕地站在鲁翠面前。鲁翠道:"克君,怎见得就是她?"克兰斯道:"不瞒姑娘说,昨晚她还到过小可家里,可怜小可竟没见面说句话儿。"鲁翠道:"既到你家,怎么不见呢?"克兰斯道:"她来,我哪里知道呢?直到今早起来,忽见桌上安放的一个小照不见了,倒换上了一个夏姑娘的小照。我觉诧异,正拿起来,谁知道照后还夹着一封密信。看了这信,方晓得姑娘一生的苦心,我党大事的关系,都在这三寸的小照上。我正拿了来,要给姑娘商量救她的法子,谁知已闹到如此了。"说罢,就在怀里掏出一个小封儿、一张照片,送给鲁翠。鲁翠不暇看小照,先抽出信来,看了不过两三行,点点头道:"原来她嫁加克奈夫,全为党中的大计。嗄!我们倒错怪她了!哎,放着心爱的人生生割断,倒嫁一个不相干的蠢人,真正苦了她了!"说着又看,忽然吃惊道:"怎么加克奈夫倒就是她杀的?谁猜得到呢!"此时克兰斯只管淌泪。波儿麻及众人听了鲁翠的话,都面面相觑道:"加氏到底是谁杀的?"鲁翠道:"就是夏雅丽杀的。"波儿麻道:"奇了。嫁他又杀他,这什么道理?"鲁翠道:"就为我党经济问题。她杀了他,好倾他的家,供给党用呀!"众人道:"从前楷爱团波尔佩也嫁给一个老富人,毒杀富人,取了财产。夏姑娘想就是这主意了。"波儿麻道:"有多少呢?如今在哪里?"鲁翠看着信道:"真不少哩,八千万卢布哩!"又指着照片叹道:"这就是八千万卢布的支证书。这姑娘真布置得妥当!这些银子,都分存在瑞士、法兰西各银行,都与经理说明是暂存的,全凭这照片收支,叫我们得信就去领取,迟恐有变。"鲁翠说到这里,忽愕然道:"她为什么花了一万卢布,贿买一个宫中侍女的缺呢?"克兰斯含泪道:"这就是今天的事情了。姑娘,你不见她,早把老娘斐氏搬到瑞士亲戚家去。那个炸弹,还是加氏从前在亚突俱乐部搜来的。她一见,就预先藏着,可见死志早决。"鲁翠放了信,也落泪道:"她替党中得了这么大资本,功劳也真不小。难道我们要她给这些暴君污吏宰杀吗?"众人齐声道:"这必要设法救的。"鲁翠道:"妾意一面遣人持照到各行取银,一面想法到裁判所去听审。这两件事最要紧,谁愿去?"于是波儿麻担了领银的责任,克兰斯愿去听审,各自分头前往。

　　如今再说瓦德西那日送了克兰斯去后,几次去看彩云,却总被门上阻挡。后来彩云约会在叶尔丹园,方得相会。从此就买嘱了管园人,每逢彩云到园,管园人就去通信。如此习以为常,一月中总要见面好几次,情长日短,倏忽又是几月。那时正是溽暑③初过,新凉乍生,薄袖轻衫,易生情兴。瓦德西徘徊旅馆,静待好音。谁知日复一日,消息杳然,闷极无聊,只好坐在躺椅中把日报消遣。忽见紧要新闻栏内,载一条云"清国俄、德、奥、荷公使金沟三年任满,现在清廷已另派许镜澄前来接替,不日到俄"云云。瓦德西看到这里,不觉呆了。因想怪道彩云这礼拜不来相约,原来快要回国了,转念道:"既然快要相离,更应该会得勤些,才见得要好。"瓦德西手里拿了张报纸,呆呆忖度个不了,忽然侍者送上一个电报道,这是贵国使馆里送来的。瓦德西连忙折看,却是本国陆军大将打给他的,有紧要公事,令其即日回国,词意严厉,知道不能耽搁的,就叹口气道:"这真巧了,难道一面缘都没了?"丢下电报,走到卧室里,换了套出门衣服,径赴叶尔丹园而来,意思想去碰碰,或者得见,也未可定。谁知到园问问管园的,说好久没有来过。等了一天,也是枉然。瓦德西没法,只好写了一封信交给管园的,叮嘱等中国公使夫人来时手交,自己硬了心肠,匆匆回寓,料理行装,第二日一早,乘了火车,回德国去了,不提。

孽海花

〇七九

且说阿福自从那日见了瓦德西后，就动了疑，不过究竟主仆名分，不好十分露相，只把语言试探而已。有一晚，萨克森船正在地中海驶行，一更初定，明月中天，船上乘客大半归房就寝，满船静悄悄的，但闻鼻息呼声。阿福一人睡在舱中反复不安，心里觉得烦躁，就起来，披了一件小罗衫走出来，从扶梯上爬到船顶，却见顶上寂无人声，照着一片白迷朦的月色，凉风飒飒，冷露冷冷，爽快异常。阿福就靠在帆桅上，赏玩海中夜景。正在得趣，忽觉眼前黑魆魆的好像一人影，直掠烟突而过。心里一惊，连忙蹑手蹑脚跟上去，远远见相离一箭之地果真有人，飞快地冲着船首走去。那身量窈窕，像个女子后影，可辨不清是中是西。阿福方要定睛认认，只听船长小室的门砰地一声，那女影就不见了。阿福心想：原来这船长是有家眷的，我左右空着，何妨去偷看看他们做什么。想着，就溜到那屋旁。只见这屋，两面都有一尺来大小的玻璃推窗，红色毡帘正钩起。阿福向里一张，只见室内漆黑无光，就在漏进去一点月光里头，隐约见那女子背坐在一张蓝绒靠背上。质克正站起，一手要旋电灯的活机，那女子连连摇手，说了几句叽里咕噜的话。质克只涎笑，伛着身，手掏衣袋里，掏出个仿佛是信的小封儿，远远托着说话，大约叫那女子看。那女子瞥然伸手来夺。质克趁势拉住那女子的手，凑在耳边低低地说。那女子斜盯了质克一眼，就回过脸来急忙探头向门外一张，顺手却把帘子欻的拉上。阿福在这当儿，帘缝里正给那女子打个照面，不觉啊呀一声道：

　　"可了不得了！"正是：

　　前身应是琐首佛，半夜犹张素女图。

　　欲知阿福因何发喊，且听下回分解。

【注释】

①酣睡：呼呼大睡。

②懈怠（xiè dài）：松懈懒散。

③溽（rù）暑：犹言暑湿之气，指盛夏。

游草地商量请客单　　借花园开设谈瀛会

　　话说阿福在帘缝里看去，迷迷糊糊活像是那一人，心里一急，几乎啊呀地喊出来。忽然转念一想：质克这东西凶狠异常，不要自己吃不了兜着走。侧耳听时，那屋是西洋柳条板实拼的，屋里做事，外面声息不漏。阿福没法，待要抽门，却听得对面鞑鞑的脚声。探头一望，不提防碧沉沉两只琉璃眼、乱蓬蓬一身花点毛，是一条二尺来高的哈巴狗，摇头摆尾，急腾腾地向船头上赶着一只锦毛狮子母狗去了。阿福啐了一口，暗道："畜生也欺负人起来！"

说罢，垂头丧气地正在一头心里盘算，一头趱回扶梯边来，瞥然又见一人影在眼角里一闪，急急忙忙绕着船左舷，抢前几步下梯去了。阿福倒愣了愣，心想他们干事怎么这么快！自己无计思量，也就下楼归舱安歇。气一回，恨一回，反复了一夜，到天亮倒落困了。蒙昽中，忽然人声鼎沸，惊醒起来，却听在二等舱里，是个苏州人口音。细听正是匡次芳带出来的一个家人，高声道："哼，外国人！船主！外国人买几个铜钱介？船主生几个头、几只臂膊介？勠现世，唔朵问问俚，昨伲夜里做个啥事体嗄？侬拉舱面浪听子一夜朵！侬弄坏子俚大餐间一只玻璃杯，俚倒勿答应；个末俚弄坏子伲公使夫人，倒弗翻淘。"

这家人说到这里，就听见有个外国人不晓得叽里咕噜又嚷些什么。随后是次芳喝道："混账东西！金大人来了！还敢胡说！给我滚出去！"只听那家人一头走，一头还在咕噜道："里势个事体，本来金大人该应管管哉！"阿福听了这些话，心里诧异，想昨夜同在舱面，怎么我没有碰见呢？后来听见主人也出来，晓得事情越发闹大了，连忙穿好衣服走出来。只见大家都在二等舱罩，次芳正在给质克做手势赔不是。雯青却在舱门口，呆着脸站着。彩云不敢进来，也在舱外远远探头探脑，看见阿福就招手儿。阿福走上去道："到底怎么回事呢？"彩云道："谁知道！这天杀的，打碎了人家的一只杯子，人家骂他，要他赔，他就无法无天起来。"阿福冷笑道："没缝的蛋儿苍蝇也不钻，倒是如今弄得老爷都知道，我倒在这里发愁。"彩云别转脸正要回答，雯青却气愤愤地走回来。阿福连忙站开。雯青眼盯着彩云道："你还出来干什么？"

彩云听了这话头儿，一扭身，飞奔地往头等舱而去。雯青也随后跟来。彩云一进舱，倒下吊床，双手捧着脸，呜呜咽咽大哭起来。雯青道："咦，怎么你倒哭了！"彩云咽着道："怎么叫我不哭呢？我是没有老爷的苦人呀，尽叫人家欺负的！"雯青愕然道："这，这是什么话？"彩云接着道："我哪里还有老爷呢！别人家老爷总护着自己身边人，就是做了丑事还要顾着向日恩情，一床锦被，遮盖遮盖。况且没有把柄的事儿，给一个低三下四的奴才含血喷人，自己倒站着听风凉话儿！没事人儿一大堆，不发一句话，就算你明白不相信，人家看你这样儿，只说你老爷也信了。我这冤枉，哪里再洗得清呢！"

原来雯青刚才一起床就去看次芳，可巧碰下这事，听了那家人的话气极了，没有思前想后，一盆之火走来，想把彩云往大海一丢，方雪此耻。及至走进来，不防兜头给彩云一哭，见了那娇模样已是软了五分；又听见这一番话说得有理，自己想想也实在没有凭据，那怒气自然又平了三分，就道："你不做歹事，人家怎么凭空说你呢？"彩云在床上连连蹬足哭道："这都是老爷害我的！学什么劳什子的外国话！学了话，不叫给外国人应酬也还罢了，偏偏这回老爷卸了任，把好一点的翻译都奏留给后任了。一下船逼着我做通事，因此认得了质克,人家早就动了疑。昨天我自己又不小心,为了请质克代写一封柏林女朋友的送行回信,晚上到她房里去过一趟,哪里想得到闹出这个乱儿来呢!"说着,欻地翻身,在枕边掏出一封西文的信,往雯青怀里一掷道:"你不信,你瞧!这书信还在这里呢!"

彩云掷出了信,更加号啕起来,口口声声要寻死。雯青虽不认得西文,见她堂皇冠冕掷出信来,知道不是说谎了;听她哭得凄惨,不要说一团疑云自然飞到爪洼国去,倒更起了怜惜之心,只得安慰道:"既然你自己相信对得起我,也就罢了。我也从此不提,你也不必哭了。"彩云只管撒娇撒痴地痛哭,说:"人家坏了我名节,你倒肯罢了!"雯青没法,只好许他到中国后送办那家人,方才偃旗息鼓。外面质克吵闹一回,幸亏次芳再四调停,也算无事了。阿福先见雯青动怒,也怕寻根问底,早就暗暗跟了进来,听了一回,知道没下文,自然放心去了。从此海程迅速,倒甚平安,所过埠头无非循例应酬,毫无新闻趣事可记,按下慢表。

如今且说离上海五六里地方,有一座出名的大花园,叫做味莼园。这座花园坐落不多,四面围着嫩绿的大草地,草地中间矗立一座巍焕的跳舞厅,大家都叫它做安凯第。原是中国仕女会集茗话之所。这日正在深秋天气,节近重阳,草作金色,枫吐火光,秋花乱开,梧叶飘坠,佳人油碧,公子丝鞭,拾翠寻芳,歌来舞往,非常热闹。其时又当夕阳衔山,一片血色般的晚霞,斜照在草地上,迎着这片光中,却有个骨秀腴神、光风霁月的老者,一手捋着淡淡的黄须,缓步行来。背后随着个中年人,也是眉目英挺,气概端凝,胸罗匡济之才,面盎诗书之泽。

一壁闲谈一壁走的,齐向那大洋房前进。那老者忽然叹道:"若非老夫微疴淹滞,此时早已在伦敦、巴黎间,呼吸西洋自由空气了!"那中年笑道:"我们此时若在西洋,这谈瀛胜会那得举发。大人的清恙,正天所以留大人为群英之总持也!可见盍簪之聚,亦非偶然。"那老者道:"我兄奖饰过当,老夫岂敢!但难得此时群贤毕集,不能无此盛举,以志一时之奇遇。前日托兄所拟的客单,不知已拟好吗?"那中年说:"职道已将现在这里的人大略拟就,不知有无挂漏,请大人过目。"说着,就赶忙在靴筒里抽出一个梅红全帖,双手递给老者。那老者揭开一看,只见那帖上写道:

本月重九日,敬借味莼园开谈瀛会。凡我同人,或持旄历聘,或凭轼偶游,足迹曾及他洲,壮游逾乎重译者,皆得来预斯会。借他山攻错之资,集世界交通之益,翘盼旌旄,勿吝金玉!敬列台衔于左:

记名道、日本出使大臣吕大人印苍舒,号顺斋;前充德国正使李大人印葆丰,号台霞;直隶候补道、前去美、日、秘出使大臣云大人印宏,号仁甫;湖北候补道、铁厂总办、前充德国参赞徐大人印英,号忠华;直肃候补道、招商局总办、前奉旨游历法国马大人印中坚,号美菽;现在常镇道、前奉旨游历英国柴大人印龢，号韵甫；大理寺正堂、前充英、法出使大臣俞大人印耿，号西塘；分省补用道、前奉旨游历各国、现充英、法、意、比四国参赞王大人印恭，号子度。

下面另写一行"愚弟薛辅仁顿首拜订"。

看官，你们道这老者是谁？原来就是无锡薛淑云。

话说当时淑云看了客单，微笑道："大约不过这几人罢了，就少了雯青和次芳两个，听说也快回国，不知他们赶得上吗？"子度一面接过客单，一面答道："昨天知道雯青夫人已经到这里来迎接了。上海道已把洋务局预备出来，专候使节。大约今明必到。"言次，两人已踏上了那大洋房的平台。正要进门，忽然门外风驰电卷地来了两辆华丽马车，后面尘头起处，跟着四匹高头大马，马上跨着戴红缨帽的四个俊僮。那车一到洋房门口停住了，就有一群老妈丫头开了车门，扶出两位佳人，一个是中年的贵妇，一个是姣小的雏姬，都是珠围翠绕，粉滴脂酥，款步进门而来。

淑云、子度倒站着看呆了。子度低低向淑云说道："那年轻的，不是雯青的如夫人吗？大约那中年的，就是正太太了。"淑云点头道："不差。大约雯青已到了，我们客单上快添上吧！我想我先回去拜他一趟，后日好相见。你在这里给园主人把后天的事情说定，叫他把东边老园的花厅，借给我们做会所就得了。"子度答应，自去找寻园主人，这里淑云见雯青的家眷，许多人簇拥着上楼，拣定座儿，自去啜茗。淑云也无心细看，连忙叫着管家伺候，匆匆上车回去拜客不提。

到了次日，雯青叫张夫人领着彩云各处游玩，自己也出门拜访友好，直闹到天黑方归。正在上房，一面叫彩云伺候更衣，一面与夫人谈天，细问今日游玩的景致。张夫人一一地诉说。那当儿，金升拿着个帖子，上来回道："刚才薛大人自己来过，请大人后日到味莼园一聚，万勿推辞。临走留下一个帖子。"雯青就在金升手里看了一看，微笑道："原来这班人都在这里，倒也难得。"又向金升道："你去外头招呼匡大人一声，说我去的，叫匡大人也去，不可辜负了薛大人一片雅意。"金升诺诺答应下去。当日无话。

单说这日重阳佳节，雯青在洋务局吃了早饭，约着次芳坐车直到味莼园，到得园门，把车拉进老园洋房停着，只见门口已停满了五六辆轿车，阶上站着无数红缨青褂的家人。雯青、次芳一同下车，就有家人进去通报，淑云满面笑容地把雯青、次芳迎接进去。此时花厅上早是冠裳济楚，坐着无数客人，见雯青进来，都站起来让座。雯青周围一看，只见顺斋、台霞、仁甫、美菽、忠华、子度一班熟人都在那里。雯青一一寒暄了几句，方才告坐。淑云先开口向雯青道："我们还是那年在一家春一叙，一别十年，不想又在这里相会。最难得的仍是原班，不弱一个！不过绿鬓少年，都换了华颠老子了。"说罢，抬须微笑。子度道："记得那年全安栈相见的时候，正是雯兄大魁天下、衣锦荣归的当儿,少年富贵,真使弟辈艳羡无穷。"雯青道:"少年陈迹,令人汗颜。小弟只记得那年畅闻高谕,所谈西国政治艺术,天惊石破,推崇备至,私心窃以为过当!如今靠着国家洪福,周游各国,方信诸君言之不谬。可惜小弟学浅才疏,不能替国家宣扬令德,那里及淑翁博闻多识,中外仰望,又有子度兄相助为理。此次出洋,必能争回多少利权,增重多少国体。弟辈唯有拭目相望耳!"

淑云、子度谦逊了一回。台霞道:"那时中国风气未开,有人讨论西学,就是汉奸。雯兄,你还记得吗?郭筠仙侍郎喜谈洋务,几乎被乡人驱逐;曾劼刚袭侯学了洋文,他的夫人喜欢弹弹洋琴,人家就说他吃教的。这些粗俗的事情尚且如此,政治艺术,不要说雯兄疑心,便是弟辈也不能十分坚信。"美菽道:"如今大家眼光,比从前又换一点儿了。听说俞西塘京卿在家饮食起居都依洋派,公子小姐出门常穿西装,在京里应酬场中,倒也没有听见人家议论他。岂不奇怪!"大家听了,正要动问,只见一个家人手持红帖,匆忙进来通报道:"俞大人到!"雯青一眼看去,只见走进一个四十多岁的体面人来,细长个儿,椭圆脸儿,雪白的皮色,乌油油两绺微须,蓝顶花翎,满面锋芒的,就给淑云作下揖去,口里连说迟到。淑云正在送茶,后面家人又领进一位粗眉大眼、挺腰凸肚的客人,淑云顺手也送了茶,就招呼道:"这位就是柴韵甫观察,新从常、镇道任所到此。我们此会,借重不少哩!"韵甫忙说不敢,就给大家相见。淑云见客已到齐,忙叫家人摆起酒来,送酒定座,忙了一回,于是各各归座,举杯道谢之后,大家就纵饮畅谈起来。

雯青向顺斋道:"听说东瀛从前崇尚汉学,遗籍甚多,往往有中土失传之本,而彼国尚有流传。弟在海外就知阁下收集甚多,正有功艺林之作也。"顺斋道:"经生结习,没有什么关系的。要比到子度兄所作的《日本国志》,把岛国的政治风俗网罗无遗,正是问鼎康瓠,不可同语了!"子度道:"日本自明治变法,三十年来进步之速,可惊可愕。弟的这书也不过断烂朝报,一篇陈账,不适用。"西塘道:"日本近来注意朝鲜,倒是一件可虑的事。即如那年朝鲜李昰应之乱,日本已遣外务卿井上馨率兵前往,幸亏我兵先到半日,得以和平了事。否则朝鲜早变了琉球之续了。"子度微笑,指着淑云、顺斋道:"这事都亏了两位赞助之功。"淑云道:"岂敢!小弟不过上书庄制军,请其先发海军往救,不必转商总理衙门,致稽时日罢了。至这事成功的枢纽……"

说到这里,向着顺斋道:"究竟还靠顺斋在东京探得确信,急递密电,所以制军得豫为之备,迅速成功哩!"美菽道:"可惜后来伊藤博文到津,何太真受了北洋之命,与彼立了攻守同盟的条约。我恐朝鲜将来有事,中、日两国必然难免争端吧?"雯青道:"朝鲜一地,不但日本眈眈虎视,即俄国蓄意亦非一日了。"淑云道:"不差。小弟闻得吾兄这次回国,俄皇有临别之言,不晓得究竟如何说法?"雯青道:"我兄消息好灵!此事确是有的。

就是兄弟这次回国时,到俄宫辞别,俄皇特为免冠握手,对兄弟道:'近来外人都道朕欲和贵国为难,且有吞并朝鲜的意思,这种议论都是西边大国造出来离间我们邦交的。其实中、俄交谊在各国之先,朕哪里肯废弃呢!况且我国新灭了波兰,又割了瑞典、芬兰,还有图尔齐斯坦各部,朕日夜兢兢,方要缓和斯地,万不愿生事境外的。至于东境铁路,原为运输海参崴、珲春商货起见,更没别意。又有人说我国海军被英国截住君士坦丁峡,没了屯泊所,所以要从事朝鲜,这话更不然了。近年我已在黑海旁边得了停泊善澳,北边又有煤矿;又在库页岛得了海口两处,皆风静水暖,矿苗丰富的;再者俄与丹马婚姻之国,尚要济师,丹马海峡也可借道,何必要朝鲜呢!贵大人归国,可将此意劝告政府,务敦睦谊。'这就是俄皇亲口对弟说的。至于其说是否发于至诚,弟却不敢妄断,只好据以直告罢了。"淑云道:"现在各国内力充满,譬如一杯满水,不能不溢于外。侵略政策出自天然,俄皇的话就算是真心,哪里强得过天运呢!孙子曰:'毋恃人之不来,恃我有以待之。'为今之计,我国只有力图自强,方足自存在这种大战国世界哩!"雯青道:"当今自强之道,究以何者为先?淑翁留心有素,必能发抒宏议。"淑云道:"富强大计,条目繁多,弟辈蠡测,哪里能尽?只就职分所当尽者,即如现在交涉里头,有两件必须力争的:第一件,该把我国列入公法之内,凡事不至十分吃亏;第二件,南洋各埠都该添设领事,使侨民有所依归。这两事虽然看似寻常,却与大局有关系。弟从前曾有论著,这回出去,决计要实行。"

次芳道:"淑翁所论,自是外交急务。若论内政,愚意当以练兵为第一,练兵之中尤以练海军为最要。近日北洋海军经威毅伯极意经营,丁雨汀尽心操演,将来必能收效的。但今闻海军衙门军需要款,常有移作别用的。一国命脉所系,岂容儿戏呢?真不可解了!"忠华道:"练兵固不可缓,然依弟愚见,如以化学比例,兵事尚是混合体,决非原质。历观各国立国,各有原质,如英国的原质是商,德国的原质是工,美国的原质是农。农工商三样,实是国家的命脉。各依其国的风俗、性情、政策,因而有所注重。我国倘要自强,必当使商有新思想,工有新技术,农有新树艺,方有振兴的希望哩!"仁甫道:"实业战争,原比兵力战争更烈,忠华兄真探本之论!小弟这回游历英、美,留心工商界,觉得现在有两件怪物,其力足以灭国殄种,我国所必当预防的,一是银行,一是铁路。银行非钱铺可比,经其规制,一国金钱的势力听其弛张了;铁路亦非驿站可比,入其范围,一国交通的机关受其节制了。我国若不先自下手,自办银行、自筑铁路,必被外人先我著鞭,倒是心腹大患哩!"

台霞道:"西国富强的本原,据兄弟愚见,却不尽在这些治兵、制器、惠工、通商诸事上头哩!第一在政体。西人视国家为百姓的公产,不是朝廷的世业,一切政事,内有上下议院,外有地方自治,人人有议政的权柄,自然人人有爱国的思想了。第二在教育。各国学堂林立,百姓读书归国家管理,

孽海花

〇八五

无论何人不准不读书,西人叫做强逼教育。通国无不识字的百姓,即贩夫走卒也都通晓天下大势。民智日进,国力自然日大了。又不禁党会,增大他的团结力;不讳权利,养成他的竞争心。尊信义,重廉耻[①],还是余事哩!我国现在事事要仿效西法,徒然用心那些机器事业的形迹,是不中用的。"两塘道:"政体一层,我国数千年来都是皇上一人独断的,一时恐难改变。只有教育一事,万不可缓。现在我国四万万人,读书识字的还不到一万万,大半痴愚无知,无怪他们要叫我们做半开化国了。现在朝廷如肯废了科举,大开学堂,十年之后,必然收效。不过弟意,现办学堂,这些专门高等的倒可从缓,只有普通小学堂最是要紧。因为小学堂是专教成好百姓的,只要有了好百姓,就不怕他没有好国家了。"韵甫道:"办学堂,开民智,固然是要紧,但也有一层流弊[②],该慎之于始。兄弟从前到过各国学堂,常听见那些学生,终日在那里讲究什么卢梭的《民约论》、孟德斯鸠的《法律魂》,满口里无非'革命''流血''平权''自由'的话。我国如果要开学堂,先要把这书禁绝,不许学生寓目才好。否则开了学堂,不是造就人材,倒造就叛逆了。"

美菽道:"要说到这个流弊[②],如今还早哩!现在我国民智不开,固然在上的人教育无方,然也是我国文字太深,且与语言分途的缘故,哪里能给言文一致的国度比较呢!兄弟的意思,现在必须另造一种通行文字,像白话一样的方好。还有一事,各国提倡文学,最重小说戏曲,因为百姓容易受他的感化。如今我国的小说戏曲太不讲究了,佳人才子,千篇一律,固然毫无道理;否则开口便是骊山老母、齐天大圣,闭口又是白玉堂、黄天霸,一派妖乱迷信的话,布满在下等人心里。北几省此风更甚,倒也是开化的一件大大可虑的事哩!"当时昧莼园席上的人,你一句,我一句,正在兴高采烈议论天下大势的时候,忽见走进一个家人,站在雯青身边,低低地回道:"太太打发人来,说京里有紧要电报到来,请老爷即刻回去。"大家都吃了一惊,方隔断了话头。

雯青心里有事,坐不住,只好起身告辞。正是:

海客高谈惊四座,京华芳讯报三迁。

欲知后事,且听下回。

【注释】

① 廉耻:廉操与知耻。
② 流弊:指引起的坏作用。

淋漓数行墨五陵未死健儿心
的烁三明珠一笑来觞名士寿

　　上回叙的是薛淑云在味莼园开谈瀛会，大家正在高谈阔论，忽因雯青家中接到了京电，不知甚事。雯青不及终席就道谢兴辞，赶回洋务局公馆，却见夫人满面笑容地接出中堂道："恭喜老爷。"雯青愕然道："喜从何来？"张夫人笑道："别忙，横竖跑不了，你且换了衣服。彩云，烦你把刚才陆大人打来的电报，拿给老爷看。"那个当儿，阿福站在雯青面前，脱帽换靴。彩云趴在张夫人椅子背上，愣愣地听着。猛听夫人呼唤，忙道："太太，搁在哪里呢？"夫人道："刚在屋里书桌儿上给你同看的，怎么忘了？"彩云一笑，扭身进去。这里张夫人看着阿福给雯青升冠卸褂，解带脱靴，换好便衣，靠窗坐着。阿福自出宅门。彩云恰好手拿个红字白封儿跨出房来。雯青忙伸手来接。彩云偏一缩手，递给张夫人道："太太看，这个是不是？"夫人点头，顺手递在雯青手里。雯青抽出，只见电文道：

　　上海斜桥洋务局出使大人金鉴：燕得内信，兄派总署，谕行发，嘱速来。荜庚。

　　雯青看完道："这倒想不到的。既然小燕传出来的消息，必是准确的，只好明后日动身了。"夫人道："小燕是谁？"雯青道："就是庄焕英侍郎，从前中俄交界图，我也托他呈递的。这人非常能干，东西两宫都喜欢他，连内监们也没个说他不好，所以上头的举动，他总比人家先晓得一点。也来招呼我，足见要好，倒不可辜负。夫人，你可领着彩云，把行李赶紧拾掇起来，我们后日准走。"张夫人答应了，自去收拾。雯青也出门至各处辞行。恰值淑云、子度也定明日放洋，忠华回湖北，韵甫回镇江，当晚韵甫作主人，还在密采里吃了一顿，欢聚至更深而散。明日各奔前程。

　　话分两头。如今且把各人按下，单说雯青带着全眷并次芳等乘轮赴津。到津后，直托次芳护着家眷船由水路进发；自己特向威毅伯处借了一辆骡车，带着老仆金升及两个俊童，轻车简从，先从旱路进京。此时正是秋末冬初，川原萧索[①]，凉风飒飒，黄沙漫漫。这日走到河西务地方，一个铜盆大的落日，只留得半个在地平线上，颜色恰似初开的淡红西瓜一般，回光返照，在几家野店的屋脊上，煞是好看。原来那地方正是河西务的大镇，一条长的街，街上也有个小小巡检衙门，衙两旁客店甚多。雯青车子一进市口，就有许多店伙迎上来，要揽这个好买卖，老远地喊道："我们那儿屋子干净，炕儿大，吃喝好，伺候又周到，请老爷试试就知道。"鹅呛鸭嘴得不了。雯青忙叫金升飞马前去，看定回报。谁知一去多时，绝无信息。雯青性急，叫赶上前去，拣大店落宿。过了几个店门，都不合意，将近市梢，有一个大店，门前竹竿子远远挑出一

孽海花

○八七

扇青边白地的毡帘，两扇破落大门半开着，门上贴着一副半拉下的褪红纸门对，写的是：

　　三千上客纷纷至，百万财源滚滚来。

　　望进去，一片挺大的围场，正中三开间，一溜上房，两旁边还有多少厢房，场中却已停着好几辆客车。雯青看这店还宽敞，就叫把车赶进去，一进门还没下车，就听金升高声粗气，倒在那里给一个胖白面的少年人吵架。少年背后，还站着个四五十岁，紫膛脸色，板刷般的乌须，眼上架着乌油油的头号墨晶镜，口衔京潮烟袋，一个官儿模样的人。阶前伺候多少家人。只听金升道："哪儿跑出这种不讲理的少爷大人们，仗着谁的大腰子，动不动就捆人？你也不看看我姓金的，捆得捆不得？这会儿你们敢捆，请捆！"那少年一听，双脚乱跳道："好，好，好撒野！你就是王府的包衣，今天我偏捆了再说！来，给我捆起这个没王法的王八！"这一声号令，阶下那班如狼如虎的健仆，个个摩拳擦掌，只待动手，斜刺里那个紫膛脸的倒走出来拦住，对金升道："你也太不晓事了！我却不怪你！大约你还才进京，不知厉害。我教你个乖，这位是户部侍郎总理衙门大臣庄焕英庄大人的少大人，这回替他老大人给老佛爷和佛爷办洋货进去的。这位庄大人仿佛是皇帝的好朋友、太后的老总管，说句把话比什么也灵。你别靠着你主人，有一个什么官儿仗腰子，就是斗大的红顶儿，只要给庄大人轻轻一拨，保管骨碌碌地滚下来。你明白点儿，我劝你走吧！"雯青听到这里，忍不住欹地跳下车来，喝金升道："休得无礼！"就走上几步，给那少年作揖道："足下休作这老奴的准，大概他今天喝醉了。既然这屋子是足下先来，那有迁让的理。况刚才那位说，足下是小燕兄的世兄，兄弟和小燕数十年交好，足下出门，方且该诸事照应，倒争夺起屋子来，笑话，笑话！"

　　说罢，就回头问着那些站着的店伙道："这里两厢有空屋没有？要没有，我们好找别家。"店伙连忙应着："有，东厢空着。"雯青向金升道："把行李搬往东厢，不许多事。"此时那少年见雯青气概堂皇，说话又来得正大，知道不是寻常过客，倒反过脸，足恭地还了一揖，问道："不敢动问尊驾高姓大名？"雯青笑道："不敢，在下就是金雯青。"那少年忽然脸上一红道："呀，可了不得，早知是金老伯，就是尊价逼人太甚，也不该给他争执了！可恨他终究没提个金字，如今老伯只好宽恕小侄无知冒犯，请里边去坐罢，小侄情愿奉让正屋。"雯青口说不必，却大踏步走进中堂，昂然上坐。那少年只好下首陪着。紫膛脸的坐在旁边。雯青道："世兄大名，不是一个'南'字，雅篆叫做稚燕吗？这是兄弟常听令尊说的。"那庄稚燕只好应了个"是"。

　　雯青又指着那紫膛脸的道："倒是这位，没有请教。"那个紫膛脸的半天没有他插嘴处，但是看看庄稚燕如此奉承，早忖是个大来头，今忽然问到，就恭恭敬敬站着道："职道鱼邦礼，号阳伯，山东济南府人。因引见进京，在沪上遇见稚燕兄，相约着同行的。"雯青点点头。庄稚燕又几回请雯青把行李搬来，雯青连说不必。

却说这中堂正对着那个围场，四扇大窗洞开，场上的事一目了然。雯青嘴说不必的时候，两只眼却只看着金升等搬运行李下车。还没卸下，忽听门外一阵鸾铃，当当的自远而近。不一会儿，就见一头纯黑色的高头大骡，如风地卷进店来。骡上骑着一位六尺来高的身材，红颜白发，大眼长眉，一部雪一般的长须。头戴编蒲遮日帽，身穿乌绒阔镶的乐亭布袍，外罩一件韦陀金边巴图鲁夹砍肩，脚蹬一双绿皮盖板快靴，一手背着个小包儿，一手提着丝缰，直闯到东厢边，下了骡，把骡系在一棵树上，好像定下似的，不问长短，走进东厢，拉着一把椅子就靠门坐下，高声叫："伙计，你把这头骡好生喂着，委屈了，可问你！"那伙计连声应着。待走，老者又喊道："回来，回来！"

伙计只得垂手站定。老者道："回头带了开水来，打脸水，沏茶，别忘了！"那伙计又站了一回，见他无话方走了。金升正待把行李搬进厢房，见了这个情形，忙拉住了店主人，瞪着眼问道："你说东厢空着，怎么又留别人？"那店主赔着笑道："这事只好求二爷包涵些，东厢不是王老爷来，原空着在那里。谁知他老偏又来到。不瞒二爷说，别人早赶了。这位王老爷，又是城里半壁街上有名的大刀王二，是个好汉，江湖上谁敢得罪他！所以只好求二爷回回贵上，咱们商量个好法子才是。"

一句话没了，金升跺脚喊道："我不知道什么'王二王三'，我只要屋子！"场上吵嚷，雯青、稚燕都听得清清楚楚。雯青正要开口，却见稚燕走到阶上喊道："你们嚷什么，把金大人的行李搬进这屋里来就得了！"回过头来，向着阶上几个家人道："你们别闲着，快去帮个忙儿！"众家人得了这一声，就一哄上去，不由金升作主，七手八脚把东西都搬进来。店家看有了住处，慢慢就溜开。金升拿铺盖铺在东首屋里炕上，嘴里还只管咕噜。雯青只做不见不闻，由他们去闹。直到拾掇停当，方站起来向稚燕道："承世兄不弃，我们做一夜邻居吧！"稚燕道："老伯肯容小侄奉陪，已是三生之幸了！"雯青道了"岂敢"，就拱手道："大家各便罢！"

说完，两个俊童就打起帘子。

雯青进了东屋，看金升部署了一回。那时天色已黑，屋里乌洞洞，伸手不见五指，金升在网篮内翻出洋蜡台，将要点上。雯青摇手道："且慢。"一边说，一边就掀帘出来。只见对面房静悄悄的下着帘子，帘内灯烛辉煌。雯青忙走上几步，伏在帘缝边一张，只见庄、鱼两人盘腿对坐在炕上，当中摆着个炕几，几上堆满了无数的珍珠盘金表、钻石镶嵌小八音琴，还有各种西洋精巧玩意儿，映着炕上两枝红色宫烛，越显得五色迷离，宝光闪烁。几尽头却横着一只香楠雕花画匣，匣旁卷着一个玉潭锦签的大手卷。只见稚燕却只顾把那些玩意一样一样给阳伯看，阳伯笑道："这种东西，难道也是进

孽海花

〇八九

贡的吗？"稚燕正色道："你别小看了这个。我们老人家一点尽忠报国的意思，全靠它哩！"阳伯愣了愣。稚燕忙接说道："这个不怪你不懂。近来小主人愿意维新，极喜欢西法，所以连这些新样的小东西，都爱得很。不过这个意思外人还没有知道，我们老人家与总管连公公是拜把子，是他通的信。每回上里头去，总带一两样在袖子里，奏对得高兴，就进呈了。阳伯，你别当它是玩意儿！我们老人家的苦心，要借这种小东西，引起上头推行新政的心思。"阳伯点头领会，顺手又把那手卷慢慢摊出来，一面看，一面说道："就是这一样东西送给尊大人，不太菲吗！"

稚燕哈哈笑道："你真不知道我们老爷子的脾气了。他一牛饱学，却没有巴结上一个正途功名，心里常常不平，只要碰着正途上的名公巨卿，他事事偏要争胜。这一会儿，他见潘八瀛搜罗商彝周鼎②，龚和甫收藏宋椠元钞，他就立了一个愿，专收王石谷的画，先把书斋的名儿叫做了'百石斋'，见得不到百幅不歇手，如今已有了九十九幅了，只少一幅。老爷子说，这一幅必要巨轴精品，好做个压卷。"说着，手指那画卷道："你看这幅《长江万里图》，又浓厚，又起脱，真是石谷四十岁后得意之作，老爷子见了，必然喜出望外。你求的事情不要说个把海关道，只怕再大一点也行。"

说到这里，又拍着阳伯的肩道："老阳，你可要好好谢我！刚才从上海赶来的那个画主儿，一个是寡妇，一个是小孩子，要不是我用绝情手段，硬把他们关到河西务巡检司的衙门里，你哪里能安稳得这幅画呢！"阳伯道："我倒想不到这个妇人跟那孩子这么泼赖，为了这画儿，不怕老远地赶来，看刚才那样儿，真要给兄弟拼命了。"稚燕道："你也别怪她。据你说，这妇人的丈夫也是个名秀才，叫做张古董，为了这幅画，把家产都给了人，因此贫病死了。临死叮嘱子孙死不准卖，如今你骗她来，只说看看就还，谁知你给她一卷走了，怎么叫她不给你拼命呢！"阳伯听了，笑了一笑。

此时帘内的人，一人一句说得高兴。谁知帘外的人，一言半语也听得清楚。雯青心里暗道："原来他们在那里做伤天害理的事情！怪道不肯留我同住。"想想有些不耐烦，正想回身，忽见西面壁上一片雪白的灯光影里，欻③地现出一个黑人影子，仿佛手里还拿把刀，一闪就闪上梁去了。雯青吓了一跳，恰要抬头细看，只见窗外围场中飞快地跑进几人来，嘴里嚷道："好奇怪，巡检衙门里关的一男一女都跑掉了。"

雯青见有人来，就轻轻溜回东屋，忙叫小僮点起蜡来，摊着书看，耳朵却听外面。只听许多人直嚷到中堂。庄、鱼两人听了，直跳起来，问怎么跑的。就有一人回道："恰才有个管家，拿了金沟金大人的片子，跑来见我们本官，说金大人给那两人熟识，劝他几句话必然肯听。金大人已给两位大人说明，特为叫小的来面见他们，哄他们回南的。本官信了，就请那管家进班房去。一进去半个时辰，再不出来。本官动疑，立刻打发我们去看，谁知早走得无影无踪了。门却没开，只开了一扇凉槅子。两个看班房的人昏迷在地。本官已先派人去追，特叫小的来报知。"

雯青听得用了自己的片子，倒也吃惊，忙跑出来，问那人道："你看见那管家什么样子？"那人道："是个老头儿。"庄、鱼两人听了，倒面面相视了一面。雯青忙叫金升跟两个僮儿上来，叫那人想是不是。那人一见摇头道："不是，不是，那个是长白胡子的。"庄、鱼两人都道："奇了，谁敢冒充金老伯的管家？还有那个片子，怎么会到他手里呢？"雯青冷笑道："拿张片子有什么奇。比片子再贵重点儿的东西，他要拿就拿。不瞒二位说，刚才兄弟在屋里没点灯，靠窗坐着，眼角边忽然飞过一人影，直钻进你们屋里去。兄弟正要叫，你们就闹起跑了人了。依兄弟看来，跑了人还不要紧，倒怕屋里东西有什么走失。"

一语提醒两人，鱼阳伯拔脚就走，才打起帘儿，就忘命地喊道："炕儿上的画儿，连匣子都哪里去了！"稚燕、雯青也跟着进来，帮他四面搜寻，哪有一点影儿。忽听稚燕指着墙上叫道："这几行字儿是谁写的？刚刚还是雪白的墙。"雯青就踱过来仰头一看，见几笔歪歪斜斜的行书，虽然粗率，倒有点倔强之态。雯青就一句一句地照读道：

王二王二，杀人如儿戏；空际纵横一把刀，专削人间不平气！有图曰《长江》，王二挟之飞出窗；还之孤儿寡妇手，看彼笑脸开双双！笑脸双开，王二快哉，回鞭直指长安道，半壁街上秋风哀！

三人都看呆了，门口许多人也探头探脑的诧异。阳伯拍着腿道："这强盗好大胆，他放了人、抢了东西，还敢称名道姓吓唬我！我今夜拿不住他算屠头！"稚燕道："不但说姓名，连面貌都给你认清了。"阳伯喊道："谁见狗面？"稚燕道："你不记得给金老伯抢东厢房那个骑黑骡儿的老头儿吗？今儿的事，不是他是谁？"阳伯听了，筱然站起来往外跑道："不差，我们往东厢去拿这王八！"稚燕冷笑道："早哩，人家还睡着等你捆呢！"阳伯不信，叫人去看，果然回说一问空房，骡子也没了。稚燕道："那人既有本事衙门里骗走人，又会在我们人堆里取东西，那就是个了不得的。你一时哪里去找寻？我看今夜只好别闹了，到明日再商量吧。"

说完，就冲着雯青道："老伯说是不是？"雯青自然附和了。阳伯只得低头无语。稚燕就硬作主，把巡检衙门报信人打发了，大家各散。当夜无话。雯青一觉醒来，已是"鸡声茅店，人迹板桥"的时候，侧耳一听，只有四壁虫声唧唧，间壁房里静悄悄的。雯青忙叫金升问时，谁知庄、鱼两人赶三更天，早是人马翻腾地走了。雯青赶忙起来盥漱，叫起车夫，驾好牲口，装齐行李，也自长行。

看官，且莫问雯青，只说庄、鱼两人这晚走得怎早？原来鱼阳伯失去了这一分重赂，心里好似已经革了官一般，在炕上反复不眠，意思倒疑是雯青的手脚。稚燕道:"你有的是钱,只要你肯拿出来,东海龙王也叫他搬了家,虾兵蟹将怕什么?"又说了些京里走门路的法子,把阳伯说得火拉拉的,等不到天亮,就催着稚燕赶路。一路鞭骡喝马,次日就进了京城。阳伯自找大客店落宿。稚燕径进内城,到锡蜡胡同本宅下车,知道父亲总理衙门散值初回,正歇中觉,自己把行李部署一回,还没了,早有人来叫。稚燕整衣上去,见小燕已换便衣,危坐在大洋圈椅里,看门簿上的来客。一个门公站在身旁。稚燕来了,那门公方托着门簿自去。小燕问了些置办的洋货,稚燕一一回答了,顺便告诉小燕有幅王石谷的《长江图》,本来有个候补道鱼邦礼要送给父亲的,可惜半路被人抢去了。小燕道:"谁敢抢去?"稚燕因把路上盗图的事说了一遍,却描写画角,都推在雯青身上。小燕道:"雯青跟我至好,何况这回派人总署,还是我的力量多哩,怎么倒忘恩反噬④?可恨!可恨!叫他等着吧!"稚燕冷笑道:"他还说爹爹许多话哩!"小燕作色道:"这会儿且不用提他,我还有要事吩咐你哩!你赶快出城,给我上韩家潭余庆堂蔻云那里去一趟,叫他今儿午后,到后载门成大人花园里伺候李老爷,说我吩咐的。别误了!"稚燕愣着道:"李老爷是谁?大人自己不叫,怎么倒替人家叫?"小燕笑道:"这不怪你要不懂了。姓李的就是李纯客,他是个当今老名士,年纪是三朝耆硕,文章为四海宗师。如今要收罗名士,收罗了他,就是擒贼擒王之意。这个老头儿相貌清癯,脾气古怪,谁不合了他意,不论在大庭广众,也不管是名公巨卿,顿时瞪起一双谷秋眼,竖起三根晓星须,肆口漫骂,不留余地。其实性情直率,不过是个老孩儿,晓得底细的常常当面戏弄他,他也不知道。他喜欢闹闹相公,又不肯出钱,只说相公都是爱慕文名、自来呢就的。哪里知道几个有名的,如素云是袁尚秋替他招呼,怡云是成伯怡代为道地,老先生还自鸣得意,说是风尘知己哩。就是这个蔻云,他最爱慕的,所以常常暗地贴钱给他。今儿个是他的生日,成伯怡祭酒,在他的云卧园大集诸名士,替他做寿。大约那素云、怡云必然到的,你快去招呼蔻云早些前去。"稚燕道:"这位老先生有什么权势,爹爹这样奉承他呢?"小燕哈哈笑道:"他的权势大着哩!你不知道,君相的斧钺,威行百年;文人的笔墨,威行千年。我们的是非生死,将来全靠这班人的笔头上定的。况且朝廷不日要考御史,听说潘、龚两尚书都要劝纯客去考。纯客一到台谏,必然是个铁中铮铮,我们要想在这个所在做点事业,台谏的声气总要联络通灵方好,岂可不烧烧冷灶呢?你别再烦絮,快些赶你的正经吧!我还要先到他家里去访问一趟哩!"说着,就叫套车伺候。稚燕只得退出,自去招呼蔻云。

却说小燕便服轻车,叫车夫径到城南保安寺街而来,那时秋高气和,尘软蹄轻,不一会儿已到了门口,把车停在门前两棵大榆树荫下。家人方要通报,小燕摇手说不必,自己轻跳下车,正跨进门,瞥见门上新贴一幅淡红砅砂笺的门对,写得英秀瘦削,历落倾斜的两行字道:

保安寺街，藏书十万卷；户部员外，补阙一千年。

小燕一笑。进门一个影壁，绕影壁而东，朝北三间倒厅，沿倒厅廊下一直进去，一个秋叶式的洞门，洞门里面方方一个小院落。庭前一架紫藤，绿叶森森；满院种着木芙蓉，红艳娇酣，正是开花时候。三间静室垂着湘帘，悄无人声。那当儿，恰好一阵微风，小燕觉得正在帘缝里透出一股药烟，清香沁鼻。掀帘进去，却见一个椎结小僮，正拿着把破蒲扇，在中堂东壁边煮药哩。见小燕进来正要立起，只听房里高吟道："淡墨罗巾灯畔字，小风铃佩梦中人！"小燕一脚跨进去笑道："梦中人是谁呢？"一面说，一面看。只见纯客穿着件半旧熟罗半截衫，踏着草鞋，本来好好一手抚短须，坐在一张旧竹榻上看书，看见小燕进来，连忙和身倒下，伏在一部破书上发喘，颤声道："呀，怎么小燕翁来了！老夫病体竟不能起，怎好？"小燕道："纯老清恙几时起的？怎么兄弟连影儿也不知。"纯客道："就是诸公定议替老夫做寿那天起的。可见老夫福薄，不克当诸公盛意。云卧园一集，只怕今天去不成了。"小燕道："风寒小疾，服药后当可小痊。还望先生速驾，以慰诸君渴望！"小燕说话时却把眼偷瞧，只见榻上枕边拖出一幅长笺，满纸都是些抬头。那抬头却奇怪，不是阁下台端，也非长者左右，一送连三全是"妄人"两字。小燕觉得诧异，想要留心看它一两行，忽听秋叶门外有两人一路谈话，一路蹑手蹑脚地进来。那时纯客正要开口，只听竹帘子啪的一声。正是：

十丈红尘埋侠骨，一帘秋色养诗魂。

不知来者何人，且听下回分解。

【注释】

①萧索：冷落，萧条。
②商彝(yí)周鼎：泛称极其珍贵的古董。
③歘(xū)：快速。
④反噬(shì)：反咬。

一纸书送却八百里　三寸舌压倒第一人

原来进来的却非别人，就是袁尚秋和荀子珮。两人掀帘进来，一见纯客，都愣着道："寿翁真又病了吗？"纯客道："怎么你们连病都不许生了？岂有此理！"尚秋见小燕在座，连忙招呼道："小燕先生几时来的？我进来时竟没有见。"小燕道："也才来。"又给子珮相见了。尚秋道："纯老的病，兄弟是知道的。"纯客正色道："你知道早哩！"尚秋带笑吟哦道："吾夫子之病，贫也！非病也！欲救贫病，除非炭敬[①]。炭敬来飨，祝彼三湘！三湘伊何?维此寿香。"纯客鼻子里抽了一丝冷气道:"寿香?还提他吗?亦曰妄人而已矣!"就蹶然站起来,拈须高吟道:"厚禄故人书断绝,含饥稚子色凄凉。"子珮道:"纯老仔细,莫要忘了病体,跌了不是耍处。"纯客连忙坐下,叫僮儿快端药碗来。尚秋道:"子珮好不知趣,纯老哪里有病!"说着,踱出中间,喊道:"纯老,且出来,兄弟这里有封书子请你看。"纯客笑道:"偏是这个歪眼儿多歪事,又要牵率老夫,看什么信来!"一边说,就走出来。小燕暗暗地看着他,虽短短身材,棱棱骨格,而神宇清严,步履轻矫,方知道刚才病是装的,就低问子珮道:"今天云卧园一局,到底去得成吗?"子珮笑道:"此老脾气如此,不是人家再三劝驾,哪里肯就去呢?其实心里要去哩!"小燕口里应酬子珮,耳朵却听外边,只听尚秋低低的两句话,什么因为先生诞日,愿以二千金为寿;又是什么信是托他门生四川杨淑乔寄来的。小燕正要模拟是谁的,忽听纯客笑着进来道:"我道是什么书记翩翩应阮才,却原来是庄寿香的一封蜡蹋八行。"这当儿,恰好僮子递上药来,一手却夹着个同心方胜儿。纯客道:"药不吃了。你手里拿的什么?"童子道:"说是成大人云卧园来催请的。"纯客忙取来拆开,原来是一首《菩萨蛮》词:

凉风偷解芙蓉结,红似君颜色。只见此花开,迟君君未来。三珠圆颗颗,玉树蟠桃果。莫使久凭栏,鸾飞怯羽单。

恃爱素菱怡云速叩。

纯老寿翁高轩,飞临云卧园,勿使停琴伫盼,六眼穿也。

纯客看完笑道:"这个捉刀人却不恶,倒捉弄得老夫秋兴勃生了!"尚秋道:"本来时已过午,云卧园诸君等久了,我们去休!"纯客连声道:"去休!去休!"小燕、子珮大家趁此都立起来,纯客却换了一套白夹衫、黑纱马褂,手执一柄自己写画的白绢团扇,倒显得红颜白发,风致萧然,同着众人出来上车,径向成伯怡云卧园而来。原来这个云卧园在后载门内,不是寻常园林,其地毗连一座王府,外面看看,一边是宫阙巍峨,一边是水木明瑟,庄严野逸,各擅其胜。伯怡本属王孙,又是名士,住了这个名园,更是水石为缘,缟纻无间。春秋佳日,悬榻留宾[②];偶然兴到,随地谈宴,一觞一咏,恒亘昏旦;一官苜蓿,度外置之。世人都比他做神仙中人,这是成伯怡云卧园的一段历史。闲话休提。

且说纯客、小燕、尚秋、子珮四人,一同到云卧园门外,尚秋先跳下车,来扶纯客。纯客推开道:"让老夫自走,别劳驾了!"原来纯客还是初次到园,不免想赏玩一番。当时抬起头来,只见两边蹲着一对崆峒白石巨眼狮,当中六扇铜绿色云梦竹丝门,钉着一色镔铁兽环,门楼上虬栋虹梁,天矫入汉。正中横着盘龙金字匾额,大书"云卧园"三字。"云"字上顶着"御赐"两个小金字。纯客道:"壮丽哉,王居也!黄冠草服,哪里配进去呢!"小燕笑道:"惟贤者而后乐此。"

说话时,就有两个家人接了帖子,请个安道:"主人和众位大人久候了。"

说着，就扬帖前导，直进门来。门内就是一个方方的广庭，庭中满地都是合抱粗的奇松怪柏，龙干撑云，翠涛泻玉，叶空中漏下的日光，都染成深绿色；松林尽处，一带粉垣，天然界限，恰把全园遮断。粉垣当中，一个大大的月洞门。尚秋领着纯客诸人，就从此门进去。纯客道："这里借无宏景高楼，消受这一片涛声。"言犹未了，已到了一座金碧辉煌的牌楼之下，楼额上写着"五云深处"四个辟窠大字。进了牌楼，一条五色碎石砌成的长堤，夹堤垂杨漾绿，芙蓉绽红；还夹杂无数蜀葵海棠，秋色缤纷。两边碧渠如镜，掩映生姿；破茨残荷，余香犹在，正是波澄风定的时候。忽听滩头啪啪地几声，一群鸳鸯鹭鸶鼓翼惊飞。纯客道："谁在那里打鸭惊鸳？"尚秋指着池那边道："你们瞧，扈桥双桨乱划，载着个美人儿来了！"

大家一看，果然见一只瓜皮艇，舱内坐着个粉雕玉琢的少年，面不粉而白，唇不朱而红，横波欲春，瓠犀微露，身穿香云衫，手摇白月扇，映着斜阳淡影，真似天半朱霞。扈桥却手忙脚乱，把桨划来划去，蹲在船头上，朗吟道："携着个小云郎，五湖飘泊。"纯客睬着眼道："那，那舱里坐着的不是菱云吗？"说时迟，那时快，扈桥已携了菱云跳上岸，与众人相见，笑道："纯老且莫妒忌，此曲只应天上有，人间哪得几回闻？"说罢，把菱云一推道："去吧！"菱云忙笑着上前给纯客、小燕大家都请了安。小燕道："谁叫你来的？"菱云抿嘴笑道："李老爷的千春，我们怎会忘了，还用叫吗？"纯客笑了笑，大家一同前行。走完了这长堤，翼然露出个六角亭，四面五色玻璃窗，面面吊起。纯客正要跨进，只听一人曼声细咏，纯客叫大家且住，只听念道：

生小瑶宫住。是何人、移来江上，画栏低护。水珮风裳映空碧，只怕夜凉难舞。但愁倚湘帘无绪。太液朝霞和梦远，更微波隔断鸳鸯语！抱幽恨，恨谁诉？湖山几点伤心处。看微微残照，萧萧秋雨。忍教重认前身影，负了一汀欧鹭！休提起、洛川湘浦。十里晓风香不断，正月明寒泻全盘露。问甚日？凌波去。

纯客向尚秋道："这《金缕曲》，题目好似盆荷，寄托倒还深远。"尚秋正要答言，忽听亭内又一人道："你这词的寓意，我倒猜看了。这个鸳鸯，莫非是天上碧桃、日边红杏吗？金盘泻露，引用得也还恰当，可恨那露气太寒凉些。什么水殿瑶宫，直是金笼玉笈罢了！"那一人道："可不是？况且我的感慨更与众不同，马季长虽薄劣，谁能不替绛帐中人一泄愤愤呢！"纯客听到这里，就突然闯进喊道："好大胆，巷议者诛，亭议者族，你们不怕吗？"你道那吟咏的是谁？原来就是闻韵高，科头箕踞，两眼朝天，横在一张醉翁椅上，旁边靠着张花梨圆桌；站着的是米筱亭，正握着支提笔，满蘸墨水，写一幅什么横额哩。当时听纯客如此说，都站起来笑了。纯客忙挡住道："吟诗的尽着吟，写字的只管写，我们还要过那边见主人哩！"

说话未了，忽然微风中吹来一阵笑语声，一个说："我投了个双骁，比你的贯耳高得多哩！"一个道："让我再投个双贯耳你看。"小燕道："咦，谁在那里投壶？"筱亭道："除了剑云，谁高兴干那个？"扈桥就飞步抢上去道："我倒没玩过这个，且去看来。"纯客自与菱云一路谈心，也跟下亭子来。一下亭，只见一条曲折长廊，东西蜿蜒，一眼望不见底儿。西首一带，全是翠色粘天的竹林，远远望进去，露出几处台榭，甚是窈窕。这当儿，那前导的管家，却趸向东首，渡过了一条小小红桥，进了一重垂花门，原来里面藏着三间小花厅，厅前小庭中，堆着高高低低的太湖山石，玲珑剔透，磊砢峥嵘③，石气扑人，云根掩土。廊底下，果然见姜剑云卷起双袖，叉着手半靠在栏杆上，看着一个十五六岁的活泼少年，手执一枝竹箭，离着个有耳的铜瓶五步地，直躬敛容地立着，正要投哩！恰好扈桥喘吁吁地跑来喊道："好呀，你们做这样雅戏，也不叫我玩玩！"说着，就在那少年手里夺了竹箭，顺手一掷，早抛出五六丈之外。此时纯客及众人已进来，见了哄然大笑。纯客道："蠢儿！这个把戏，哪里是粗心浮气弄得来的！"一面说话，一面看那少年，见他英秀扑人，锋芒四射，倒吃一惊。想要动问，尚秋、子珮已先问剑云道："这位是谁？"

剑云笑道："我真忘了，这位是福州林敦古兄。榜名是个'勋'字，文忠族孙，新科的解元，文章学问很可以。因久慕纯老大名，渴愿一见，所以今天跟着兄弟同来的。"说罢，就招呼敦古，见了纯客和众人。纯客赞叹了一回，方要移步，忽回头，却见那厅里边一间一张百灵台上，钱唐卿坐在上首，右手拿着根长旱烟筒，左手托一本书在那里看，说道："你这书把板本学的掌故，搜罗得翔实极了。弟意此书，既仿宋诗纪事诗之例，就叫做作《藏书纪事诗》，你说好吗？"纯客方知上首还有人哩。看时，却是个黑瘦老者，危然端坐，仿佛老僧入定一样。原来是潘八瀛尚书的得意门生、现在做他西席的叶缘常。小燕要去招呼，纯客忙说不必惊动他们，大家就走出那厅。又过了几处廊树，方到了一座宏大的四面厅前，周围环绕游廊，前后簇拥花木，里里外外堆满了光怪陆离的菊花山，都盛着五彩细磁古盆，湘帘高卷，锦幂重敷，古鼎龙涎，镜屏风纽，真个光摇金碧，气荡云霞。当时那管家把纯客等领进厅来，只有成伯怡破巾旧服，含笑相迎，见小燕、尚秋、子珮等道："原来你们都在一块儿，倒叫人好等！"

纯客尚未开口，只听东壁藤榻上一人高声道："我们等等倒也罢了，只被怡云、素云两个小燕子，聒噪得耳根不清。这会儿没法子，赶到后面下棋去了。"纯客寻声看去，原来是黎石农，手里正拿着本古碑，递给一个圆脸微须、气概粗率的老者。纯客认得是山东名士汪莲孙，就上去相见，一面就对石农道："不瞒老师说，门生旧疾又发，几乎不能来，所以迟到了，幸师恕罪！"石农笑道："快别老师门生地挖苦人了，只要不考问着我'敦伦'就够了。"大家听了，哄堂笑起来。那当儿，后面三云琼枝照耀的都出来请安。外面各客也慢慢都聚到厅上。

伯怡见客到齐，就叫后面摆起两桌席来。伯怡按着客单定坐。东首一席，请李纯客首座，袁尚秋、荀子珮、姜剑云、米筱亭、林敦古依次坐着，薆云、怡云、素云却都坐在纯客两旁，共是九位。西首一席，黎石农首座，庄小燕、钱唐卿、汪莲孙、易缘常、段扈桥、闻韵高依次坐着，伯怡坐了主位，共是八位。此时在座的共是十七人，都是台阁名贤，文章巨伯，丰贤宾乐，酒旨肴甘，觥筹杂陈，履趾交错，也算极一时之盛了。三云引箫倚笛，各奏雅调，薆云唱豪宴，怡云唱赏荷，素云唱小宴，真是酒被闲愁，花消英气。纯客怕他们劳乏，各侑一觥，叫不必唱了。伯怡道："今日为纯老祝寿，必须畅饮。兄弟倒有一法消酒，不知诸位以为如何？"

大家忙问何法。伯怡道："今日寿筵前了无献纳，不免令寿翁齿冷。弟意请诸公各将家藏珍物，编成柏梁体诗一句，以当蟠桃之献，失韵或虚报者罚，佳者各贺一觥。惟首两句笼罩全篇，末句总结大意，不必言之有物。这三句，只好奉烦三云。其余抽签为次，不可挽越。"大家都道新鲜有趣。伯怡就叫取了酒筹，编好号码，请诸人各各抽定。恰好石农抽了第一。正要说，纯客道："不是要叫三云先说吗？我派薆云先说首句，怡云说第二句，素云说末句吧。"薆云道："我不会作诗，诸位爷休笑！我说是'云卧园中开琼筵'。"怡云想想道："群仙来寿声极仙。"伯怡道："神完气足，真笼罩得住，该贺。如今要石农说了。"

大家饮了贺酒。石农道："我爱我的《西岳华山碑》，我说'华山碑石垂千年'。"唐卿道："《华山碑》世间只传三本，君得其一，那得不算伟宝！第二就挨到我了，我所藏宋元刻中，只有十三行本《周官》好些，'《周官》精椠北宋镌'用得吗？"缘常道："纸如玉版，字若银钩，眉端有荛翁小章，这书的是百宋一廛精品。"小燕笑道："别议论人家，你自己该说了。"缘常道："寒士青毡，哪有长物！只有平生夙好隋唐经幢石拓，倒收得四五百通了。我就说，'经幢千亿求之廑'。"小燕道："我的百石斋要搬出来了。"就吟道："耕烟百幅飞云烟。"莲孙接吟道："《然脂》残稿留金荃。"

剑云笑道："你还提起那王士禄的《然脂集》稿本哩！吾先生琉璃厂见过，知道此书，当时只刻过叙录，《四库》著录在存目内。现在这书朱墨斓然的是原本。原来给你抢了去！"莲孙道："你别说闲话，交了白卷，小心罚酒！"剑云道："不妨事，吾有十幅《马湘兰救驾》。"就举杯说道："马湘画兰风骨妍。"扈桥抢说道："汉碑秦石罗我前。"筱亭道："人家收拓本，叫做'黑老虎'，你专收石头，只好叫'石老虎'了。"扈桥道："做石老虎还好，就不要做石龟，千年万载，驮着石老虎，压得不得翻身哩！"韵高道："筱亭收藏极富，必有佳句。"筱亭道："吾虽略有些东西，却说不出哪一样是心爱的。"剑云笑道："你现在手中拿个宝物，怎不献来？"大家忙问甚物，筱亭只得递给纯客。纯客一看，原来是个玛瑙烟壶儿，却是奇怪，当中隐隐露出一泓清溪，水藻横斜，水底伏着个绿毛茸茸的小龟，神情活现。纯客一面看，一面笑道："吾倒替筱亭做了一句'绿毛龟伏玛瑙泉'。倒是自己一无长物怎好？"子珮道："纯老的日记，四十年未断，就是一件大古董。"纯客道："既如此，老夫要狂言了！"念道："日记百年万口传。"韵高道："我也要效颦纯老，把自己著作充数，说一句'续南北史艺文篇'。"子珮道："我只有部《陈茂碑》，是旧拓本，只好说'陈茂古碑我宝瓻'。"伯怡道："我家异宝，要推董小宛的小象，就说'影梅庵主来翩翩'吧。如今只有林敦古兄还未请教了。"

敦古沉思，尚未出口，剑云笑道："我替你一句罢！虽非一件古物，却是一段奇闻。"众人道："快请教！"剑云道："黑头宰相命宫填。"大家愕然不解。敦古道："剑云别胡说！"剑云道："这有什么要紧？"就对众人道："我们来这里之先，去访余筹南，筹南自命相术是不凡的。他一见敦古大为惊异，说敦古的相是奇格，贵便贵到极处，十九岁必登相位，操大权；凶便凶到极处，二十岁横祸飞灾，弄到死无葬身之地。你们想本朝的宰相，就是军机大臣，做到军机的，谁不是头童齿豁？哪有少年当国的理！这不是奇谈吗？"大家正在吐舌称异，忽走进一个家人，手拿红帖，向伯怡回道："出洋回来的金沟金大人在外拜会，请不请呢？"伯怡道："听说雯青未到京就得了总署，此时才到，必然忙碌。倒老远的奔来，怎好不请！"纯客道："雯青是熟人，何妨入座。"唐卿就叫在小燕之下、自己之上，添个座头。不一会儿，只见雯青衣冠整齐，缓步进来，先给伯怡行了礼，与众人也一一相见，脸上露惊异色，就问伯怡道："今天何事？群贤毕集呢！"伯怡道："纯老生日，大家公祝。雯兄不嫌残杯冷炙，就请入座。"

白农、小燕都站起让座。雯青忙走至东席应酬了纯客几句，又与石农、小燕谦逊一番，方坐在唐卿之上。"小燕道："今早小儿到京，提说在河西务相遇，兄弟就晓得今天必到了。敢问雯兄，多时税驾的？"雯青道："今儿卯刻就进城了。"因又谢小燕电报招呼的厚意。唐卿问打算几时复命，雯青道："明早宫门请安，下来就到衙门。"说着，就向小燕道："兄弟初次进总署，一切还求指教！"小燕道："明日自当奉陪。我们搭着雯兄这样好伙计，公事好办得多哩！"于是大家重新畅饮起来。伯怡也告诉了雯青柏梁体的酒令，雯青道："兄弟海外初归，荒古已久，只好就新刻交界图说一句'长图万里鸥脱坚'吧。"众人齐声道好，各贺一杯。纯客道："大家都已说遍，老夫也醉了。素云说一句收令吧！"素云涨红脸，想了半天，就低念道："兵祝我公寿乔俭。"伯怡喝声采道："真亏他收煞个住。大众该贺个双杯！"

众人自然喝了。那时纯客朱颜酡然，大有醉态，自扶着菱云，到外间竹榻上躺着闲话。大家又与雯青谈了些海外的事情，彼酬此酢，不觉日红西斜，酒阑兴尽,诸客中有醉眠的,也有逃席的,纷纷散去。雯青见天晚,也辞谢了伯怡径自归家。纯客这日直弄得大醉而归,倒真个病了数日,后来病好,作了一篇《花部三珠赞》,顽艳绝伦,旗亭传为佳话。这是后话,不提。

且说雯青到京,就住了纱帽胡同一所宽大的宅门子,原是犖如替他预先租定的。雯青连日召见,到衙门甚为忙碌。接着次芳护着家眷到来,又部署一番。诸事粗定,从此雯青每日总到总署,勤慎从公,署中有事,总与小燕商办,见他外情通达,才识明敏,更觉投契。两人此往彼来,非常熟络。有一回小燕派办陵土,出京了半个多月,所有衙中例行公事,向来都是小燕一手办的,小燕出差,雯青见各堂官都不闻津,就叫司官取上来,逐件照办。直到小燕回来,就问司官道:"我出去了这些时,公事想来压积得不少了?"司官道:"都办得了,一件没积起来。"小燕脸上一惊道:"谁办的?"司官道:"金大人逐日批阅的。"小燕不语,顿了顿,笑向雯青道:"吾兄真天才也!"雯青倒谦逊了几句,也不在意。又过了数日,这天雯青衙门回来,正要歇中觉,忽觉一阵头晕恶心。彩云道:"老爷每天此时已睡中觉了,今天怕是晚了,还是躺会儿看。"雯青依言躺下。谁知这一躺,把路上的风霜、到京的劳顿,一齐发出来了,壮热不退,淹缠床褥,足足病了一个多月才算回头。只好请了两个月的病假,在家养病。

却说那日雯青还是第一天下床,可以在房内走走,正与张夫人、彩云闲话家常,金升进来说:"钱大人要拜会。"张夫人道:"你没告诉他老爷病还没好吗?"金升道:"怎么没说?他说有要紧话必要面谈,老爷不能出来,就在上房坐便了。"雯青道:"唐卿是至好,就请里边来吧!"于是张夫人、彩云都避开了。金升就领着唐卿大摇大摆地进来。雯青靠在张杨妃榻上,请唐卿就坐靠窗的大椅上。唐卿道:"雯兄虽大病了一场,脸色倒还依旧,不过清减了些。"雯青叹道:"人到中年,真经不起风浪!"唐卿道:"你的风浪,现在正大哩!要经得起,才是英雄的气度哩!"雯青愕然道:"我出了什么事吗?"唐卿道:"可不是吗?你且不要着急!我今天是龚尚书那里得的消息,事情却从你那幅交界图惹出来的。西北地理,我却不大明白。据说回疆边外,有地名帕米尔,山势回环,发脉葱岭,虽土多硗薄,无著名部落,然高原绵亘,有居高临下之势,西接俄疆,南邻英属阿富汗,东、中两路则服中国。"

"近来俄人逐渐侵入,英人起了忌心,不多几时,送了个秘密节略及地图一纸给总署,其意要中国收回帕境,隔阂俄人。总署就商之俄使,请划清界址。俄使说,向来以郎库里湖为界的。然查验旧图及英图,却大不然,已占去地七八百里了。总署力驳其误。俄使当堂把吾兄刻的交界图呈出,说这是你们公使自己划的,必然不会错的。当时大家细看,竟瞠目不能答一语。现在各堂部为难。潘、龚两尚书却都竭力想替你弥缝,谁知昨日又有个御史把这事揭参了,说得凶险哩!上头震怒,幸亏龚尚书善言解说,才把折子留中了。

据兄弟看来，吾兄快些发一信给许祝云，一信给薛淑云，在两国政府运动，做个釜底抽薪之法，才有用哩！所以兄弟管不得我兄病体，急急赶来，给你商量的。"这一席话，不觉把雯青说得呆了半晌，方挣出一句道："这从何说起呢？"唐卿就附耳低低道："你道俄公使的交界图是哪里来的？"雯青道："我哪里知道？"唐卿笑道："就是你送给小燕的那一本儿。那个御史，听说也是小燕的把兄弟哩！"

雯青吃一惊道："小燕给我有什么冤仇呢？"唐卿道："宦海茫茫，谁摸得清底里呢！雯兄，你讲了半天话也乏了，我要走了，那个信倒是要紧的，别耽迟就是了。"说罢，起身就走。唐卿去后，张夫人及彩云都在后房出来，看见雯青气得面色铁青。张夫人劝了一番，无非叫他病后保重的意思。那时已到了向来雯青睡中觉的时候，雯青心里烦恼，就叫张夫人、彩云都出房去，说："让我躺躺养神。"大家自然一哄而散了。雯青独自躺在床上，思前想后，悔一回，错刻了地图；恨一回，误认了匪人，反来覆去，哪里睡得着！只听壁上挂钟针走得窸窸窣窣，下下打到心坎里；又听得窗外雀儿打架，喧噪得耳根出火。一个头儿不知怎地，总着不牢枕，没奈何只好端坐床当中，学着老僧打坐④模样。好容易心气好像落平些，忽然又听见外房仿佛两个老鼠，只管唧唧吱吱地怪叫。顿时心火涌起，欻地跳下床来，踏着拖鞋，直闯出房门来。谁知不出来倒也罢了，这一出来，只听雯青狂叫道："好呀，好！这个世界，我还能住下吗？"

说罢，身子往后一仰，倒栽葱地直躺下地去，眼翻手撒，不省人事。正是：
北海酒尊逢客举，茂陵病骨望秋惊。
不知雯青因何惊倒，且听下回分解。

【注释】

①炭敬：是指明清时期地方和下级官员在冬季给六部司官的"孝敬"，类似于"取暖费"，是一种行贿的别称。

②悬榻留宾：榻：狭长而矮的床，特指待客留宿的床。把平日悬起的床放下来，留客人住下。比喻对客人以礼相待，格外尊敬。

③峥嵘(zhēng róng)：形容高峻突兀的样子。

④打坐：一种养生健身法，既可养身延寿，又可开智增慧。

背履历库丁蒙廷辱　通苞苴衣匠弄神通

话说上回，正叙雯青闯出外房，忽然狂叫一声，栽倒在地，不省人事。想读书的读到这里，必道是篇终特起奇峰，要惹起读者急观下文的观念。这原是文人的狡狯，小说家常例，无足为怪。但在下这部《孽海花》，却不同别的小说，空中楼阁，可以随意起灭，逞笔翻腾，一句假不来，一语谎不得，只能将文机御事实，不能把事实起文情。所以当日雯青的忽然栽倒，其中自有一段天理人情，不得不栽倒的缘故，玄妙机关，做书的此时也不便道破，只好就事直叙下去，看是如何。闲言少表。

且说雯青一跤倒栽下去，一头正碰在内房门上，砰地一声，震得顶格上篷尘都索索地落下来。当那儿，恰好彩云在外房醉妃榻上听见了，早吓得魂飞天外，连忙慢慢地爬起来。这真是妇人家的苦处，要急急不来：裹了脚，又要系带；系了带，还要扣钮；理理发，刷刷鬓，乱了好一会儿。又往外张了张，老妈丫头可巧一个影儿都没有，这才三脚两步抢到雯青栽倒的地方，只见雯青还是口开眼直，面色铁青。彩云只得蹲身下去，一手轻轻把雯青的头抱起，就势坐在门限上；一手替他在背上捶拍，嘴里颤声叫道："老爷醒来！老爷快醒来！"

拍叫了好一会儿，才见雯青眼儿动了，嘴儿闭了，脸儿转了白了，呀的一声，淋淋漓漓喷了彩云一袖子都是黏痰。彩云不敢怠慢[①]，只顾揉胸捶背，却见雯青两眼恶狠狠地盯着彩云，还说不出话来，勉强挣起一手，抖索索地指着窗外。彩云正没摆布，忽听得外边嘻嘻哈哈来了一群老妈丫头。彩云忙喊道："你们快些来，老爷跌了跤，快来帮我扶一扶！"两个老妈、一个丫头见此光景，倒吃了一惊，也不解是何缘故，只得七手八脚拥上前来。彩云捧定了头颈，老妈托了腰，丫头抱了脚，安安稳稳抬到房里床上。彩云随手垫好了枕头，盖好了被窝，掖严了，就吩咐老婆子不许声张，且去弄碗热热的茶来。老妈子答应出去，彩云先放下帐子，自己挨身坐在床沿上，伸进头来，想再给雯青揉拍。谁知雯青原是气急攻心，一时昏绝，揉拍一会儿，早已醒得清清楚楚。彩云伸进手去，还未着身，却被雯青用力一推，就叹口气道："免劳吧，我今儿个认得你了！"

彩云知道雯青正在气头上，不是三言两语解释得开，也就低头不语，气儿也不通。满房静悄悄的，只有帐中的微叹声和帐外小丫头的呼吸声，一递一答。老妈捧进茶来，也不敢声喊，轻轻走到床边，递给彩云。彩云接了，双手捧进帐中凑到雯青唇边，低声下气地道："老爷，喝点热……"这话未了，不防雯青伸手一拦，彩云一个手松，连碗带茶热腾腾地全泼在褥子上。彩云趁势一扭身，鼻子里哼哼地冷笑了几声，抢起空杯，就往桌子上一摔。雯青见彩云倒也生了气，就忍不住也冷笑道："奇了，到这会儿，你还使性给谁看！你的破绽，今儿全落在我眼里，难道你还有理吗？"雯青说罢话，只把眼儿觑定彩云，看她怎么样。

谁知彩云倒毫不怕惧，只管仰着脸剔牙儿，笑微微地道："话可不差。我的破绽老爷今天都知道了，我是没有话说。可是我倒要问声老爷，我到底算老爷的正妻呢,还是姨娘?"雯青道:"正妻便怎么样?"彩云忙接口道:"我是正妻,今天出了你的丑,坏了你的门风,叫你从此做不成人、说不响话,那也没有别的,就请你赐一把刀,赏一条绳,杀呀,勒呀,但凭老爷处置,我死不皱眉。"雯青道:"姨娘呢?"彩云摇着头道:"那可又是一说。你们看着姨娘本不过是个玩意儿,好的时抱在怀里、放在膝上,宝呀贝呀地捧;一不好,赶出的、发配的、送人的,道儿多着呢!就讲我,算你待我好点儿,我的性情,你该知道了;我的出身,你该明白了。当初讨我的时候,就没有指望我什么三从四德、七贞九烈,这会儿做出点儿不如你意的事情,也没什么稀罕。你要顾着后半世快乐,留个贴心服侍的人,离不了我!那翻江倒海,只好凭我去干!要不然,看我伺候你几年的情分,放我一条生路,我不过坏了自己罢了,没干碍你金大人什么事。这么说,我就不必死,也犯不着死。若说要我改邪归正,啊呀!江山可改,本性难移。老实说,只怕你也没有叫我死心塌地守着你的本事嗄!"

说罢,只是嘻嘻地笑。雯青初不料彩云说出这套泼辣的话,句句刺心,字字见血,心里热一阵冷一阵,面上红一回白一回。正盘算回答的话,忽听丫头喊道:"太太来了。"帘子响处,张夫人就跨进房来,嘴里说道:"怎么老爷跌了?"彩云忙站起迎接。张夫人就掀起帐子问道:"跌坏了吗?"雯青道:"没有什么,不过失脚跌一下,你怎么知道的?"张夫人道:"刚才门上来回,匡次芳要来见你,说是他新任放了日本出使大臣,国书已领,立刻就要回南,预备放洋,特地来辞行的。我想次芳是你至好,想请他到里头来,正要来问你一声,老妈们来说你跌坏了。我吓得很,就叫他们回绝了,自己一径来此。"雯青道:"原来次芳得了日本钦差,倒也罢了。这事是谁进来回的?"张夫人道:"金升。"雯青道:"看见阿福没有?"张夫人笑道:"阿福肯管这些事,那倒好了。"雯青点点头:"这小子学坏了,用不得了。"

于是夫妻两人你言我语,无非又谈些家常,不必多述。如今且说钱唐卿从雯青处出来,因想潘尚书连日请假,未知是否真病,不如出城去看看,一来探病,二来商量雯青的事情,回城时再到龚尚书那里坐坐,也不为晚。主意打定,就吩咐车夫向南城而来。不多一会儿到了潘府门前,亲随递进帖儿,就见一个老家人走到车旁,回道:"家主大前儿衙口回来,忽得了病,三日连烧不退,医生说是伤寒重症,这会儿里头正乱着哩,只好挡大人驾了。"唐卿愕然道:"这样重吗?我简直不知道,么碍不碍呢?"老家人皱了眉道:"难说,难说,肝风都动了!"唐卿道:"既这么着,我也不便惊动了。"便叫改辕回城,顺道去谒龚老。一路行来,唐卿在车中无事,想着潘尚书是当代宗师,万流景仰的,倘有不测,关系非轻哩!因潘尚书病在垂危,又想到朝中诸大老没有个担当大事的人物,从前经过大难的老敬王爷又不能出来,其余旗人养尊处优,更不必说了。就是满人里头,除了潘公,枢廷只有高理惺,部臣只有龚和甫，是肯任事的正人。但高中堂意气用事，见理不明；龚尚书世故太深，遇事寡断；他如吏部尚书祖锺武貌恭心险；协揆余同外正内贪：都是乱国有余，治国不足的人。若说我们同班里，自然要算庄焕英是独一的奇材了。余外余雄义、缪仲恩、俞书屏、吕旦闻，这些人不过备员画诺罢了。

摆着那些七零八落的人才，要支撑这个内忧外患的天下，越想越觉危险。而且近来贿赂彰闻，苞苴②不绝。里头呢，亲近弄臣，移天换日；外头呢，少年王公，颠波作浪，不晓得要闹成什么世界哩！可惜庄仑樵一班清流党，如今摈斥的摈斥，老死的老死了。若然他们在此，断不会无忌惮到这步田地！唐卿想到这里，又不免提起从前庄寿香、何珏斋、顾肇廷一班旧友来，当时盛会，何等热闹。如今寿香抚楚，珏斋抚粤，肇廷陈臬于闽，各守封疆，虽道身荣名显，然要再求昔日盍臂之盛，不可得。

原来从南城到龚尚书府第，两边距离差不多有七八里，唐卿一头走，只管一路想，忘其所以，倒也不觉路远。忽然抬起头来，方晓得已到龚府前了，只见门口先停着一辆华焕的大鞍车，驾着高头黑骡儿，两匹跟马，一色乌光可鉴；两个俊仆站在车旁，扶下一个红顶花翎、紫脸乌髭的官儿，看他下车累赘，知道新从外来的。端详面貌，似乎也认得，不过想不起是谁。见他一来，径到门房，拉着一个门公喊喊嗾嗾，不知叨登些什么。说完后，四面张一张，偷偷儿递过一个又大又沉的红封儿。那门公倒毫不在意地接了，正要说话，回头忽见唐卿的亲随，连忙丢下那官儿，抢步到唐卿车旁道："主人刚下来，还没见客哩！大人要见，就请进去。"唐卿点头下车，随着那门公，曲曲折折，领进一座小小花园里。只见那园里竹声松影，幽邃无尘，从一条石径，穿到一间四面玻璃的花厅上。看那花厅庭中，左边一座茅亭，笼着两只雪袂玄裳的仙鹤，正在那里刷翎理翮；右边一只大绿瓷缸，满满的清泉，养着一对玉身红眼的小龟，也在那里呷波唼藻。厅内插架牙签，叉竿锦轴，陈设得精雅绝伦。唐卿步进厅来，那门公说声："请大人且坐一坐。"说罢，转身去了。磨蹭了好半天，才听见靴声橐橐，自远而近，接着连声叹息，懊恼地说道："你们难道不知道我得了潘大人的信儿，心里正不耐烦，谁愿意见生客？"一人答道："小的知道。原不敢回，无奈他给钱大人一块儿来，不好请一个，挡一个。"就听见低低地吩咐道："见了钱大人再说吧！"

说话时，已到廊下。唐卿远远望见龚尚书便衣朱履，缓步而来，连忙抢出门来，叫声"老师"，作下揖去。龚尚书还礼不迭，招着手道："呵呀，老弟！快请里头坐，你打哪儿来？伯瀛的事，知道没有？"唐卿愕然道："潘老夫子怎么了？"尚书道："老友长别了，才来报哩！"唐卿道："这从哪里说起！门生刚从那里来，只知病重，还没出事哩！"言次，宾主坐定，各各悲叹了一回。尚书又问起雯青的病情。唐卿道："病是好了，就为帕米尔一事着急，知道老师替他弥缝，万分感激哩！"因把刚才商量政书薛淑云、许祝云的话，

孽海花

告诉了一遍。尚书道:"这事只要许祝云在俄尽力申辩,又得淑云在英暗为声援,拼着国家吃些小亏,没有不了的事。现在国家又派出工部郎中杨谊柱,号叫越常的,专管帕米尔勘界事务,不日就要前往。好在越常和袁尚秋是至好,可以托他通融通融,更妥当了。"唐卿道:"全仗老师维持!否则这一纸地图,尽要断送雯青了!"尚书道:"老夫听说这幅地图,雯青出了重价在一外国人手里买来的,即便印刷呈送,未免鲁莽。雯青一生精研西北地理,不料得此结果,真是可叹!但平心而论,总是书生无心之过罢了。可笑那班人,抓住人家一点差处,便想兴波作浪。其实只为雯青人品还算清正些,就容不住他了。咳,宦海崄巇③!老弟,我与你都不能无戒心了!"唐卿道:"老师的话,正是当今确论。门生听说,近来显要颇有外开门户、内事逢迎的人物。最奇怪的,竟有人到上海采办东西洋奇巧玩具运进京来,专备召对时候或揣在怀里,或藏在袖中,随便进呈。又有外来官员,带着十万或二十万银子,特来找寻门路的。市上有两句童谣道:

若要顶儿红,麻加剌庙拜公公。

若要通王府,后门洞里估衣铺。

"老师听见过吗?"尚书道:"有这事吗?麻加剌庙,想就是东华门内的古庙。那个地方本来是内监聚集之所。估衣铺,又是什么讲究呢?"唐卿道:"如今后门估衣铺的势派大着哩!有什么富兴呀、聚兴呀,掌柜的多半是蓝顶花翎、华车宝马,专包揽王府四季衣服,出入邸第,消息比咱们还灵呢!"

尚书听到这里,忽然想起一件事似的,凑近唐卿低低道:"老弟说到这里,我倒想起一件可喜的事告诉你呢!足见当今皇上的英明,可以一息外面浮言了。"唐卿道:"什么事呢?"尚书道:"你看见今天宫门抄上,载有东边道余敏,不胜监司之任,着降三级调用的一条旨意吗?"唐卿道:"看是看见了,正不明白为何有这严旨呢?"尚书道:"别忙,我且把今早的事情告诉你。今天户部值日,我老早就到六部朝房里。天才亮,刚望见五凤楼上的玻璃瓦,亮晶晶映出太阳光来,从午门起到乾清门,一路白石桥栏,绿云草地,还是滑鞑鞑、湿汪汪带着晓雾哩!这当儿里,军机起儿下来了,叫到外起儿,知道头一个就是东边道余敏。此人我本不认得,可有点风闻,所以倒留神看着。晓色朦胧里头,只见他顶红翎翠,面方耳阔,昂昂地在廊下走过来。前后左右,簇拥着多少苏拉小监蜂围蝶绕的一大围,吵吵嚷嚷,有的说:'余大人,您来了。今儿头一起就叫您,佛爷的恩典大着哩!说不定几天儿,咱们就要伺候您陛见呢!'有人说:'余大人,您别忘了我!连大叔面前,烦您提拔提拔,您的话比符还灵呢!'看这余敏,一面给这些苏拉小监应酬;一面历历碌碌碰上那些内务府的人员,随路请安,风风芒芒地进去。赶进去了不上一个钟头,忽然的就出来了。出来时的样儿可大变了:帽儿歪料,翎儿搭拉,满脸光油油尽是汗,两手替换地揩抹,低着头有气没气的一人只往前走。苏拉也不跟了，小监也不见了。只听他走过处，背后就有多少人指手画脚低低讲道：'余敏上去碰了，大碰了。'我看着情形诧异，正在不解，没多会儿，就有人传说，已经下了这道降调的上谕了。"唐卿道："这倒稀罕，老师知道他碰的缘故吗？"

尚书挪一挪身体，靠紧炕几，差不多附着唐卿的耳边低声道："当时大家也摸不透，知道的又不肯说。后来找着一个小内监，常来送上头节赏的，是个傻小子，他倒说得详细。"唐卿道："他怎么说呢？"尚书道："他说，这位余大人是总管连公公的好朋友，听说这个缺就是连公公替他谋干的。知道今天召见是个紧要关头，他老人家特地扔了园里的差使，自己跑来招呼一切，仪制说话都是连公公亲口教导过的。刚才在这里走过时候，就是在连公公屋里讲仪制出来，从这里一直上去，到了养心殿，揭起毡帘，踏上了天颜咫尺的地方。那余大人就按着向来召对的规矩，摘帽，碰头，请了老佛爷的圣安，又请了佛爷的圣安，端端正正地一手戴好帽儿，跪上离军机垫一二尺远的窝儿。这余大人心里得意，没有拉什么礼、失什么仪，还了旗下的门面，总该讨上头的好，可出闹个召对称旨的荣耀了。"

"正在眼对着鼻子，静听上头的问话预备对付，谁知这回佛爷只略问了几句照例的话，兜头倒问道：'你读过书没有？'那余大人出其不意，只得勉勉强强答道：'读过。'佛爷道：'你既读过书，那总会写字。'余大人愣了一愣，低低答应个'会'字。这当儿里，忽然御案上拍的掷下两件东西来，就听佛爷吩咐道：'你把自己履历写上来。'余大人睁眼一看，原来是纸笔，不偏不倚，掉在他跪的地方。头里余大人应对时候，口齿清楚，气度从容，着实来得；就从奉了写履历的旨意，好像得了斩绞的处分似的，顿时面白目瞪，拾了笔，铺上纸，俄延了好一会儿。只看他鼻尖上的汗珠儿，一滴一滴地滚下，却不见他纸头上的黑道儿，一画一画地现出，足足挨了两三分钟光景。佛爷道：'你既写不出汉字，我们国书总没有忘吧？就写国书也好！'可怜余大人自出娘胎没有见过字的面儿，拿着枝笔，还仿佛外国人吃中国饭，一把抓地捏着筷儿，横竖不得劲儿，哪里晓得什么汉字国书呢？这么着，佛爷就冷笑了两声，严厉地喝道：'下去吧，还当你的库丁去吧！'余大人正急得没洞可钻，得这一声，就爬着谢了恩，抱头鼠窜地逃了下来。"

唐卿听到这里，十分诧异道："这余敏真好大胆！一字不识就想欺蒙朝廷，滥充要职。仅与降调，还是圣恩浩大哩！不过圣上叫他去当库丁，又有什么道理呢？"龚尚书笑着："我先也不懂。后来才知，这余敏原是三库上银库里的库丁出身。老弟，你也当过三库差使，这库丁的历史大概知道的吧！"唐卿道："那倒不详细。只知道那些库丁谋干库缺，没一个不是贝子贝勒给他们递条子说人情的。那库缺有多大好处？值得那些大帽子起哄，正是不解？"龚尚书道："说来可笑也可气！那班王公贵人虽然身居显爵，却都没有恒产，国家各省收来的库帑，仿佛就是他们世传的田庄。这些库丁就是他们田庄的仔种，荐成了一个库丁，那就是田庄里下了仔种了。下得一粒好仔种，十万百万的收成，年年享用，怎么不叫他们不起哄呢！"唐卿道："一样库丁，怎么还有好歹呢？"尚书道："库丁的等级多着哩！寻常库丁，不过逐日夹带些出来，是有限的。总要升到了秤长，这才大权在握，一出一入操纵自如哩！"唐卿道："那些王公们既靠着国库做家产，自然要拼命地去谋干了。这库丁替人作嫁，辛辛苦苦，冒着这么大的险，又图什么呢？"尚书道："当库丁的，都是著名混混儿。他们认定一两个王公做靠主，谋得了库缺，库里偷盗出来的赃银，就把六成献给靠主，余下四成，还要分给他们同党的兄弟们。若然分拆不公，尽有满载归来，半路上要劫去的哩！"唐卿道："库上盘查严，常见库丁进库，都把自己衣服剥得精光，换穿库衣，那衣裤是单层粗布制的，紧紧裹在身上，哪里能夹带东西呢？"尚书笑道："大凡防弊的章程愈严密，那作弊的法子愈巧妙，这是一定的公理。库丁既知道库衣万难夹带，千思万想，就把身上的粪门，制造成一个绝妙的藏金窟了。但听说造成这窟，也须投名师，下苦工，一两年方能应用。头等金窟，有容得了三百纹银的。各省银式不同，元宝元丝都不合式，最好是江西省解来的，全是椭圆式，蒙上薄布，涂满白蜡，尽多装得下。然出库时候，照章要拍手跳出库门，一不留神，就要脱颖而出。他们有个口号，就叫做'下蛋'。库丁一下蛋，斩绞流徙，就难说了。老弟，你想可笑不可笑？可恨不可恨呢？"唐卿道："有这等事。难道那余敏真是这个出身吗？"

尚书道："可不是。他就当了三年秤长，扒起了百万家私，捐了个户部郎中，后来不知道怎么样的改了道员。这东边道一出缺，忽然放了他，原是诧异的。到底狗苟蝇营[④]，依然逃不了圣明烛照，这不是一件极可喜的事吗？"唐卿正想发议，忽瞥眼望见刚才那门公手里拿着一个手本，一晃晃地站在廊下窗口，尚书也常常回头去看他。唐卿知道有客等见，不便久谈，只得起身告辞。尚书还虚留了一句，然后殷勤送出大门。

不言唐卿出了龚府，去托袁尚秋疏通杨越常的事。且说龚尚书送客进来，那门公便一径扬帖前导，直向外花厅走去。尚书且走且问道："谁陪着客呢？不是大少爷吗？"门公道："不，大少爷早出门了！"这话未了，尚书已到花厅廊下，忽觉眼前晃亮，就望见玻璃里炕床下首，坐着个美少年，头戴一顶双嵌线乌绒红结西瓜帽，上面钉着颗水银青光精圆大额珠，下面托着块五色猫儿眼，背后拖着根乌如漆光如镜三股大松辫，身上穿件雨过天晴大牡丹漳绒马褂，腰下也挂着许多佩带，却被栏杆遮住，没有看清。但觉绣采辉煌，宝光闪烁罢了。

尚书暗忖：这是谁？如此华焕，还当就是来客呢！却不防那门公就指着道："哪，那不是我们珠官儿陪着吗？"尚书这一抬眼，才认清是自己的侄孙儿，一面就跨进厅来。那少年见了，急忙迎出，在旁边垂着手站了一站，趁尚书上前见客时候，就慢慢溜出厅来，在廊下一面走，一面低低咕哝道："好没来由！给这没字碑搅这半天儿，晦气！"说着，潇潇洒洒一溜烟地去了。

这里尚书所见的客，你道是谁？原来就是上回雯青在客寓遇见的鱼阳伯。这鱼阳伯原是山东一个土财主，捐了个道员，在南京候补了多年，黑透了顶，没得过一个红点儿。这回特地带了好几万银子，跟着庄稚燕进京，原想打出个出路，吐吐气、扬扬眉的。谁知庄稚燕在路上说得这也是门，那也是户，好像可以马到成功，弄得阳伯心痒难搔。自从一到了京，东也不通，西也不就，终究变了水中捞月。等得阳伯心焦欲死，有时催催稚燕，倒被稚燕抢白几句，说他外行，连钻门路的四得字诀都不懂。阳伯诧异，问："什么叫四得字诀？我真不明白。"

稚燕哈哈笑道："你瞧，我说你是个外行，没有冤你吧！如今教你这个乖！这四得字诀，是走门路的宝筏，钻狗洞的灵符，不可不学的。就叫做时候耐得，银钱舍得，闲气吃得，脸皮没得。你第一个时候耐不得，还成得了事吗？"阳伯没法，只好耐心等去。后来打听得上海道快要出缺，这缺是四海闻名的美缺，靠着海关银两存息，一年少说有一百多万的余润，俗话说得好："吃了河豚，百样无味。"若是做了上海道，也是百官无味。你想阳伯如何不馋涎直流呢！只好婉言托稚燕想法，不敢十分催迫。事有凑巧，也是他命中注定，有做几日空名上海道的福分。这日阳伯没事，为了想做件时行衣服，去到门后估衣铺找一个聚兴号的郭掌柜。这郭掌柜虽是个裁缝，却是个出入宫禁交通王公的大人物，当日给阳伯谈到了官经，问阳伯为何不去谋干上海道。阳伯告诉他无路可走，郭掌柜跳起来道："我这儿倒放着一条挺好的路，你老走不走？你快说！"郭掌柜指手画脚道："这会儿讲走门路，正大光明大道，自然要让连公公，那是老牌子。其次却还有个新出道、人家不大知道的。"

说到这里，就附着阳伯耳边低低道："闻太史，不是当今皇妃的师傅吗？他可是小号的老主顾。你老若要找他，我给你拉个纤，包你如意。"阳伯正在筹划无路，听了这话，哪有个不欢喜的道理。当时就重重拜托他，还许了他事成后的谢仪。从此那郭掌柜就竭力地替他奔走说合，虽阳伯并未见着什么闻太史的面，两边说话须靠着郭掌柜一人传递，不上十天居然把事情讲到了九分九，只等纶音一下，便可走马上任了。阳伯满心欢喜，自不待言。每日里，只拣那些枢廷台阁、六部九卿要路人的府第前，奔来奔去，都预备到任后交涉的地步。所以这日特地送了一份重门包，定要谒见龚尚书，也只为此。如今且说他谒见龚尚书，原不过通常的酬对，并无特别的干求。宾主坐定，尚书寒暄了几句，阳伯趋奉了几句，重要公案已算了结。

尚书正要端茶送客，忽见廊下走进一个十六七岁的俊仆，匆匆忙忙走到阳伯身旁，凑到耳边说了几句话，手中暗暗递过一个小缄。阳伯急忙接了，塞入袖中，顿时脸色大变，现出失张失智的样儿，连尚书端茶都没看见。直到廊下伺候人狂喊一声"送客"，阳伯倒大吃一惊，吓醒过来。正是：

　　仓圣无灵头抢地，钱神大力手通天。

　　不知阳伯因何吃惊，且听下回分解。

【注释】

①怠(dài)慢：不恭敬。
②苞苴(bāo jū)：指贿赂的礼物。
③崄巇(xiǎn xí)：喻人事艰险或人心险恶。
④狗苟蝇营：苟：苟且偷生；营：谋求。比喻为了名利不择手段，像苍蝇一样飞来飞去，像狗一样不知羞耻。

隔墙有耳都院会名花　宦海回头小侯惊异梦

　　话说阳伯正在龚府，忽听那进来的俊仆几句附耳之谈，顿时惊惶失措①，匆匆告辞出来。你道为何，原来那俊仆是阳伯朝夕不离的宠童，叫做鱼兴，阳伯这回到京，住在前门外西河沿大街兴胜客店里，每日阳伯出门拜客，总留鱼兴看寓。如今忽然追踪而来，阳伯料有要事，一看见心里就突突地跳，又被鱼兴冒冒失失地道："前儿的事情变了卦了。郭掌柜此时在东交民巷番菜馆，立候主人去商量！他怕主人不就去，还捎带一封信在这里。"阳伯不等他说完，忙接了信，恨不立刻拆开，碍着龚尚书在前。好容易端茶、送客、看上车，一样一样礼节换完，先打发鱼兴仍旧回店，自己跳上车来，外面车夫砰然动着轮，里面阳伯就嗤地撕了封，只见一张五云红笺上写道：

　　前日议定暂挪永丰庄一款，今日接头，该庄忽有翻悔之意。在先该庄原想等余观察还款接济，不想余出事故，款子付出难收，该庄周转不灵，恐要失约。今又知有一小爵爷来京，带进无数巨款，往寻车字头，可怕可怕！望速来密商，至荷至要！

　　末署"云泥"两字。阳伯一面看，车子一面只管走，径向东交民巷前进。

　　如今且说阳伯的大鞍车，走到馆门停住。阳伯原是馆里的熟客，常常来厮混的，当时忙跳下车，吩咐车夫暂时把车卸了，把牲口去喂养，打发仆人自去吃饭，自己却不走正路，翻身往后便走。走过了好几家门首，才露出了一个狭弄口，弄口堆满垃圾，弄内地势低洼。阳伯挨身跨下，依着走惯的道儿弯弯曲曲地摸进去，看看那便门将近，三脚两步赶到，把手轻轻一按，那门恰好虚掩，人不知鬼不觉地开了。阳伯一喜，一脚踏上，刚伸进头，忽听里面床边有妇女嘤咛声。阳伯吃一吓，忙缩住脚，侧耳听去，那口音足个熟的窑姐儿，逼着嗓子怪叫道："老点儿碍什么？就是你那几位姨太太，我也不怕！我怕的倒是你们那位姑太太！"

只听这话还没说了，忽有个老头儿涎皮赖脸地接腔道："咦，嫁出的女儿，泼出的水，你倒怕了她！我告诉你说，一个女娘们只要得夫心，得了夫心谁也不怕。不用远比，只看如今宫里的贤妃，得了万岁爷天宠，不管余道台有多大手段、多高靠山，只要他召幸时候一言半语，整颗儿的大红顶儿骨碌碌在他舌头尖上、牙齿缝里滚下来了，就是老佛爷也没奈何他。这消息还是今儿在我们姑爷闻韵高那儿听来的。你说厉害不厉害？势派不势派呢？"听那窑姐儿冷笑一声道："吓，你别老不害臊！鸡矢给天比了！你难道忘了上半年你引了你们姑爷来这里一趟，给你那姑太太知道了，特为拣你生日那一天宾客盈门时候，她驾着大鞍车赶上你们来，把牲口卸了，停在你门口儿，多少人请她可不下来，端坐在车厢里，对着门，当着进进出出的客人，口口声声骂你，直骂到日落西山。他老人家乏了，套上骡儿转头就走。你缩在里边哼也没有哼一声儿，这才算势派哩！只怕你的红顶儿，真在她牙缝里打磨盘呢！老实告你说吧，别花言巧语了，也别胡吹乱嗙②了，要我上你家里去老虎头上抓毛儿，我不干！你若不嫌屈尊，还是赶天天都察院下来，到这儿溜达溜达，我给你解闷儿就得了。"

那老头儿狠狠叹了一口气，还要说下去，忽听厢房门外一阵子嘻嘻哈哈的笑语声，帖帖鞺鞺的脚步声，接着咿哑一响，好像有人推门似的。阳伯正跨在便门限上，听了心里一慌，想跑，还没动脚，忽见黑蓬松一大团从里面直钻出来，避个不迭，正给阳伯撞个对面。阳伯圆睁两眼，刚要唤道"该"，缩不不迭，却几乎请下安去。又一转念，大人们最忌讳的是怕人知道的事情被人撞见了，连忙别转头，闪过身体，只做不认得，让他过去。那人一手掩着脸，一手把袖儿握着嘴上的胡子，忘命似的往小弄里逃个不迭。阳伯看他去远，这才跨进便门。不提防一进门，劈脸就伸过一只纤纤玉手来，把阳伯胸前衣服抓住道："傅大人，你跑什么！又不是姑太太来了，你怕谁呀？"阳伯仔细一听，原来就是他的老相好、这里有名的姐儿小玉的口音，不禁嗤地一笑道："乖姐儿，你的爸爸才是傅大人呢！"

小玉啐了一口，拉了阳伯的手，还没有接腔，房里面倒有人接了话儿道："你们找爸爸，爸爸在这儿呢。"小玉倒吓一跳，忙抢进房来道："呸，我道是谁？原来是郭爷。巧极了，连您也上这儿来了！"阳伯故意皱皱眉，手指着郭掌柜道："不巧极了。老郭，你千不来万不来，单拣人家要紧的时候，你可来了！"郭掌柜哈哈笑道："我真该死，我只记着我的要紧，可把你们俩的要紧倒忘了。"阳伯道："你别拉我，我有什么要紧？你吓跑了总宪大人，明儿个都察院踏门拿人，那才要紧呢！"小玉瞪了阳伯一眼，走过来，趴在郭掌柜肩膀上道："郭爷，你别听他，尽撒谎！"郭掌柜伸伸舌头道："才打这屋里飞跑出去的就是……"小玉不等郭掌柜说出口，伸手握住他的嘴道："你敢说！"郭掌柜笑道：“我不，我不说。”就问阳伯道：“那么你跟他一块儿来的吗？大概没有接到我的信吧！”阳伯道：“还提信呢！都是你这封信，把我叫进来，把他赶出去，两下里不提防，好好碰了一个头。你瞧，这儿不是个大疙瘩吗？这会儿还疼呢！”

说着话，伸过头来给郭掌柜看。郭掌柜一面瞅着他左额上，果然紫光油油的高起一块；一面冲着玻璃风门外，带笑带指地低低道：“哪，都是这班公子哥儿闹哄哄推进来，我在外间坐不住，这才撞进来，闹出这个乱子。鱼大人，那倒对不住您了！”阳伯摇摇手道：“你别碜了！小玉，你来，我们看一看外边儿都是些谁呀？”说罢，拉了小玉，耳鬓厮磨地凑近那风门玻璃上张望。只见中间一张大餐长桌上，团团围坐着五个少年，两边儿多少仆欧们手忙脚乱地伺候，也有铺台单、插瓶花的，也有摆刀叉、洗杯盘的，各人身边都站着一个戴红缨帽儿的小跟班儿，递烟袋，拧手巾，乱个不了。阳伯先看主位上的少年，面前铺上一张白纸，口衔雪茄，手拿着笔，低着头，在那里开菜单儿，忽然抬起头来，招呼左右两座道：“胜佛先生和凤孙兄，你们两位都是外来的新客，请先想菜呀！”

阳伯这才看清那主位的脸儿，原来不是别人，就是庄稚燕。再看左座那一个，生得方面大耳，气概堂皇，衣服虽也华贵，却都是宽袍大袖，南边样儿。右边的是瘦长脸儿，高鼻子，骨秀神清，举止豪宕，虽然默默地坐着，自有一种上下千古的气概；两道如炬的目光，不知被他抹杀了多少眼前人物，身上服装，却穿得朴雅的。这两个阳伯却不认得，下来，挨着这瘦长脸儿来，是曾侯爷敬华；对面坐着的，却就是在龚尚书府上陪阳伯谈天的珠公子。只听右座那一个道：“稚燕，你又来了！这有什么麻烦，胡乱点几样就得了。”右座淡淡地道：“兄弟还要赴杨淑乔、林敦古两兄的预约，恐怕不能久坐，随便吃一样汤就行了。”言下，仿佛显出厌倦的脸色。稚燕一面点菜，一面又问道：“既到了这里，那十二吊头总得花吧！”珠公子皱着眉道，“你们还闹这玩意儿呢？我可不敢奉陪！”敬华笑道：“我倒要叫，我可不叫别人！”稚燕道：“得了，不用说了，我把小玉让给你就是了！”

说罢，就吩咐仆欧去叫小玉。胜佛推说就要走，不肯叫局。稚燕也不勉强，只给凤孙叫了一人，连自己共是三人。仆欧连声：“喳”，答应下去。阳伯在里面听得清楚，忙推着小玉道：“侯爷叫你了，还不出去！”小玉笑道：“哪有那么容易？'今儿老妈儿都没带，只好回去一趟再来。”阳伯随手就指着那桌上两个不认得的问小玉道：“那两个是谁，你认识么？”小玉道：“你不认识么？那个胖脸儿，听说姓章，也是一个爵爷，从杭州来的；一个瘦长脸，是戴制台的公子，是个古怪的阔少爷，还有人说他是革命党。这些话都是庄制台的少爷庄立人告诉我的，不晓得是确不确，他们都是新到京的。”两人正说话，恰好有个仆欧推门进来，招呼小玉上座儿。小玉站起身，抖搂了衣服，凑近那仆欧耳旁道:"你出去,别说我在这里。我回家一趟,换换衣服就来。"回头给阳伯、郭掌柜点点头道:"鱼大人,我走了,回头你再来叫啊!郭爷,你得闲儿,到我们那儿去坐坐。"赶说话当儿,早已转入床后,一溜烟地出便门去了。

这里阳伯顺便就叫仆欧点菜,先给郭掌柜点了番茄牛尾汤、炸板鱼、牛排、出骨鹌鹑、加利鸡饭、勃朗补丁,共是六样。自己也点了葱头汤、煨黄鱼、牛舌、通心粉雀肉、香蕉补丁五样。仆欧拿了菜单,打上号码,自去叫菜。这里两人方谈起正事来。郭掌柜先开口道:"刚才我仿佛听见小玉给你说什么姓章的,那人你知道吗?"阳伯道:"我不知道,就听见庄稚燕叫他凤孙。"郭掌柜道:"他就是前任山东抚台章一豪的公子,如今新袭了爵,到里头想法子来的。我在信上说的就是他。"阳伯道:"那怕什么?他既走了那一边儿,如今余道台才闹了乱子,走道儿总有点不得劲。这个机会,我们正好下手呢!"郭掌柜道:"话是不差,可就坏在余道台这件事。余道台的银子原说定先付一半,还有一半也是永丰庄垫付的,出了一张见缺即付的支票。谁晓得赶放的明文一见,果然就收了去了。如今出了这意外的事,如何收得回来呢?他的款子,收不回来不要紧,倒是咱们的款了,可有点儿付不出去了,我想你存先自己付的十二万正款,固然要紧,就是这永丰庄担承的六万,虽说是小费,里头帮忙的人大家分的,可比正款还要紧些呢!要有什么三差五错,那事情就难说了!我瞧着永丰的当手,着急得很,我倒也替你担忧,所以特地赶来给你商量个办法。"

阳伯呆了呆,皱着眉道:"兄弟原只带了十二万银子进京,后来添出六万,力量本来就不济。亏了永丰庄肯担承这宗款子,虽觉得累点儿,那么树上开花,到底儿总有结果,兄弟才敢豁出去做这件事。如今照你这么说,有点儿靠不住了,叫兄弟一时哪儿去弄这么大的款?可怎么好呢?"郭掌柜道:"你好好儿想想,总有法子的。"阳伯踌躇了半天,忽然站起来,正对着郭掌柜,兜头唱了一个大喏道:"兄弟才短,实在想不出法子来。兄弟第一妙法,只有'一总费心'四个字,还求你给我想法儿吧!"郭掌柜还礼不迭道:"你别这么猴儿急。你且坐下,我给你说。"阳伯又作了一揖,方肯坐了。郭掌柜慢慢道:"法子是有一个,俗语道:'巧媳妇做不出无米饭。'不过又要你破费一点儿才行。"

阳伯跳起来道:"老郭,你别这么婆婆妈妈的绕弯儿说话,这会儿只要你有法子,你要什么就什么!"郭掌柜道:"哪个是我要呢?咱们够交情,给你办事,一个大都不要,这才是真朋友。只等将来你上了任,我跟你上南边去玩一趟,闲着没事,你派我做个账房,消遣消遣,那就是你的好处了。"阳伯道:"那好办。你快说,有什么好法子呢?"郭掌柜道:"别忙。你瞧菜来了,咱们先吃菜,慢慢地讲。"

阳伯一抬头,果然仆欧托着两盘汤、几块面包来。安放好了,阳伯又叫仆欧开了一瓶香槟。郭掌柜一头吃着面包、喝着汤，一头说道："你别看永丰庄怎么大场面，一天到晚整千整万地出入，实在也不过东拉西扯，撑着个空架子罢了！遇着一点儿风浪就挡不住。本来呢，他的架子空也罢，实也罢，不与我们相干。如今他既给我们办了事，答应了这么大的款子，他的架子撑得满，我们的事情就办得完全；倘或他有点破绽，不但他的架子撑不成，只怕连我们的架子都要坍了。这会儿也没有别的法子，只有大家伙儿帮着他，把这个架子扶稳了才对。要扶稳这个架子，也不是空口说白话做得了的，要紧的就是银子。但是这银子，从哪儿来呢？"阳伯道："说得是，银子哪儿来呢？"郭掌柜道："哈哈，说也不信，天下事真有凑巧，也是你老的运气来了！这会儿天津镇台不是有个鲁通一鲁军门吗？这人，你总该知道吧！"

阳伯想了想道："不差，那是淮军里头有名的老将啊！"郭掌柜笑道："哪里是淮军里头有名的老将！光是财神手下出色的健将罢！他当了几十年的老营务，别的都不知道，只知道他撑了好几百万的家财。他的主意很高，有的银子都存给外国银行里，什么汇丰呀、道胜呀，我们中国号家钱庄，休想摸着他一个边儿。可奇怪，到了今年，忽然变了卦了，要想把银子匀点出来，分存京、津各号，特地派他的总管鲁升带了银子，进京看看风色。这位鲁总管可巧是我的好朋友，昨日他自己上门来找我，我想这是个好主儿，好好儿恭维他一下。后来讲到存银的事情，我就把永丰荐给他。他说：'来招揽这买卖的可不少，我们都没答应呢！你不知道我们那里有个老规矩，不论哪家，要是成交，我们朋友都是加一扣头，只要肯出扣头就行。'今天我把这话告诉永丰，谁晓得永丰的当手倒给我装假，出扣头的存银他不要。我想这事永丰的关系原小，我们的关系倒大，这扣头不如你暂时先垫一下子，事情就成了。这事一成，永丰就流通了，我们的付款也就有着落了。就有一百个章爵爷，那上海道也不怕跑到哪儿去了。你看怎么着？使得吗？"阳伯道："他带多少银子来呢？存给永丰多少呢？"郭掌柜道："他带着五六十万呢！我们只要他十万，多也不犯着，你说好不好？"阳伯顿时得意起来道："好好，再好没有了。事不宜迟，这儿吃完，你就去找那总管说定了，要银子，你到永丰庄在我旅用的折子上取就得了。"两人胡乱把点菜吃完，叫仆欧来算了账，正要站起，郭掌柜忽然咦了一声道："怎么外边已经散了？"阳伯侧耳一听，果然鸦雀无声，伛身凑近风窗向外一望，只见那大饕桌上还排列着多少咖啡空杯，座位上却没人影儿。阳伯随手拉开风门道："我们就打前面走吧！"

于是阳伯前行，郭掌柜后跟，闯出厅来，一直地往外跑。不提防一阵唧唧喳喳说话声音，发出在那厅东墙角边一张小炕床上，瞥眼看见有两人头接头地紧靠着炕几，一个仿佛是庄稚燕，那一个就是小玉说的章凤孙。见那凤孙手里颤索索地拿着一张纸片儿，递与稚燕。阳伯恐被瞧破，不敢细看，别转头，跟郭掌柜一溜烟地溜出那菜馆来，各自登车，分头干事去了。

如今且按下阳伯，只说那番菜馆外厅上庄稚燕和章凤孙，偷偷摸摸守着黑厅干什么事呢？原来事有凑巧，两间房里的人做了一条路上的事。那边鱼阳伯与郭掌柜摩拳擦掌的时候，正这边庄稚燕替章凤孙钻天打洞的当儿。看官须知道这章凤孙，是中兴名将前任山东巡抚章一豪的公子，单名一个"谊"字。章一豪在山东任时，早就给他弄了个记名特用道。前年章一豪死了，朝廷眷念功臣，又加恤典，把他原有的一等轻车都尉，改袭了子爵。这章凤孙年不满三十，做了爵爷，已是心满意足，倒也没有别的妄想了。这回三年服满，进京谢恩，因为与庄稚燕是世交兄弟，一到京就住在他家里，只晓得寻花夕醉，挟弹晨游，过着快乐光阴。挡不住稚燕是宦海的神龙，官场的怪杰，看见凤孙门阀[3]又高，资财又广，是个好吃的果儿。一听见上海道出缺的机会，就一心一意调唆凤孙去走连公公的门路。可巧连公公为了余敏的事失败了，憋着一肚子闷气没得出处，正想在这上海道上找个好主儿，争回这口气来。所以稚燕去一说，就满口担承，彼此讲定了数目，约了日期，就趁稚燕在番菜馆请客这一天，等待客散了，在黑影里开办交涉。却不防冤家路窄，倒被阳伯偷看了去。闲话少表。

　　当时稚燕乖觉，劈手把凤孙手里拿的纸片夺过来折好，急忙藏在里衣袋里。凤孙道："这是整整十二万的汇票，全数交给你了。可是我要问你一句，到底靠得住靠不住？"稚燕不理他，只望着外面努嘴儿，半晌又往外张了一张，方低低说道："你放心，我连夜给你办去。有什么差错，你问我，好不好？"凤孙道："那么我先回去，在家里等回音。"稚燕点点头，正要说话，蓦地走进一个仆欧说道："曾侯爷打发管家来说，各位爷都在小玉家里打茶围，请这里两位大人就去。"凤孙一头掀帘望外走，一头说道："我不去了。你若也不去，替我写个条儿道谢吧！"说毕，自管自地上车回家去了。

　　不说这里稚燕写谢信、算菜账，尽他做主人的义务。单讲凤孙独自归来，失张失智地走进自己房中，把贴身服侍的两个家人打发开了，亲自把房门关上，在枕边慢慢摸出一只紫楠雕花小手箱，只见那箱里头放着个金漆小佛龛，佛龛[4]里坐着一尊羊脂白玉的观世音。你道凤孙百忙里，拿出这个做什么呢？原来凤孙虽说是世间纨绔，却有些佛地根芽。平生别的都不信，只崇拜白衣观世音，所以特地请上等玉工雕成这尊玉佛，不论到哪里都要带着他走，不论有何事都要望着他求。只见当时凤孙取了出来，恭恭敬敬，双手捧到靠窗方桌上居中供了；再从箱里搬出一只宣德铜炉，炷上一枝西藏线香，一本大悲神咒，一串菩提念珠，都摆在那玉佛面前，布置好了，自己方退下两步，整一整冠，拍去了衣上尘土，合掌跪在当地里，望上说道："弟子章谊，一心敬礼观世音菩萨。"说罢，匍匐下去，叨叨絮絮了好一会儿，好像醮台里拜表的法师一般。口中念念有词，足足默祷了半个钟头方才立起。转身坐在一张大躺椅上，提起念珠，摊开神咒，正想虔诵经文，却不知怎的心上总是七上八下，一会儿神飞色舞,一会儿肉跳心惊,对着经文一句也念不下去。看看桌上一盏半明不灭的灯儿,被炉里的烟气一股一股冲上去,那灯光只是碧沉沉的。侧耳听着窗外静悄悄的没些声息,知道稚燕还没回来。凤孙没法,只得垂头闭目,养了一回神,才觉心地清净点儿。忽听门外帖帖达达飞也似的一阵脚步声,随即发一声狂喊道:"凤孙,怎么样,你不信,如今果真放了上海道了!你拿什么谢我?"这话未了,就砰地一响踢开门,钻将进来。凤孙抬头一看,正是稚燕,心里一慌,倒说不出话来。正是:

富贵百年忙里过,功名一例梦中求。

欲知凤孙得着上海道到底是真是假,且听下回分解。

【注释】

①惊惶失措:由于惊慌,一下子不知怎么办才好。
②胡吹乱嗙 (pǎng):嗙:吹牛,夸张。形容信口开河说大话,瞎吹牛。
③门阀:指封建社会中的世家门第。
④佛龛 (kān):供奉佛像的小阁子。

天威不测斐语中词臣　隐恨难平违心驱俊仆

却说凤孙忽听稚燕一路喊将进来,只说他放了上海道,一时心慌,倒说不出话来,呆呆地半响方道:"你别大惊小怪地吓我,说正经,连公公那里端的怎样?"稚燕道:"谁吓你?你不信,看这个!"说着,就怀里掏出个黄面泥板的小本儿。凤孙见是京报,接来只一揭,第一行就写着"苏、松、太兵备道着章谊补授。"凤孙还道是自己眼花,忙把大号墨晶镜往鼻梁上一推,揉一揉眼皮,凑着纸细认,果然仍是"苏、松、太兵备道着章谊补授"十一个字。心中一喜,不免颂了一声佛号,正要向那玉琢观音顶礼一番,却恍恍惚惚就不见了稚燕。抬起头来,却只见左右两旁站着六七个红缨青褂、短靴长带的家人,一个托着顶帽,一个捧着翎盒,提着朝珠的,抱着护书的,有替他披褂的,有代他束带的,有一个豁琅琅地摇着静鞭,有一个就向上请了个安,报道:"外面伺候已齐,请爵爷立刻上任!"真个是前呼后拥,吆五喝六,把个懵懂小爵爷七手八脚地送出门来。

只见门外齐臻臻地排列着红呢伞、金字牌、旗锣轿马,一队一队长蛇似的立等在当街,只等凤孙掀帘进轿。只听如雷价一声呵殿,那一溜排衙,顿时蜿蜿蜒蜒地向前走动。走去的道儿,也辨不清是东是西,只觉得先走的倒都是平如砥、直如绳的通衢广陌①,一片太阳光照着马蹄蹴起的香尘,一闪一闪地发出金光。谁知后来忽然转了一个弯,就走进了一条羊肠小径。又走了一程,益发不像，索性只容得一人一骑慢慢地挨上去了，而且曲曲折折，高高低低，一边是恶木凶林，一边是危崖乱石。凤孙见了这些凶险景象，心中疑惑，暗忖道："我如今到底往哪里去呢？记得出门时有人请我上任，怎么倒走到这荒山野径来呢？"原来此时凤孙早觉得自己身体不在轿中，就是刚才所见的仪仗从人，一霎时也都随着荒烟蔓草[②]，消灭得无影无踪，连放上海道的事情也都忘了一半。独自一个在这七高八低的小路上，一脚绊一脚地往前走去。正走间，忽然眼前一黑，一阵寒风拂上面来，急忙抬头一看，只见一座郁郁苍苍的高冈横在面前。凤孙暗喜道："好了，如今找着正路了！"

正想寻个上去的路径，才想走近前来，却见那冈子前面蹲着一对巨大的狮子，张了磨牙吮血的大口，睁了奔霆掣电的双瞳，竖起长鬣，舒开铁爪，只待吃人。在云烟缥缈中也看不清是真是假。再望进去，隐隐约约显出画栋雕梁，长廊石舫，丹楼映日，香阁排云；山径中还时见白鹤文鹿，彩凤金牛，游行自在。但气象虽然庄严，总带些阴森肃杀的样子，好像几百年前的古堡。恐怕冒昧进去，倒要碰着些吃人的虎豹豺狼、迷人的山精木怪，反为不美。凤孙踌躇了一回，忽听当啷当啷一阵马官铃声，从自己路上飞来，就见一匹跳涧爬山的骏马，驮着个扬翎矗顶的贵官，挺着腰，仰着脸儿，得意洋洋地只顾往前窜。凤孙看着那贵官的面貌好像在哪里见过的，不等他近前，连忙迎上去，拦着马头施礼道："老兄想也是上冈去的？兄弟正为摸不着头路不敢上去。如今老兄来了，是极好了，总求您携带携带。"那贵官听了，哈哈地笑道："你要想上那冈子么？你莫非是疯子吧！那道儿谁不知道？如今是走不得！你要走道儿，还是跟着我上东边儿去。"

说着话，就把鞭儿向东一指。凤孙忙依着他鞭的去向只一望，果然显出一条不广不狭的小径，看那里边倒是暖日融融，香尘细细，夹岸桃花，烂如云锦，那径口却有一棵天矫不群的海楠，卓立在万木之上。下面一层层排列着七八棵大树，大约是檀槐杨柳、灵杏棠杞等类，无不蟠干梢云，浓阴垂盖，的确是一条好路，倒把凤孙看得呆了。正想细问情由，不道那贵官就匆匆地向着凤孙拱了拱手道："兄弟先别了！"说罢，提起马头，四蹄翻盏地走进那东路去了。凤孙这一急非同小可，拔起脚要追，忽听一阵悠悠扬扬的歌声，从西边一条道儿上梨花林吹来，歌道：

东边一条路，西边一条路；西边梨花东边桃，白的云来红的雨，红白争娇，雨落云飘，东海龙女，偷了半年桃，西池王母，怒挖明珠苗；造化小儿折了腰，君欲东行，休行，我道不如西边儿平！

凤孙寻着歌声，回身西望，才看见径对着东路那一条道儿上，处处夹着梨树，开的花如云如雪，一白无际，把天上地下罩得密密层层，风也不通。凤孙正在忖量，那歌声倒越唱越近了，就见有八九个野童儿，头戴遮日帽，身穿背心衣，脚踏无底靴，面上乌墨涂得黑一搭白一搭，一面拍着手，一头唱着歌,穿出梨花林来,一见凤孙,齐连连招手道:"来,来,快上西边儿来!"凤孙被这些童儿一唱一招,心里倒没了主意,立在那可东可西的高冈面前,东一张,西一张,发狠道:"照这样儿,不如回去吧!"

一语未了,不提防西边树林里,陡起了一阵撼灭震地的狂风,飞沙走石,直向东边路上刮剌剌③地卷去。一会儿,就日淡云凄,神号鬼哭起来。远远望去,那先去的骑马官儿,早被风刮得帽飞靴落,人仰马翻;万树桃花,也吹得七零八落。连路口七八株大树,用尽了撑霆喝月的力量,终不敌排山倒海的神威,只抵抗了三分钟工夫,稀里哗啦倒断了六株。连那海楠和几株可称梁栋之材的都连根带土,飞入云霄,不知飘到哪里去了。这当儿,只听那梨花林边,一个大孩子领了八九个狂童,欢呼雷动,摇头顿足地喊道:"好了!好了!倒了!倒了!"

谁知这些童儿不喊犹可,这一喊,顿时把几个乌嘴油脸的小孩,变了一群青面獠牙的妖怪,有的摇着驱山铎,有的拿着迷魂幡,背了骊山老母的剑,佩了九天玄女的符,踏了哪吒太子的风火轮,使了齐天大圣的金箍棒,张着嘴,瞪着眼,耀武扬威,如潮似海地直向凤孙身边扑来。凤孙这一吓,直吓得魂魄飞散,屁滚尿流,不觉狂叫一声:"救苦救难观世音菩萨!"

正危急间,忽听面前有人喊道:"凤孙休慌,我在这里。"凤孙迷离中抬头一看,仿佛立在面前是一个浑身白衣的老妇人,心里只当是观音显圣来救他的,忙又叫道:"菩萨救命呀!"只听那人笑道:"什么菩萨?菩萨坐在桌上呢!"凤孙被这话一提,心里倒清爽了一半,重又定眼细认了一认,呸!哪里是南海白衣观世音,倒是个北京纨绔庄稚燕,嘻着嘴立在他面前。看看自己身体还坐在佛桌旁的一张大椅上,炉里供的藏香只烧了一寸,高冈飞了、梨花林、桃花径迷了,童儿妖怪灭了,窗外半钩斜月,床前一粒残灯,静悄悄一些风声也没有,方晓得刚才闹哄哄的倒是一场大梦。想起刚才自己狼狈的神情,对着稚燕倒有些惶愧,把白日托他到连公公那里谋干的事倒忘怀了,只顾有要没紧地道:"你在哪儿呢?这早晚才回来!"稚燕道:"啊呀呀,这人可疯了!人家为你的事,脚不着地地跑了一整夜,你倒还乐呀乐呀地挖苦人!"

凤孙听了这话,才把番菜馆里递给他汇票、托他到连公公那里讨准信的一总事都想起来,不觉心里勃地一跳,忙问道:"事情办妥了没有?"稚燕笑道:"好风凉话儿!天下哪儿有这么容易的事儿!我从番菜馆里出来,曾敬华那里这么热闹的窝儿,我也不敢踹,一口气跑上连公公家里,只道约会的事不会脱卯儿的,谁知道还是扑了一个空。空等了半天,不见回来,问着他们,敢情为了预备老佛爷万寿的事情,内务府请了去商量,说不定多早才回家呢。我想横竖事儿早说妥了,只要这边票儿交出去,自然那边官儿送上来,不怕他有红孩儿来抢了唐僧人参果去,你说对不对?"

凤孙一听"红孩儿"三个字，不觉把梦中境界直提起来，一面顺口说道："这么说，那汇票你仍旧带回来了？"一面呆呆地只管想那梦儿，从那一群小孩变了妖怪、扑上身来想起，直想到自己放了上海道、稚燕踢门狂喊，看看稚燕此时的形状宛然梦里，忽然暗暗吃惊道："不好了，我上了小人的当了！照梦详来，小孩者，小人也，变了妖怪扑上身来，明明说这班小人在那里变着法儿的捉弄我。小径者，小路也，已经有人比我走在头里，我是没路可走。若然硬要走，必然惹起风波。"想到这里，猛地又想起梦醒时候，看见一个白衣老妇，不觉恍然大悟道："这是我一向虔诚供奉了观音，今日特地来托梦点醒我的。罢了！罢了！上海道我决计不要了，倒是十二万的一张汇票，总要想法儿骗回到手才好。"

想了一想，就接着说道："既然你带回来，好，那票儿本来差着，你给我改正了再拿去。"稚燕愕然道："哪儿的事？数目对了就得了。"凤孙道："你不用管，你拿出来，看我改正，你就知道了。"稚燕似信不信的，本不愿意掏出来，到底碍着凤孙是物主儿，不好十分攥着不放，只得慢慢地从靴页里抽出，挪到灯边远远地一照道："没有错呀！"一语未了，不防被凤孙劈手夺去，就往自己衣袋里一塞。稚燕倒吃了个惊道："这怎么说？咦，改也不改，索性收起来了！"凤孙笑道："不瞒稚兄说，票子是没有错，倒是兄弟的主意打错了。如今想过来，不干这事了。稚兄高兴，倒是稚兄去顶替了吧！兄弟是情愿留着这宗银子，去孝敬韩家潭口袋底的哥儿姐儿。"稚燕跳起来道："岂有此理！你这话到底是真话是梦话？你要想想，这上海道的缺，是不容易谋的！连公公的路，是不容易走的！我给你闹神闹鬼，跑了半个多月，这才摸着点边儿。你倒好意思，轻轻松松说不要了。我可没脸去回复人家。你倒把不要的道理说给我听听！"

凤孙仍笑嘻嘻地道："回复不回复，横竖没有我的事，我是打定主意不要。"那当儿，一个是斩钉截铁地咬定不要了，一个是面红颈赤地死问他为何不要呢；一个笑眯眯只管赖皮，一个急吽吽无非撒泼。正闹得没得开交，忽听砰的一声，房门开处，走进一个家人，手里拿着一封电报，走到凤孙身旁道："这是南边发来给章大人的。"说着，伸手递给凤孙，就回身走了。凤孙忙接来一望，知道是从杭州家里打来的，就吃了一吓，拆开看了看，不觉说声"侥幸"，就手递给稚燕道："如今不用争吵了，我丁了艰了！"

稚燕看着，方晓得凤孙的继母病故，一封报丧的电报。到此地位，也没得说了，把刚才的一团怒火霎时消灭，倒只好敷衍了几句安慰的套话，问他几时动身。凤孙道："这里的事情料理清楚，也得六七天。"当时彼此没兴，各自安歇去了。从此凤孙每日忙忙碌碌，预备回南的事。到了第五日，就看见京报上果然上海道放了鱼邦礼，外面就沸沸扬扬议论起来。有的说姓鱼的托了后门估衣铺，走王府的门路的；有的说姓鱼的认得了皇妃的亲戚，在皇上御前保举的。凤孙听了这些话,倒也如风过耳,毫不在意,只管把自己的事尽着赶办。又歇了一两天,就偃旗息鼓地回南奔丧去了。

单说稚燕替凤孙白忙了半个多月,得了这个结果,大为扫兴。他本愿意想做鱼阳伯的引线的,后来看看鱼阳伯的门第、资财、气概都不如章凤孙,所以倒过头来,就搁起阳伯,全力注在凤孙身上。谁知如今阳伯果真得了上海道,自己的好窝儿反给估衣铺里的郭掌柜占了去,你想他心里怎么不又悔又恨呢!连公公那里又不敢去回复,只好私下告诉他父亲转说,还求他想个法儿出出这口恶气。一日清早,稚燕还没起来,家人来回:"老爷上头下来,有事请少爷即刻就去。"稚燕慌忙披衣出房,不及梳洗,一径奔到小燕平常退朝坐起的一间书房内,掀帘进去。满屋静悄悄的,只见两三个家人垂手侍立。小燕正在那里低着头写一封书信,看见稚燕走来,一抬眼道:"你且坐着,让我把高丽商务总办方安堂的一封要紧信写了再说。"稚燕只得在旁坐了,偷看那封信上写的,全是高丽东学党谋乱的事情。原来那东学党是高丽国的守旧党,向来专与开化党为仇,他的党魁叫崔时亨,自号纬大夫的,现在忽然在全罗道的古阜地方起事,有众五六万,首蒙白巾,手执黄旗,倡言要驱逐倭夷④,扫除权贵。高丽君臣惶急万状,要借中国护商的靖远兵船前去助剿。那时驻扎高丽的商务总办,就是方安堂官印叫代胜的,不敢擅主,发电到总理衙门请示。小燕昨日已经会商王大臣,发了许借的回电,现在所写的,不过要他留心观察,随时禀报罢了。

稚燕看着信,随口道:"原来高丽反起乱事了!"小燕道:"这回比甲申年金玉均、洪英植的乱事更要厉害,恐怕要求中朝发兵赴援哩!"说着话,一抬头忽见一个眉清目秀,初交二十岁的俊僮,站在他父亲身旁,穿着娃儿脸万字绉纱袍,罩着美人蕉团花绒马褂,额上根青,鬓边发黑,差不多的相公还比不上他娇艳,心想我家从没有过这样俊俏僮儿,忽然想起来道"呀,这是金雯青那里的阿福,怎么到了我家来呢!"稚燕正在上下打量,早被小燕看见,因笑道:"这是雯青那里有名的人儿,你从前给他同路进京,大概总认得吧!如今他在雯青那里歇了出来,还没投着主儿呢!求我赏饭,我可用不着,只好留着等机会荐出去吧!"小燕一面说,一面阿福红着脸,就走到稚燕跟前请了一个安。小燕忽然向稚燕道:"不差,你给我卜会雯青那里去走一趟吧!这几天听说他病又重了,我也没工夫去看他,你替我去走走,礼到就得了。"当时稚燕答应下来,自去预备出门。按下慢表。

如今先要把阿福如何歇出、雯青如何病重的细情叙述一番,免得读书的说我抛荒本题。原来雯青那日,看张夫人出房后,就叫小丫头把帐子放了,自把被窝蒙了头,只管装睡,并不理睬彩云。彩云见雯青颜色不好,也不敢上来兜搭,自在外房呆呆地坐着嗑瓜子。房里冷清清的无事可说,我却先要说张夫人那日在房时,听了雯青的口气,看了彩云的神情,早就把那事儿瞧破了几分。后来回到自己房中，不消说有那班献殷勤的婆儿姐儿，半真半假的传说，张夫人心里更明白了。料想雯青这回必然要扬锣捣鼓地大闹，所以张夫人身虽在这边，心却在那边，常常听候消息。谁知道直候到二更以后，雯青那边总是寂无人声，张夫人倒诧异起来，暗道："难道就这么罢了不成？"忽一念转到雯青新病初愈，感了气，不要自什么反复吗？想到这里，倒不放心起来。

那时更深人静，万籁无声，房里也空空洞洞的，老妈儿都去歇息了，小丫头都躲在灯背黑影里去打盹儿。张夫人只得独自蹑手蹑脚，穿过外套房，来到堂屋。各处灯都灭了，黑魆魆的好不怕人！张夫人正有些胆怯，想缩回来，却望见雯青那边厢房里一点灯光，窗帘上映出三四个长长短短的人影。接着一阵喊喊喽喽的讲话声音，知道那边老妈丫头还没睡哩。张夫人趁势三脚两步跨进雯青外房，径到房门口。正要揭起软帘，忽听雯青床上窸窸窣窣地响，响过处，就听雯青低低儿地叫了"彩云、彩云"两声。并没人答应。张夫人忖道："且慢，他们要说话了，我且站着听一听。"

这当儿，张夫人靠在门框上，从帘缝里张进去，只见靠床一张鸳鸯戏水的镜台上，摆着一盏二龙抢珠的洋灯，罩着个碧玻璃的灯罩儿，发出光来，映得粉壁锦帏，都变了绿沉沉的。那时见雯青一手慢慢地钩起一角帐儿，伸出头来，脸上似笑不笑地睨着靠西壁一张如意软云榻，只管发愣。张夫人连忙随着雯青的眼光看去，原来彩云正卸了晚妆，和衣睡着在那里，身上穿着件同心珠扣水红小紧身儿，单束着一条合欢粉荷洒花裤，一搦柳腰，两钩莲瓣，头上枕着湖绿纹小洋枕，一挽半散不散的青丝，斜拖枕畔，一手托着香腮，一手掩着酥胸，眉儿蹙着，眼儿闭着，颊上酒窝儿还揾着点泪痕，真有说不出、画不像的一种妖艳，连张夫人见了心里也不觉动了一动。忽听雯青叹了口气，微微地拍着床道："嘻，哪世里的冤家！我拼着做……"说到此咽住了，顿了顿道："我死也不舍她的呀！"

说话时，雯青就挣身坐起，喘吁吁披上衣服，套上袜儿，好容易把腿挪下床沿，趿着鞋儿，摇摇摆摆地直晃到那榻儿上，挨着彩云身体倒下，好一会儿，颤声推着彩云道："你到底怎么样呢？你知道我的心为你都使碎了！你只管装睡，给谁怄气呢？"原来彩云本未睡着，只为雯青不理她，摸不透雯青是何主意，自己怀着鬼胎，只好装睡。后来听见雯青几句情急话，又力疾起来反凑她，不免心肠一软，觉得自己行为太对不住他，一阵心酸，趁着此时雯青一推，就把双手捧了脸，钻到雯青腋下，一言不发，呜呜咽咽哭个不了。雯青道："这算什么呢？这件事你到底叫我怎么样办啊？有这会儿哭的工夫，刚才为什么拿那些没天理的话来顶撞我呢！"

说着，也垂下泪来。彩云听了，益发把头贴紧在雯青怀里，哽咽着道："我只当你从此再不近我身了。我也拼着把你一天到晚千怜万惜的身儿，由你去

孽海花

二九

割也罢，勒也罢，你就弄死我，我也不敢怨你。我只怨着我死了，再没一个知心着意的人服侍你了！我只恨我一时糊涂，上了人家的当，只当嬉皮赖脸一会儿不要紧，谁知倒害了你一生一世受苦了！这会儿后悔也来不及了！"雯青睨⑤定彩云，紧紧地拉了她手，一手不知不觉地替她拭泪道："你真后悔了么？你要真悔，我就不恨你了。谁没有一时的过失？我倒恨我自己用了这种没良心的人来害了你。这会儿没有别的，好在这事只有你知我知，过几天借着一件事，把那人打发了就完了。可是你心里要明白，你负了我，我还是这么抠心挖胆地爱你，往后你也该体谅我一点儿了！"彩云听了这些话，索性撒娇起来，一条粉臂钩住雯青的脖子，仰着脸，三分像哭，二分像笑地道："我的爷，你算白疼了我了！你还不知道你那人的脾气儿，从小只爱玩。这会儿闷在家里，自个儿也保不定一时高兴，给人家说着笑着，又该叫你犯疑了！我想倒不如死了，好叫你放心。"雯青道："死呀活的做什么，在家腻烦了，听戏也罢、逛庙也罢，我不来管你就是了。"

雯青说了这话，忽然牙儿作对地打了几个寒噤。彩云道："你怎么了？你瞧！我一不管，你就着了凉了。本来天气怪冷的，你怎么皮袍儿也不披一件就下床来呢！"雯青笑道："就是怕冷，今儿个你肯给我先暖一暖被窝儿吗？"说时，又凑到彩云耳边，低低地不知讲些什么。只见彩云笑了笑，一面连连摇着头坐起来，一面挽上头发道："算了吧，你别作死了！"那当儿，张夫人看了彩云一派狂样儿，雯青一味没气性，倒憋了一肚子的没好气，不耐烦再听那间壁戏了，只得迈步回房，自去安歇。晚景无话。

从此一连三日，雯青病已渐愈，每日起来只在房中与彩云说说笑笑，倒无一毫别的动静。直到第四天早上，张夫人还没起来，就听见雯青出了房门，到外书房会客去了。等到张大人起来，正在外套房靠着窗朝外梳妆，忽见一个小丫头慌慌张张，飞也似的从院子里跑进来。张夫人喝住道："大惊小怪做什么！"那小丫头道："老爷在外书房发脾气哩，连阿福哥都打了嘴巴赶出去了。"张夫人道："知道为什么呢？"小丫头道："听说阿福拿一个西瓜水的料烟壶儿递给老爷，不知怎么的，说老爷没接好，掉在地上打破了。阿福只道老爷还是往常的好性儿，正弯了腰低头拾那碎片儿，嘴里倒咕噜道：'怪可惜的一个好壶儿。'这话未了，不防啪地一响，脸上早着了一个嘴巴。阿福吃一吓，抬起头来，又是一下。这才看见老爷抖索索地指着他骂道：'没良心的王八羔！白养活你这么大。不想我心爱的东西，都送在你手里。我再留你，那就不用想有完全的东西了！'阿福吃了打，倒还嘴强说：'老爷自不防备，砸了倒怪我！'老爷越发拍桌的动怒，立刻要送坊办，还是金升伯伯求下来。这会儿卷铺盖去了。"张夫人听了，情知是那事儿发作了，倒淡淡地道："走了就完了，嚷什么的！"只管梳洗，也不去管他。一时间，就听雯青出门拜客去了。正是：

宦海波涛蹲百怪,情天云雨证三生。

不知雯青赶去阿福,后事如何,且听下回分解。

【注释】

①通衢(qú)广陌:通衢:四通八达的道路;陌:田间小路,泛指道路。
②荒烟蔓草:比喻空旷偏僻,冷落荒凉。
③刮剌剌:亦作"刮喇喇"。亦作"刮辣辣"。象声词。
④倭(wō)夷:日本海盗。
⑤睨(yí):斜视。

愤舆论学士修文 救藩邦名流主战

话说雯青赶出了阿福,自以为去了个花城的强敌,爱河的毒龙,从此彩云必能回首面内,委心帖耳,衽席之间不用力征经营,倒也是一桩快心的事。这日出去,倒安心乐意地办他的官事了。先到龚尚书那里,谢他帕米尔一事维持之恩;又到钱唐卿处,商量写着薛、许两钦差的信。到了第二日,就销假到衙,照常办事。光阴荏苒,倏忽又过了几月。那时帕米尔的事情,杨谊柱也查复进来,知道国界之误,已经几十年,并不始于雯青;又有薛淑云、许祝云在外边,给英、俄两政府交涉了一番,终究靠着英国的势力,把国界重新划定,雯青的事从此也就平静了。

却说有一天,雯青到了总署,也是冤家路窄,不知有一件什么事,给庄小燕忽然意见不合争论起来,争到后来,小燕就对雯青道:"雯兄久不来了,不怪于这里公事有些隔膜了。大凡交涉的事是瞬息万变的,只看雯兄养疴一个月,国家已经蹙地八百里了。这件事,雯兄就没有知道吧?"雯青一听这话,分明讥诮①他,不觉红了脸,一语答不出来。少时,小燕道:"我们别尽论国事了,我倒要请教雯兄一个典故:李玉溪道'梁家宅里秦宫入',兄弟记得秦宫是被梁大将军赶出西第来的,这个入字,好像改做出字的妥当。雯兄,你看如何?"说完,只管望着雯青笑。雯青到此真有些耐不得了,待要发作,又怕蜂虿有毒②,惹出祸来,只好纳着头,生生地咽了下来。坐了一会儿,到底坐不住,不免站起来拱了拱手道:"我先走了。"说罢,回身就往外走,昏昏沉沉忘了招呼从人。刚从办事处走到大堂廊下,忽听有两三个赶车儿的聚在堂下台阶儿上,密密切切说话,一个仿佛是庄小燕的车夫,一个就是自己的车夫。只听自己那车夫道:"别再说我们那位姨太太了,真个像馋嘴猫儿似的,贪多嚼不烂,才扔下一个小仔,倒又刮上一个戏子了!"那个车夫问道:"又是谁呢?"一个低低地说道:"也是有名的角儿,好像叫做孙三儿的。我们

孽海花

那位大人不晓得前世作了什么孽，碰上这位姨太太。这会儿天天儿赶着堂会戏，当着千人万人面前，一个在台上，一个在台下，丢眉弄眼，穿梭似的来去，这才叫现世报呢！"这些车夫原是无意闲谈，不料一句一句被雯青听得齐全，此时恍如一个霹雳，从青天里打入顶门，顿时眼前火爆、耳内雷鸣，心里又恨、又悔、又羞、又愤，迷迷糊糊欻地一步跨出门来，睁着眼喝道："你们嚷什么？快给我套车儿回家去！"那班赶车的本没防雯青此时散衙，倒都吃了一惊。幸亏那一辆油绿围红拖泥的大鞍车，驾着匹菊花青的高背骡儿，好好儿停在当院里没有卸，五六个前顶后跟的家人也都闻声赶来。那当儿，赶车的预备了车踏凳，要扶雯青上车，不想雯青只把手在车沿儿上一搭，倏地钻进了车厢，嘴里连喊着："走！走！"不一时，蹄翻轮动，出了衙门，几十只马蹄蹴③得烟尘堆乱，直向纱帽胡同而来。

才到门口，雯青一言不发，跳下车来，铁青着脸，直瞪着眼，一口气只望上房跑。几个家人在背后手忙脚乱地还跟不上。金升手里抱着门簿函牍，正想回事，看这光景，倒不敢，缩了回来。雯青一到上房，堂屋里老妈丫头正乱糟糟嚷作一团，看见主人连跌带撞地进来，背后有个家人只管给她们摇手儿，一个个都吓得往四下里躲着。雯青却一概没有看见，只望着彩云的房门认了一认，揭起毡帘直抢进去。那当儿，彩云恰从城外湖南会馆看了堂会戏回来，卸了浓妆，脱了艳服，正在梳妆台上支起了金粉镜，重添眉翠，再整鬈云，听见雯青掀帘跨进房来，手里只管调匀脂粉，要往脸上扑，嘴里说道："今儿回来多早呀！别有什么不？"说到这里，才回过头来。忽见雯青已撞到了上回并枕谈心的那张如意软云榻边，却是气色青白，神情恍惚，睁着眼愣愣地直盯在自己身上，顿了半晌，才说道："你好！你骗得我好呀！"彩云摸不着头脑，心里一跳，脸上一红，倒也愣住了。正想听雯青的下文，打算支架的话，忽见雯青说罢这两句话，身体一晃，两手一撒，便要往前磕来。彩云是吃过吓来的人，见势不好，说声："怎么了，老爷？"抢步过来，拦腰一抱，脱了官帽，禁不住雯青体重，骨碌碌倒金山、摧玉柱似的两人一齐滚在榻上。等到那班跟进来的家人从外套房赶来，雯青早已直挺挺躺好在榻上。彩云喘吁吁腾出身来，在那里老爷老爷地推叫。谁知雯青此时索性闭了眼，呼呼的鼾声大作起来。彩云轻轻摸着雯青头上，原来火辣辣热得烫手，倒也急得哭起来，问着家人们道："这是怎么说的？早起好好儿出去，这会儿到底打哪儿回来，成了这个样儿呢？"家人们笑着道："老爷今儿的病多管有些古怪，在衙门里给庄大人谈公事，还是有说有笑的；就从衙内出来，不晓得半路上听了些什么话，顿时变了，叫奴才们哪儿知道呢！"

正说着，只见张夫人也皱着眉，颤巍巍地走进来，问着彩云道："老爷呢？怎么又病了！我真不懂你们是怎么样！"彩云低头不语，只好跟着张夫人走到雯青身边，低低道："老爷发烧哩！"随口又把刚才进房的情形说了几句。

张夫人就坐在榻边儿上，把雯青推了几推，叫了两声，只是不应。张夫人道："看样儿，来势不轻呢！难道由着病人睡在榻上不成？总得想法儿挪到床上去才对！"彩云道："太太说得是。可是老爷总喊不醒，怎么好呢？"正为难间，忽听雯青嗽了一声，一翻身就硬挣着要抬起头来，睁开眼，一见彩云，就目不转睛地看她，看得彩云吃惊，不免倒退了几步。忽见雯青手指着墙上挂的一幅德将毛奇的画像道："哪，哪，哪，你们看一个雄赳赳的外国人，头顶铜兜，身挂勋章，他多半是来抢我彩云的呀！"张夫人忙上前扶了雯青的头，凑着雯青道："老爷醒醒，我扶你上床去，睡在家里，哪有外国人！"雯青点点头道："好了，太太来了！我把彩云托给你，你给我好好收管住了，别给那些贼人拐了去！"

张夫人一面噢噢地答应，一面就趁势托了雯青颈脖，坐了起来，忙给彩云招手道："你来，你先把老爷的腿挪下榻来，然后我抱着左臂，你扶着右臂，好歹弄到床上去。"彩云正听着雯青的话有些胆怯，忽听张夫人又叫她，磨蹭了一会儿，没奈何，只得硬着头皮走上来，帮着张夫人半拖半抱，把雯青扶下地来，站直了，卸去袍褂，慢慢地一步一晃地迈到了床边儿上。此时雯青并不直视彩云，倒伸着头东张西望，好像要找一件东西似的。一时间眼光溜到床前镜台上摆设的一只八音琴，就看住了。原来这八音琴与寻常不同，是雯青从德国带回来的，外面看着是一只火轮船的雏形，里面机栝，却包含着无数音谱，开了机关，放在水面上，就会一面启轮，一面奏乐的。不想雯青愣了一会儿，喊道："啊呀，不好了！萨克森船上的质克，驾着大火轮，又要来给彩云寄什么信了！太太，这个外国人贼头鬼脑，我总疑着他。我告你，防着点儿，别叫他上我门！"

雯青这句话把张夫人倒蒙住了，顺口道："你放心，有我呢，谁敢来！"彩云却一阵心慌，一松手，几乎把雯青放了一跤。张夫人看了彩云一眼道："你怎么的？"于是妻妾两人轻轻地把雯青放平在床上，垫平了枕，盖严了被，张夫人已经累得面红气促，斜靠在床栏上。彩云刚刚跨下床来，忽见雯青脸色一红，双眉直竖，满面怒容，两只手只管望空乱抓。张夫人倒吃一惊道："老爷要拿什么？"雯青睁着眼道："阿福这狗才，今儿我抓住了，一定要打死他！"张夫人道："你怎么忘了？阿福早给你赶出去了！"雯青道："我明明看见他笑嘻嘻，手里还拿了彩云的一支钻石莲蓬簪，一闪就闪到床背后去了。"张夫人道："没有的事，那簪儿好好插在彩云头上呢！"雯青道："太太你哪里知道？那簪儿是一对儿呢，花了五千马克，在德国买来的。你不见如今只剩了一支了吗？这一支，保不定明儿还要落到戏子手里去呢！"说罢，嗐了一声。张夫人听到这些话，无言可答，就揭起了半角帐儿，望着彩云。只见彩云倒躲在墙边一张躺椅上，低头弄着手帕儿。张夫人不免有气，就喊道："彩云！你听老爷尽说胡话，我又搅不清你们那些故事，还是你来对答两句，

孽海花

一二三

倒怕要清醒些哩！"

彩云半抬身挪步前行，说道："老爷今天七搭八搭，不知道说些什么，别说太太不懂，连我也不明白，倒怪怕的。"说时已到床前，钻进帐来，刚与雯青打个照面。谁知这个照面不打倒也罢了，这一照面，顿时雯青鼻掮唇动，一手颤索索拉了张夫人的袖，一手指着彩云道："这是谁？"张夫人道："是彩云呀！怎么也不认得了？"雯青咽着嗓子道："你别骗我，哪里是彩云？这人明明是赠我盘费进京赶考的那个烟台妓女梁新燕。我不该中了状元，就背了旧约，送她五百银子，赶走她的。"说到此，咽住了，倒只管紧靠了张夫人道："你救我呀！我当时只为了怕人耻笑，想不到她竟会吊死，她是来报仇！"一言未了，眼睛往上一翻，两脚往上一伸，一口气接不上，就厥了过去。张夫人和彩云一见这光景，顿时吓做一团。满房的老妈丫头也都鸟飞鹊乱起来，喊的喊，拍的拍，握头发的，掐人中的，闹了一个时辰，才算回了过来。寒热越发重了，神智越发昏了，直到天黑，也没有清楚一刻。张夫人知道这病厉害，忙叫金升拿片子去请陆大人来看脉。

槃如听几句张夫人说来的病源，看一回雯青发现的气色，一切脉，就摇头说不好，这是伤寒重症，还夹着气郁房劳，倒有些棘手。少不得尽着平生的本事，连底儿掏摸出来，足足磋磨了一个更次，才把那张方儿的君臣佐使配搭好了，交给张夫人，再三嘱咐，必要浓煎多服。槃如自以为用了背城借一的力量，必然有旋乾转坤的功劳。谁知一帖不灵，两帖更凶，到了第三日爽性药都不能吃了。

等到小燕叫稚燕来看雯青，却已到了香迷铜雀、雨送文鸳的时候。那时雯青的至好龚和甫、钱唐卿都聚在那里，帮着槃如商量医药。稚燕走进来，彼此见了，稚燕就顺口荐了个外国医生，和甫、唐卿倒表极口赞成，劝槃如立刻去延请。槃如摇着头道："我记得从前曾小侯信奉西医，后来生了伤寒症，发热时候，西医叫预备五六个冰桶围绕他，还搁一块冰在胸口，要赶退他的热。谁知热可退了，气却断了。这事我可不敢作主。请不请，去问雯青夫人吧！"和甫、唐卿还想说话，忽听见里面一片哭声，沸腾起来，却把个文园病渴的司马相如，竟做了玉楼赴召的李长吉了。稚燕趁着他们扰乱的时候，也就溜之大吉。倒是龚和甫、钱唐卿，究竟与雯青道义之交，肝胆相托，竟与槃如同做了托孤寄命的挚友，每日从公之余，彼来此往，帮着槃如料埋雯青的后事，一向劝慰张夫人，安顿彩云；一面发电苏州，去叫雯青的长子金继元到京，奔丧成服。后来发讣开丧，倒也异常热闹。

开丧之后，过了些时，龚和甫、钱唐卿正和槃如想商量劝张夫人全家回南。还未议定，谁知那时中国外交上恰正起了一个绝大的风波，龚、钱两人也就无暇来管这些事了。就是做书的，顾不得来叙这些事了。你道那风波是怎么起的？原来就为朝鲜东学党的乱事闹得大起来，果然朝王到我国来请兵救援。

我国因朝鲜是数百年极恭顺的藩属，况甲申年金玉均、洪英植的乱事，也靠着天兵戡平祸乱的。这回来请兵，也就按着故事，叫北洋大臣威毅伯先派了总兵鲁通一统了盛军马步三千，提督言紫朝领了淮军一千五百人，前去救援。

谁知就在这一片轰轰烈烈的开战声中，倒有两个潇潇洒洒的出奇人物，冒了炎风烈日，带了砚匣笔床，特地跑到后载门外的什刹海荷花荡畔一座酒楼上，凭栏寄傲，把盏论文。你道奇也不奇？那当儿，一轮日大如盘，万顷花开似锦，隐隐约约的是西山岚翠，缥缥缈缈的是紫禁风烟，都趁着一阵熏风，向那酒楼扑来。看那酒楼，却开着六扇玻璃文窗，护着一桁冰纹画槛，靠那槛边，摆着个湘妃竹的小桌儿，桌上罗列些瓜果蔬菜，茶具酒壶，破砚残笺、断墨秃笔也七横八竖的抛在一旁。桌左边坐着个丰肌雄干，眉目开张，岸然不愧伟丈夫，却赤着膊，将辫子盘在头顶，打着一个椎结。右边那个，却是气凝骨重，顾视清高，眉宇之间，秋色盎然，身穿紫葛衫，手摇雕翎扇。你道这两人到底是谁？原来倒是书中极熟的人儿，左边的就是有名太史闻韵高，右边的却是新点状元章直蜚。两人酒酣耳热，接膝谈心，把个看花饮酒的游观场，当了运筹决策的机密室了。

只见闻韵高眉一扬，鼻一掀，一手拿着一海碗的酒，望喉中直倒；一手把桌儿一拍，含糊地道："大事去了，大事去了！听说朝王房了，朝妃囚了，牙山开了战了！威毅伯还在梦里，要等英、俄公使调停的消息哩！照这样因循坐误，无怪有名的御史韩以高约会了全台，在宣武门外松筠庵开会，提议参劾哩！前儿庄焕英爽性领了日本公使小村寿太郎觐见起来，当着皇上说了多少放肆的话。我倒不责备庄焕英那班媚外的人，我就不懂我们那位龚老师身为辅弼，听见这些事也不阻挡，也没决断！我昨日谒见时，空费了无数的唇舌。难道老夫子心中，'和''战'两字，还没有拿稳吗？"章直蜚仰头微笑道："大概摸着些边儿了，拿稳我还不敢说。我问你，昨儿你到底说了些什么？"韵高道："你问我说的吗？我说日本想给我国开战并非临时起意的，其中倒有四个原因：甲申一回，李应是被我国房来，日本不能得志，这是想雪旧怨的原因；朝鲜通商，中国掌了海关，日廷无利可图，这是想夺实利的原因；前者王太妃薨逝，我朝遣使致唁，朝鲜执礼甚恭，日使相形见绌，这是相争虚文的原因；金玉均久受日本庇护，今死在中华，又戮了尸，大削日本的体面，这是想洗前羞的原因。攒积这四原因，酝酿了数十年，到了今日，不过借着朝鲜的内乱，中国的派兵做个题目，发泄出来。饿虎思斗、夜郎自大，我国若不大张挞伐④，一奋神威，靠着各国的空文劝阻，他哪里肯甘心就范呢！多一日迟疑，便失一天机会，不要弄到他倒招招争先，我竟步步落后，那时悔之晚矣！我说的就是这些话，你看怎么样？"

直蜚点点头道："你的议论透辟极了。我也想我国自法、越战争以来，究竟镇南的小胜，不敌马尾的大败。国威久替，外侮丛生，我倒常怕英、俄、法、德各大国，不论哪一国来尝试尝试，都是不了的。不料如今首先发难的，倒是区区岛国。虽说几年来变法自强，蒸蒸日上，到底幅员不广，财力无多。他既要来螳臂当车，我何妨去全狮搏兔，给他一个下马威，也可发表我国的兵力，叫别国从此不敢正视。这是对外的情形，固利于速战，何况中国正办海军。上回南北会操时候，威毅伯的奏报也算得铺张扬厉了，但只是操演的虚文，并未经战斗的实验。即旗绿淮湘，陆路各军，自平了太平军，也闲散久了，恐承平无事，士不知兵，正好趁着这番大战他一场，借硝烟弹雨之场，寓秋狝春苗之意，一旦烽烟有警，鼙鼓不惊。这是对内说，也不可不开战了。在今早就把这两层意思，在龚老师处递了一个手折，不瞒你说，老师现在是排斥众议，力持主战。听说高理惺中堂、钱唐卿侍郎，亦都持战论。你看不日就有宣战的明文了。你有条陈，快些趁此时上吧！"

韵高忙站起来，满满地斟了一大杯酒道："得此喜信，胜听挞音，当浮一大白！"于是一口气喝了酒，抓了一把鲜莲子过了口，朗吟道："东海湄，扶桑浇，欲往从之多蛇豸！乘风破浪从此始。"直蜚道："壮哉，韵高！你竟想投笔从戎吗？"韵高笑道："非也。我今天做了一篇请征倭的折子，想立刻递奏的，恐怕单衔独奏，太觉势孤，特地请你到这里来商酌商酌，会衔同奏何如？"说着，就从桌上乱纸堆中抽出一个折稿子，递给直蜚。直蜚一眼就见上面贴着一条红签儿，写着事由道：

奏为请饬海军，速整舰队游弋日本洋，择要施攻，以张国威而伸天讨事。

直蜚看了一遍，拍案道："此上策也！不入虎穴，焉得虎子？就怕海军提督胆小如鼠，倒弄得画虎不成反类犬耳！"说着，就从衣袋里掏出一张白纸条儿，给韵高看道："你只看威毅伯寄丁雨汀的电报，真叫人又好气又好笑哩！"韵高接着看时，只见纸上写着道：

复丁提督：牙山并不在汉口内口，汝地图未看明，大队到彼，倭未必即开仗！夜间若不酣睡，彼未必即能暗算，所谓人有七分怕鬼也。言紫朝在牙，尚能自固，暂用不着汝大队去；将来俄拟派兵船，届时或令汝随同观战。稍壮胆气。

韵高看罢，大笑道："这必然是威毅伯檄调海军，赴朝鲜海面为牙山接应，丁雨汀不敢出头，反饰词慎防日军暗袭，电商北洋，所以威毅伯有这复电，也算得善戏谑兮！传之千古，倒是一则绝好笑史。不过我想把国家数万里海权，付之若辈庸奴，一旦偾事，威毅伯的任用匪人，也就罪无可逭了。"直蜚道："我听说湘抚何太真，前日致书北洋，慷慨请行，愿分战舰队一队，身任司令，要仿杜元凯楼船直下江南故事。威毅伯得书哈哈大笑，置之不复。我看何珏斋虽系书生，然气旺胆壮，大有口吞东海之概，真派他统率海军，或者能建奇功也未可知。"两人一面饮酒议论，一面把那征倭的疏稿反反复复看了几遍。直蜚提起笔来，斟酌了几个字，署好了衔名，说道："我想先带这疏稿送给龚老师看了，再递何如？"韵高想了想，还未回答，忽听楼梯上一阵脚步声，随后就见一人满头是汗、气喘吁吁地掀帘进来，向着直蜚道："老爷原来在这里。即刻龚大人打发人来告诉老爷，说日本给我国已经开战了，载兵去的英国高升轮船已经击沉了，牙山大营也打了败仗了。龚大人和高扬藻高尚书忧急得很，现在都在龚府，说有要事要请老爷去商量哩！"两人听了都吃了一惊，连忙收起了折稿，付了酒钱，一同跑下楼去，跳上车儿，直向龚尚书府第而来。正是：

半夜文星惊黯淡，一轮旭日照元黄。

不知龚尚书来招章直蜚有何要事，且听下回分解。

【注释】

①讥诮(qiào)：风言冷语地讥嘲。

②蜂虿(chài)有毒：虿：蝎子一类的毒虫。比喻有些人物，地位虽低，但能害人，不可轻视。

③蹴(cù)：踏。

④挞(tà)伐：讨伐。

疑梦疑真司农访鹤　七擒七纵巡抚吹牛

话说章直蜚和闻韵高两人出了什刹海酒楼，同上了车，一路向东城而去。才过了东单牌楼，下了甬道，正想进二条胡同的口子，韵高的车走得快，忽望见口子边团团围着一群人，都仰着头向墙上看，只认做厅的告示。不经意地微微回着头，陡觉得那告示有些特别，不是楷书，是隶书，忙叫赶车儿勒住车缰，定睛一认，只见那纸上横写着四个大字"失鹤零丁"，而且写得奇古朴茂，不是龚尚书，谁写得出这一笔好字？急忙跳下车来，恰好直蜚的车也赶到。直蜚半揭着车帘喊道："韵高兄，你下车做什么？韵高招手道："你快下来，看龚老夫子的妙文！"真的直蜚也下了车，两人一同挤到人堆里，抬头细看那墙上的白纸，写着道：

敬白诸君行路者：敢告我昨得奇梦，梦见东天起长虹，长虹绕屋变黑蛇，口吞我鹤甘如蔗，醒来风狂吼猛虎，鹤篱吹倒鹤飞去。失鹤应梦疑不祥，凝望辽东心惨伤！诸君如能代寻访，访着我当赠金偿！请为诸君说鹤状：我鹤翩跹白逾雪，玄裳丹顶脚三节。请复重陈其身躯：比天鹅略大，比鸵鸟不如，立时连头三尺余。请复重陈其神气：昂头侧目睨云际，俯视群鸡如蚂蚁，九皋清唳触天忌。诸君如能还我鹤，白金十两无扣剥；倘若知风报信者，半数相酬休嫌薄。

不一会儿,已到了龚府前,家人投了帖,早有个老门公把两人一直领到花园里。直蜚留心看那园庭里的鹤亭,是新近修编,扩大了些,亭里却剩下一只孤鹤。那四面厅上,窗槛全行卸去,挂了四扇晶莹夺目的穿珠帘,映着晚霞,一闪一闪的晕成虹彩。龚尚书已笑着迎上来道:"韵高也同来,好极了!你们在哪里碰见的?我和理惺中堂正有事和两位商量哩!"

　　那时望见高理惺丰颐广颡,飘着花白的修髯,身穿葛纱淡黄袍,腰系汉玉带钩,挂着刻丝佩件,正在西首一张桌上坐着吃点心,也半抠身地招呼着,问吃过点心没有。直蜚道:"门生和韵高兄都在什刹海酒楼上痛饮过了。韵高有一个请海军游弋①日本洋的折稿,和门生商量会衔同递,恰遇着龚老师派人来邀,晓得老师也在这里,所以拉了韵高一块儿来。门生想日本既已毁船接仗,是衅非我开,朝廷为什么还不下宣战的诏书呢?"龚尚书道:"我和高中堂自奉派会议朝鲜交涉事后,天天到军机处。今天小燕报告了牙山炮毁运船的消息,我和高中堂都主张明发宣战谕旨,却被景亲王和祖苏山挡住,说威毅伯有电,要等英使欧格纳调停的回信,这有什么法子呢!"

　　韵高愤然道:"这一次大局,全坏在威毅伯倚仗外人,名为持重,实是失机。外人各有所为,哪里靠得住呢!"高中堂道:"贤弟所论,我们何尝不知。但目前朝政,迥不如十年前了!外有枢臣把持,内有权珰播弄,威毅伯又刚愎②骄纵如此,而且宫闱内讧日甚一日。这回我和龚尚书奉派会议,太后还传谕,叫我们整顿精神,不要再像前次办理失当。咳!我看这回的军事一定要糟。不是我迷信灾祥,你想,二月初一日中的黄晕,前日打坏了宫门的大风,雨中下降的沙弹,陶然亭的地鸣,若汇集了编起《五行志》来,都是非常的灾异。把人事天变参合起来,只怕国运要从此大变。"

　　龚尚书忽然蹙着眉头叹道:"被理翁一提,我倒想起前天的奇梦来了。我从八瀛故后,本做过一个古怪的梦,梦见一个白须老人在一座石楼梯上,领我走下一道深的地道,地道尽处豁然开朗,倒进了一间似庙宇式的正殿。看那正殿里,居中挂着一盏琉璃长明灯,上面供着个高大的朱漆神龛,龛里塑着三尊神像:中坐的是面目轩露,头戴幞头③,身穿仿佛武梁祠画像的古衣服,左手里握着个大龟,面目活像八瀛。我问白须老人:'这是什么神像?'那老人只对我笑,老不开口。我做这梦时,只当是思念故友,偶然凑合。谁知一梦再梦,不知做了多少次,总是一般。这已经够稀奇了!不想前天,我又做了个更奇的梦,我入梦时好像正当午后,一轮斜日沉在惨淡的暮云里。忽见东天又升起一个光轮,红得和晓日一般,倏忽间,那光轮中发出一声怪响,顿时化成数百丈长虹,长蛇似的绕了我屋宇。我吃一吓,定睛细认,哪里是长虹,红的忽变了黑,长虹变了大蟒,屋宇变了那三尊神像的正殿。那大蟒伸进头来,张开大口,把那上首神像身边的白鹤,生生吞下肚去。我狂喊一声,猛地醒来,才知道是一场午梦,耳中只听得排山倒海的风声,园中树木的摧折声,门窗砰砰的开关声。恰好我的侄孙弓夫和珠哥儿，他们父子俩跟跄跄地奔进来，嘴里喊着：'今天好大风，把鹤亭吹坏，一只鹤向南飞去了！'我听了这话，心里觉得梦兆不祥，也和理翁的见解一样，大有风声鹤唳、草木皆兵之感。后来弓夫见我不快，只道是为了失鹤，就说：'飞去的鹤，大概不会过远，我们何妨出个招贴，悬赏访求。'我便不由自主地提起笔来，仿戴良'失父零丁'，做了一篇'失鹤零丁'，写了几张八分书的'零丁'，叫拿去贴在街头巷口。贤弟们在路上大概总看见过罢？贤弟们要知道，这篇小品文字虽是戏墨，却不是蒙庄的《逍遥游》，倒是韩非的《孤愤》！"

直蜚正色道："两位老师误了！两位老师是朝廷柱石，苍生霖雨，现在一个谈灾变，一个说梦占，这些颓唐愤慨的议论，该是不得志的文士在草庐吟啸中发的，身为台辅，手执斧柯，像两位老师一样，怎么好说这样咨嗟叹息的风凉话呢？依门生愚见，国事越是艰难，越要打起全副精神，挽救这个危局。第一不讲空言，要定办法。"高中堂笑道："贤弟责备得不错。但一说到办法，就是难乎其难。韵高请饬海军游弋日本洋，这到底是空谈还是办法呢？"韵高道："门生这个折稿，是未闻牙山消息以前做的，现在本不适用了。目前替两位老师画策，门生倒有几个扼要的办法。"龚尚书道："我们请两位来，为的是要商量定一个入手的办法。"韵高道："门生的办法，（一）宣示宗旨。照眼下形势，没有讲和的余地了，只有赶速明降宣战谕旨，布告中外，不要再上威毅伯的当。（二）更定首辅。近来枢府疲顽已极，若仍靠着景王和祖苏山的阿私固宠，庄庆藩的龙锺衰迈，格拉和博的颠顸③庸懦，如何能应付这种非常之事？不如仍请敬王出来做个领袖，两位老师也该当仁不让，恢复光绪十年前的局面。（三）慎选主帅。前敌陆军鲁、言、马、左，各自为主，差不多有将无帅，必须另简资深望重的宿将，如刘益焜、刘瞻民等。海军提督丁雨汀，坐视牙危，畏葸纵敌，极应查办更换。"直蜚抢说道："门生还要参加些意见，此时最重要的内政，还有停止万寿的点景，驱除弄权的内监，调和两宫的意见。军事方面，不要专靠淮军，该参用湘军的将领。陆军统帅，最好就派刘益焜。海军必要个有胆识、不怕死的人，何太真既然自告奋勇，何妨利用他的朝气；彭刚直初出来时，并非水师出身，也是个倔强书呆……"

正说到这里，家人通报钱大人端敏来见。龚尚书刚说声"请"，唐卿已抢步上厅，见了龚尚书和高中堂，又和章、闻二人彼此招呼了，就坐下便开口道："刚才接到珏斋由湘来电，听见牙山消息，愤激得很，情愿牺牲生命，坚请分统海军舰队，直捣东京。倘这层做不到，便自率湘军出关，独当陆路。恐怕枢廷有意阻挠，托我求中堂和老师玉成其志，否则他便自己北来。现在电奏还没发，专候复电。我知道中堂也在这里，所以特地赶来相商。"龚尚书微笑道："珏斋可称懋冠一时。直蜚正在这里保他统率海军，不想他已急

孽海花

一三九

不可待了！"高中堂道："威毅伯始终回护丁雨汀，枢廷也非常左袒，海军换人，目前万办不到。"龚尚书道："接统海军虽然一时办不到，唐卿可以先复一电，阻他北来。电奏请他尽管发。他这一片舍易就难、忠诚勇敢的心肠，实在令人敬佩。无论如何，我们定要叫他们不虚所望。理翁以为如何？"高中堂点头称是。当时大家又把刚才商量的话，一一告诉了唐卿。唐卿也赞成闻、章的办法，彼此再细细计议了一番，总算把应付时局的大纲决定了。唐卿也就在龚尚书那里拟好了复电，叫人送到电局拍发。谈了一会儿闲话，各自散了。

不想这个电报发去后，好像石沉大海，消息杳然，倒是两国交涉破裂的消息，一天紧似一天。高升运船击沉了，牙山不守，成欢打败，不好的警信雪片似的飞来。统帅言紫朝还在那里捏报胜仗，邀朝廷二万两的奖赏，将弁数十人的奖赏。珏斋不禁义愤填膺，自己办了个长电奏，力请宣战，并自请帮办海军，兼募湘勇，水陆并进，身临前敌；立待要发，被鲁师曶拦住，劝他先电唐卿，一探龚、高两尚书的意旨如何，再发也不为迟。珏斋听了有理，所以有唐卿这番的洽商。唐卿的电复，差不多当夜就接到。珏斋看了，觉满意，把电奏又修改了些，添保了几个湘军宿将韦广涛、季九光、柳书元等，索性把俞虎丞也加入了。发电后，就唤了俞虎丞来，限他一个月内募足湘勇八营做亲军。又吩咐修整枪械，勤速操练。又把生平得意的《枪炮准头练习法》，印刷了数千本，发给各营将领实习。又召集了司、道、府、县，筹议服装饷糈，并结束许多未了的公事，足足忙了一个多月。

那时，与日本宣战的明谕早发布了。日公使匡次芳也下旗回国了。陆军方面，言、鲁、马、左四路人马，在平壤和日军第一次正式开战，被日军杀得辙乱旗靡，只有左伯圭在玄武门死守血战，中弹阵亡。海军方面，丁雨汀领了定远、镇远、致远等十一舰，和日海军十二舰在大东沟大战，又被日军打得落花流水，沉了五舰，只有致远管带邓方昶血战弹尽，猛扑敌舰，误中鱼雷，投海而死。朝旨把言、鲁逮问；丁雨汀革职戴罪自效；威毅伯也拔去三眼花翎，褫去黄马褂。起用了老敬王会办军务，添派宋钦领毅军、刘成佑领铭军、依唐阿领镇边军，都命开赴九连城。大局颇有岌岌可危的迹象。

同时珏斋也迭奉电旨，申饬他的率请帮办海军，却准他募足湘军二十营，除俞虎丞八营本属亲军外，韦广涛六营、柳书元六营，也都归节制；命他即日准备，开赴关外。好在珏斋布置早已就绪，军士操演亦渐纯熟，一奉旨意，一面饬令俞虎丞星夜整装，逐批开拔；一面自己把抚署的事部署停当，便带了一班亲信的幕僚随后启行，先到天津，一来和威毅伯商购精枪快炮，二来和户部筹拨饷款。谁知到了天津，发生了许多困难，定购的枪炮，一时也到不了手。光阴如箭，忙忙碌碌中，不觉徊翔了三个多月，时局益发不堪了。自九连城挫败后，日兵长驱直入，连破了凤凰岫严，直到海城、旅顺、威海卫也相继失守，弄得陵寝震惊，畿辅摇动，天颜有喜的老佛爷，也变了低眉入定的法相，只得把六旬庆典，停止了点景。把老敬王派在军务处，节制各路兵马，兼领军机；把枢廷里庄庆藩、格拉和博两中堂开去，补上龚平、高扬藻，又添上一个广东巡抚耿义；把刘益焜派了钦差大臣，节制关内外防剿各军；珏斋和宋铁派了帮办，而且下了严旨，催促开拨。在这种人心惶惶的时候，珏斋却好整以暇，大有轻裘缓带的气象，只把军队移驻山海关，还是老等他未到的枪炮。一直到开了年，正月元宵后，才浩浩荡荡地出了关门，直抵田庄台，进逼海城。

一到之后，便择了一所大庙宇做了大营。只为那庙门前有一片百来亩的大广场，可做打靶操演之用，合了珏斋之意。跟去的一班幕僚，看看珏斋这种从容不迫的态度，看他每天一早，总领他新练专门打靶的护勇三百人、他称做虎贲营的，逐日认真习练准头，打完靶后，随后便会客办公。吃过午饭，不是邀了廉蕖夫、余汉青几个清客画山水、拓金石，一到晚上，关起门来，秉烛观书。大家都疑惑起来。汪子升尤其替他担忧，想劝谏几句，老没得到机会。

却说那天，正是刚到田庄台的第一个早晨，晓色朦胧，鸟声初噪，子升还在睡眼惺忪、寒恋重衾的时候，忽然一个弁兵推门进来喊道："大帅就要上操场，大人们都到那边候着，我们洪大人先去，叫我招呼汪大人马上去！"说完，那弁兵就走了。子升连忙起来，盥漱好，穿上衣冠，迤逦走将出来，一路朔风扑面，凝霜满阶，好不凄冷！看看庙内外进进出出的人，已经不少。门口有两个红漆木架，上首架上，插着一面随风飞舞的帅字大纛旗；下首竖起一扇五六尺高白地黑字的木牌，牌上写着"投诚免死牌"五个大字，是方棱出角的北魏书法。抬起头来，又见门右粉墙上，贴着一张大的告示，写来伸掌躺脚，是仿黄山谷体的，都是珏斋的亲笔。走近细看那告示时，只见上面先写一行全衔，全衔下却写着道：

为出示晓谕事：本大臣恭奉简命，统率湘军，训练三月，现由山海关拔队东征，不久当与日本决一胜负。本大臣讲求枪炮准头，十五六年，所练兵勇，均以精枪快炮为前队，堂堂之阵，正正之旗，能进不能退，能胜不能败，日本以久顿之兵，岂能当此生力军乎！惟本大臣率仁义之师，素以不嗜杀人为贵，念尔日本人民，迫于将令，暴师在外，拼千万人之性命，以博大鸟圭介之喜快。本大臣欲救两国人民之命，自当剀切晓谕：两军交战之后，凡尔日本兵官，逃生无路，但见本大臣所设投诚免死牌，即缴出刀枪，跪伏牌下，本大臣专派委员，收尔入营，一日两餐，与中国人民，一律看待。事平之后，送尔归国。本大臣出此告示，天神共鉴，决不食言。若竟执迷死拒，与本大臣接战三次，胜负不难立见。迨至该兵三战三北之时，本大臣自有七纵七擒之计，请鉴前车，毋贻后悔！切切特示。

子升一口气把告示读完，正在那里赞叹他的文章，纳罕他的举动，忽听里面一片声地嚷着大帅出来了，就见珏斋头戴珊瑚顶的貂皮帽，身穿曲襟蓝绸獭袖青狐皮箭衣，罩上天青绸天马出风马褂，腰垂两条白缎忠孝带，仰着头，缓步出来。前面走着几个戈什哈，廉蕊夫和余汉青左右夹侍；后边跟着一群护兵，蜂拥般地出庙。子升只好上前参谒，跟着同到前面操场。只见场上远远立着一个红心枪靶，虎贲三百人都穿了一色的号衣，肩上捎着有刺刀的快枪，在晓日里耀得寒光凛凛，一字儿两边分开；还有各色翎顶的文武官员，也班分左右。子升见英石、师岂已经先到，就挤入他们班里。那时珏斋一人站在中央，高声道："我们今天是到前敌的第一日，说不定一两天里就要决战。趁着这打靶的闲暇，本帅有几句话和大家讲讲。你们看本帅在湘出发时候，勇往直前，性急如火，一比从天津到这里，这三个多月的从容不迫，迟迟我行，我想一定有许多人要怀疑不解。大家要知道，这不是本帅的先勇后怯，这正是儒将异乎武夫的所在。本帅在先的意思，何尝不想杀敌致果，气吞东海呢！后来在操兵之余，专读《孙子兵法》，读到第三卷《谋攻篇》，颇有心得，彻悟孙子所说'不战而屈人之兵'的道理，完全和孟子'仁者无敌'的精神是一贯的，所以我的用兵更上了一层。仰体天地好生之德，不愿多杀人为战功，只要有确实把握的三大捷，约毙日兵三五千人，就可借军威以行仁政，使日人不战自溃。今天发布的告示和免死牌，就是这个战略的发端。但你们一定要问本帅大捷的把握在哪里？本帅不是故作惊人的话，就在这场上打靶的三百虎贲身上。本帅练成这虎贲营，已经用去一两万元的赏金。这打靶的规则，立着五百步的小靶，每人各打五枪，五枪都中红心，叫做'全红'，便赏银八两。近来每天赏银多至一千余串，一勇有得银二三十两的，可见全红的越多了。这种精技西人偶然也有，绝没有至数百人；便和泰西各国交绥，他们也要退避三舍⑤，何况区区日本！所以本帅只看技术的成否，不管出战的迟速；枪炮的精良，湘勇的勇壮，还是其次。胜仗搁在荷包里，何必急急呢！到了现在，已到了炉火纯青的气候，正是弟兄们各显身手的时期。本帅希望弟兄们牢牢记着的训词，只有'不怕死，不想逃'六个大字，不但恢复辽东，日本人也不足平了。本帅的话，也说完了。我们还是来打一次练习的靶，仍旧是本帅自己先试，以后便要文行了。"说罢，叫拿枪来。戈什献上一支德国五响的新式快枪。珏斋手托了枪，埋好脚步，侧着头，挤紧眼，瞄好准头，一缕白烟起处，砰然一声，一颗弹丸呼的恰从红心里穿过，烟还未散，第二声又响，一连五响，都中在原洞里。合场欢呼，唱着新编的凯旋歌，奏起军乐，大家都严肃地站得齐齐的。只有廉蕊夫跨出了班，左手拿着一张白纸，右手握了一根烧残的细柳条，在那里东抹西涂。珏斋回顾他道："蕊夫，你做什么？"蕊夫道："我想今天的胜举，不可无图以纪之。我在这里起一幅田庄打靶图的稿子，将来流传下去，画史上也好添一段英雄佳话。"珏斋道："这也算个新式的雅歌投壶吧！"说罢，仰面而笑。就在这笑声里，俞虎丞忽在人丛里挤了出来，向珏斋行了个军礼，呈上一个电报信儿。珏斋拆开看时，

孽海花

一三三一

原来是个廷寄,看罢,叹了一口气。正是:

半日偷闲谈异梦,一封传电警雄心。

不知廷寄说的何事,且待下回细说。

【注释】

①游弋(yì):巡逻。
②刚愎(bì):倔强执拗,固执己见。
③幞头:亦名折上巾。又名软裹。一种包头的软巾。
④颟顸(mān hān):糊涂而马虎。
⑤退避三舍:比喻退让和回避,避免冲突。

主妇索书房中飞赤凤 天家脱辐被底卧乌龙

话说珏斋在田庄台大营操场上演习打靶,自己连中五枪,正在唱凯歌、留图画、志得意满的当儿,忽然接到一个廷寄,拆开看时,方知道他被御史参了三款:第一款逗留不进,第二滥用军饷,第三虐待兵士。枢廷传谕,着他明白回奏。看完,叹了一口气道:"悠悠之口不谅人,怎能不使英雄短气!"就手递给子升道:"贤弟替我去办个电奏吧!第一款的理由,我刚才已经说明;第二款大约就指打靶赏号而言;只有第三,适得其反,真叫人无从索解,尽贤弟去斟酌措辞就是了。龚尚书和唐卿处该另办一电,把这里的情形尽量详告。好在唐卿新派了总理衙门大臣,也管得着这些事了,让他们奏对时有个准备。"子升唯唯地答应了。

我且暂不表珏斋在这里的操练军士、预备迎战。再说唐卿那日在龚尚书那里发了珏斋复电,大家散后,正想回家再给珏斋写一封详信报告情形。走到中途,忽见自己一个亲随骑马迎来,情知家里有事,忙远远地问什么事。那家人道:"金太太派金升来请老爷,说有要事商量,立刻就去。陆大人已在那里候着。"唐卿心里觉诧异,吩咐不必回家,拨转马头,径向纱帽胡同而来,进了金宅,只见雯青的嗣子金继元,早在倒厅门口迎候,嘴里说着:"请世伯里面坐,陆姻伯早来了。"唐卿跨进门来,一见拳如就问道:"雯青夫人邀我们什么事?"拳如笑道:"左不过那些雯青留下的罪孽罢咧!"

道言未了,只听家人喊着太太出来了。毡帘一揭,张夫人全身缟素地走进来,向钱、陆两人叩了个头,请两人上炕坐,自己靠门坐着,含泪说道:"今天请两位伯伯来,并无别事,为的就是彩云。这些原是家务小事,两位伯伯都是忙人,本来不敢惊动,无奈妾身向来懦弱,继元又是小辈,真弄得没有办法。两位伯伯是雯青的至交,所以特地请过来,替我出个主意。"唐卿道:"嫂

孽海花

一三三

嫂且别说客气话，彩云到底怎样呢？"张夫人道："彩云的行为脾气，两位是都知道的。自从雯青去世，我早就知道是一件难了的事。在七里，看她倒悲伤，哭着时，口口声声说要守，我倒放些心了。谁晓得一终了七，她的原形渐渐显了，常常不告诉我，出去玩耍，后来索性天天看戏，深更半夜地回来，不干不净的风声又刮到我耳边来。我老记着雯青临终托我收管的话，不免说她几句，她就不三不四跟我瞎吵。近来越闹越不像话，不客气要求我放她出去了。二位伯伯想，热辣辣不满百天的新丧，怎么能把死者心爱的人让她出这门呢？不要说旁人背后要议论我，就是我自问良心，如何对得起雯青呢？可是不放她出去，她又闹得你天翻地覆、鸡犬不宁，真叫我左右为难。"说着，声音都变了哽咽了。搴如一听这话，气得跳起来道："岂有此理！嫂嫂本来太好说话！照这种没天良的行径，你该拿出做太太的身份来，把家法责打了再和她讲话！"

唐卿忙拦住道："搴如，你且不用先怒，这不是蛮干得来的事。嫂嫂请我们来，是要给她想个两全的办法，不是请我们来代行家长职权的。依我说："……"正要说下去，忽见彩云倏地进了厅来，身穿珠边滚鱼肚白洋纱衫，缕空衬白挖云玄色明绸裙，梳着个乌光如镜的风凉髻，不戴首饰，也不涂脂粉，打扮得越是素靓，越显出丰神绝世，一进门，就站在张夫人身旁朗朗地道："陆大人说我没天良，其实我正为了天良发现，才一点不装假，老老实实求太太放我走。我说这句话，仿佛有意和陆大人别扭似的，其实不相干，陆大人千万别多心！老爷一向待我的恩义，我是人，岂有不知；半路里丢我死了，十多年的情分，怎么说不悲伤呢！刚才太太说在七里悲伤，愿意守，这都是真话，也是真情。在那时候，我何尝不想给老爷争口气、图一个好名儿呢？可是天生就我这一副爱热闹、寻快活的坏脾气，事到临头，自个儿也做不了主。老爷在的时候，我尽管不好，我一颗心，还给老爷的柔情蜜意管束住了不少；现在没人能管我，我自个儿又管不了，若硬把我留在这里，保不定要闹出不好听的笑话，到那一步田地，我更要对不住老爷了！再者我的手头散漫惯的，从小没学过做人的道理，到了老爷这里，又由着我的性儿成千累万地花。如今老爷一死，进款是少了，太太纵然贤惠，我怎么能随随便便地要？但是我阔绰的手一时缩不回，只怕老爷留下来这点子死产业，供给不上我的挥霍，所以我彻底一想，与其装着假幌子糊弄下去，结果还是替老爷伤体面、害子孙，不如直截了当让我走路，好歹死活不干姓金的事，至多我一人背着个没天良的罪名，我觉得天良上倒安稳得多呢！趁今天太太、少爷和老爷的好友都在这里，我把心里的话全都说明了，我是斩钉截铁地走定。要不然，就请你们把我弄死，倒也爽快。"

彩云这一套话，把满厅的人说得都愣住了。张夫人只顾拿绢子擦着眼泪，却并不惊异，倒把搴如气得胡须倒竖，紫胀了脸，一句话都说不出。唐卿瞧着张夫人的态度，早猜透了几分，怕莩如发呆，就向彩云道："姨娘的话倒直爽，你既然不愿意守，那是谁也不能强你。不过今天你们太太为你请了我们来，你既照直说，我们也不能不照直给你说几句话。你要出去是可以的，但是要依我们三件事：第一不能在北京走，得回南后才许走。只为现在满城里传遍你和孙三儿的事，不管他是谎是真，你在这里一走便坐实了。你要给老爷留面子，这里熟人太多，你不能给他丢这个脸；第二这时候不能去，该满了一年才去。你既然晓得老爷待你的恩义，这也承认和老爷有多年的情分，这一点短孝，你总得给他戴满了；第三你不肯挥霍老爷留下的遗产，这是你的好心。现在答应你出去，那么除了老爷从前已经给你的，自然你带去，其余不能再向太太少爷要求什么。这三件，你如依得，我就替你求太太，放你出去。"

彩云听着唐卿的话来得厉害，句句和自己的话针锋相对，暗忖只有答应了再说，便道："钱大人的话，都是我心里要说的话，不要说三件，再多些我都依。"唐卿回头望着张夫人道："嫂嫂怎么样？我劝嫂嫂看她年轻可怜，答应了她罢！"张夫人道："这也叫做没法，只好如此。"莩如道："答应尽管答应，可是在这一年内，姨娘不能在外胡闹、在家瞎吵，要好好儿守孝伴灵，伺候太太。"彩云道："这个请陆大人放心，我再吵闹，好在陆大人会请太太拿家法来责打的。"说着，冷笑一声，一扭身就走出去了。莩如看彩云走后，向唐卿伸伸舌头道："好厉害的家伙！这种人放在家里，如何得了？我也劝嫂嫂越早打发越好！"张夫人道："我何尝不知道呢！就怕不清楚的人，反要说我不明大体。"唐卿道："好在今天许她走，都是我和莩如作的主，谁还能说嫂嫂什么话！就是一年的限期，也不过说说罢了。可是我再有一句要紧话告诉嫂嫂，府上万不能在京耽搁了。固然中日开战，这种世乱荒荒，雯青的灵柩，该早些回南安葬，再晚下去，只怕海道不通。就是彩云，也该离开北京，免得再闹笑话。"

莩如也极端赞成。于是就和张大人同继元商定了尽十天里出京回南，所有扶柩出城以及轮船定舱等事，都由莩如、唐卿两人分别妥托城门上和津海关道成木生招呼，自然十分周到。

如今再说唐卿自送雯青夫人回南之后，不多几天，就奉了着在总理各国事务衙门行走的谕旨，从此每天要上两处衙门，上头又常叫起儿。高中堂、龚尚书新进军机，遇着军国要事，每要请去商量；回得家来，又总是宾客盈门，大有日不暇给的气象。连素爱摩挲的宋、元精椠，黄、顾校文，也只好似苟束袜材，暂置高阁。在自身上看起来，也算得富贵场中的骄子，政治界里的巨灵了。但是国事日糟一日，战局是愈弄愈僵。从他受事到今，两三个月里，水陆处处失败，关隘节节陷落，反觉得忧心如捣，寝馈不安[1]。这日刚在为国焦劳的时候，门上来报闻韵高闻大人要见。唐卿急忙请进，寒暄了几句，韵高说有机密的话，请屏退仆从。唐卿吓了一跳，挥去左右。韵高低声道："目前朝政，快有个非常大变,老师知道吗?"唐卿道:"怎么变动?"韵高道:"就是我们常怕今上做唐中宗,这件事要实行了。"唐卿道:"何以见得?"韵高道:"金、宝两妃的贬谪②,老师是知道。今天早上,又把宝妃名下的太监高万枝,发交内务府扑杀。太后原拟是要明发谕旨审问的,还是龚老师恐兴大狱,有碍国体,再三求了,才换了这个办法。这不是废立的发端吗?"唐卿道:"这还是两宫的冲突,说不到废立上去。"韵高道:"还有一事,就是这回耿义的入军机,原是太后的特简。只为耿义祝嘏来京,骗了他属吏造币厅总办三万个新铸银圆,托连公公献给太后,说给老佛爷预备万寿时赏赐用的。太后见银色新,花样巧,赏收了,所以有这个特简。不知是谁把这话告诉了今上,太后和今上商量时,今上说耿义是个贪鄙小人,不可用。太后定要用,今上垂泪道:'这是亲爷爷逼臣儿做亡国之君了!'太后大怒,亲手打了皇上两个嘴巴,牙齿也打掉了。皇上就病不临朝了好久。恰好太后的幸臣西安将军永潞也来京祝嘏,太后就把废立的事和他商量。永潞说:'只怕疆臣不服。'这是最近的事。由此看来,主意是早经决定,不过不敢昧然宣布罢了。"唐卿道:"两宫失和的原因,我也略有所闻了。"

且慢,唐卿如何晓得失和的原因呢?失和的原因,到底是什么呢?我且把唐卿和韵高的谈话搁一搁,说一段帝王的婚姻史吧!原来清帝的母亲是太后的胞妹,清后的母亲也是太后的胞妹,结这重亲的意思,全为了亲上加亲,要叫爱新觉罗的血统里,永远混着那拉氏的血统,这是太后的目的。在清帝初登基时,一直到大婚前,太后虽然严厉,待皇帝倒仁慈。皇后因为亲戚关系,常在宫里充宫眷,太后也宠遇。其实早有配给皇帝的意思,不过皇帝不知道罢了。那时他那拉氏,也有两个女儿在宫中,就是金妃、宝妃。宫里唤金妃做大妞儿,宝妃做二妞儿,都生得清丽文秀。二妞儿更是出色,活泼机警,能诗会画,清帝喜欢她,常常瞒着太后和她亲近。二妞儿是个千伶百俐的人,岂有不懂清帝的意思呢?世上只有恋爱是没阶级的,也是大无畏的。尽管清帝的尊贵,太后的威严,不自禁地眉目往来,语言试探,彼此都有了心了。可是清帝虽有这个心,向来惧怕太后,不敢说一句话。一天,清帝在乐寿堂侍奉太后看完奏章后,走出寝宫,恰遇见二妞儿,那天穿了一件粉荷绣袍,衬着嫩白的脸,澄碧的眼,越显娇媚,正捧着物件,经过厅堂,不觉看出神了。二妞也愣着。大家站定,相视一笑。不想太后此时正身穿了海青色满绣仙鹤大袍,外罩紫色珠缨披肩,头上戴一支银镂珠穿的鹤簪,大袍钮扣上还挂着一串梅花式的珠链,颤巍巍地也走出来,看见了。清帝慌得像逃的一样跑了。太后立刻叫二妞儿进了寝宫,屏退宫眷。二妞儿吓得浑身抖战,不晓得有什么祸事,看看太后面上,却并无怒容,只听太后问道:"刚才皇帝站着和你干吗?"二妞儿嗫嚅道:"没有什么。"太后笑道:"你不要欺蒙我,当我是傻子?"二妞儿忙跪下去,碰着头道:"臣妾不敢。"太后道:"只怕皇上宠爱了你吧。"

二妞儿红了脸道："臣妾不知道。"太后道："那么你爱皇帝不爱呢？"二妞儿连连地磕头，只是不开口。太后哈哈笑道："那么我叫你们称心好不好？"二妞儿俯伏着低声奏道："这是佛爷的天恩。"太后道："算了，起来吧！"

这么着，太后就上朝堂见大臣去了。二妞儿听了太后这一番话，信以为真，晓得清帝快要大婚，皇后还未册定，自己倒大有希望，暗暗欣幸。既存了这个心，和清帝自然要格外亲密，趁没人时，见了清帝，清帝问起那天的事，曾否受太后责罚，便含羞答答地把实话奏明了。清帝也自喜欢。歇了不多几天，太后忽然传出懿旨③来，择定明晨寅正，册定皇后，宣召大臣提早在排云殿伺候。清帝在玉澜堂得了这个消息，心里不觉突突跳个不住，不知太后意中到底选中了哪一个？是不是二妞儿？对二妞儿说的话，是假是真？七上八落了一夜。一交寅初，便打发心腹太监前去听宣。正是等人心慌，心里越急，时间走得越慢，看看东窗已渗进淡白的晓色，才听里囊囊的脚步声。那听宣的太监兴兴头头地奔进来，就跪下磕头，喊着替万岁爷贺喜。清帝在床上坐起来着急道："你胡嚷些什么？皇后定的是谁呀？"太监道："叶赫那拉氏。"这一句话好像一个霹雳，把清帝震呆了，手里正拿着一顶帽子，狠狠地往地上一扔道："她也配吗！"太监见皇帝震怒，不敢往下说。停了一会儿，清帝忽然想起喊道："还有妃嫔呢？你怎么不奏？"太监道："妃是大妞儿，封了金贵妃；嫔是二妞儿，封了宝贵妃。"

清帝心里略略安慰了一点，总算没有全落空，不过记挂着二妞儿一定在那儿不快活了，微微叹口气道："这也是她的命运吧！皇帝有什么用处？碰到自己的婚姻，一般做了命运的奴隶。"原来皇后虽是清帝的姨表姊妹，也常住宫中，但相貌平常，为人长厚老实，一心向着太后，不大理会清帝。清帝不但是不喜欢，而且有些厌恶，如今倒做了皇后，清帝心中自然一百个不高兴。然既由太后作主，没法挽回，当时只好憋了一肚子的委曲，照例上去向太后谢了恩。太后还说了许多勉励的话。皇后和妃嫔倒都各归府第，专候大婚的典礼。自册定了皇后，只隔了一个月，正是那年的二月里，春气氤氲、万象和乐的时候，清帝便结了婚，亲了政。太后非常快慰，天天在园里唱戏。又手编了几出宗教神怪戏，造了个机关活动的戏台，大精从上降，鬼怪由地出，亲自教导太监搬演。又常常自扮了观音，叫妃嫔福晋扮了龙女、善财、善男女等，连公公扮了韦驮；坐了小火轮，在昆明湖中游戏，真是说不尽的天家富贵、上界风流。正在皆大欢喜间，忽然太后密召了清帝的本生父贤王来宫。那天龙颜不快，告诉贤王："皇帝自从大婚后，没临幸过皇后宫一次，倒是金、宝二妃非常宠幸。这是任性妄为，不合祖制的，朕劝了几次，总是不听。"

当下就严厉地责成贤王，务劝皇帝同皇后和睦。贤王领了严旨，知道是个难题。这天正是早朝时候，军机退了班，太后独召贤王。谈了一回国政，太后推说要更衣，转入屏后，领着宫眷们回宫去了。此时朝堂里，只有清帝和

孽海花

一三七

贤王两人，贤王还是直挺挺地跪在御案前。清帝忽觉心中不安，从宝座上下来，直趋王前，恭恭敬敬请了个双腿安，吓得贤王汗流浃背，连连磕头，请清帝归座。清帝没法，也只好坐下。贤王奏道："请皇上以后不可如此，这是国家体制。孝亲事小，渎国事大，请皇上三思！"当时又把皇后不和睦的事，恳切劝谏了一番。清帝凄然道："连房帏的事，朕都没有主权吗？但既连累皇父为难，朕可勉如所请，今夜便临幸宜芸馆便了。"清帝说罢，便也退了朝。

再说那个皇后自正位中宫以来，几同虚设，不要说羊车不至、凤枕常孤，连清帝的天颜除在太后那里偶然望见，也无接近的机缘。纵然身贵齐天，常是愁深似海。不想那晚，忽有个宫娥来报道："万岁爷来了！"皇后这一喜非同小可，当下跪接进宫，小心承值，百般逢迎。清帝总是淡淡的，一连住了三天，到第四天早朝出去，就不来了。皇后等到鼍楼三鼓，鸾鞭不鸣，知道今夜是无望了。正卸了晚妆，命宫娥们整理衾枕，猛见被窝好好的敷着，中央鼓起一块，好像一个小孩睡在里面，心中暗暗纳罕④，忙叫宫娥揭起看时，不觉吓了一大跳。你道是什么？原来被里睡着一只赤条条的白哈巴狗，浑身不留一根绒毛，却洗剥得干干净净，血丝都没有，但是死的，不是活的。这明明有意做的把戏。宫娥都面面相觑，惊呆了。皇后看了，顿时大怒道："这是谁做的魔祟？暗害朕的？怪不得万岁爷平白地跟朕不和了。这个狠毒的贼，反正出不了你们这一堆人！"

满房的宫娥都跪下来，喊冤枉。内有一个年纪大些的道："请皇后详察，奴婢们谁长着三个头六个臂，敢犯这种弥天大罪！奴婢想，今天早上，万岁爷和皇后起了身，被窝都叠起过了；后来万岁不是说头晕，叫皇后和奴婢们都出寝宫，万岁静养一会儿吗？等到万岁爷出去坐朝，皇后也上太后那里去了，奴婢们没有进寝宫来重敷衾褥，这是奴婢们的罪该万死！"说罢，叩头出血，谁知皇后一听这些话，眉头一蹙，脸色铁青，一阵痉挛，牙关咬紧，在龙椅里晕厥过去了。正是：

风花未脱沾泥相，婚媾终成误国因。

未知皇后因何晕厥，被里的白狗是谁弄的玩意，等下回评说。

【注释】

①寝馈(kuì)不安：馈：吃饭。吃饭睡觉都不得安宁。形容心事重重。
②贬谪(zhé)：封建时代指官吏降职，被派到远离京城的地方。
③懿(yì)旨：皇太后的诏令或指令。
④纳罕：惊奇，诧异。

秋狩记遗闻白妖转劫　春帆开协议黑眚临头

话说皇后听了那宫娥的一番话，虽不曾明说，但言外便见得这件事，不是万岁爷，没有第二人敢干的。一时又气、又怒、又恨、又羞、又怨，说不出的百千烦恼，直攻心窝，一口气转不过来，不知不觉地闷倒了。大家慌做一团，七手八脚地捶拍叫唤，全不中用。皇后梳头房太监小德张在外头得了消息，飞也似奔来，忙喊道："你们快去皇后的百宝架里，取那瓶龙脑香来。"一面喊，一面就在龙床前的一张朱红雕漆抽屉桌上，捧出一个嵌宝五彩镂花景泰香炉，先焚着了些水沉香，然后把宫娥们拿来的龙脑香末儿撒些在上面。一霎时，在袅袅的青烟里，扬起一股红色的烟缕，顿时满房氤氲地布散了一种说不出的奇香。小德张两手抖抖地捧着那香炉，移到皇后坐的那张大椅旁边一个矮凳上，再看皇后时，直视的眼光慢慢放下来，脸上也微微泛红晕了，喉间咕咕嘟嘟地响，眼泪漉漉地流下来，忽然嗯的一声，口中吐出一块顽痰，头只往前倒。宫娥忙在后面扶着。小德张跪着，揭起衣襟，承受了皇后的吐。皇后这才放声哭了出来。大家都说："好了，好了。"皇后足足哭了一刻多钟，歇地挣脱宫娥们，有力地站了起来，一直往外跑，宫娥们拉也拉不住，只认皇后发了疯。小德张早猜透了皇后的意思，三脚两步抄过皇后前面，拦路跪伏着，奏道："奴才大胆劝陛下一句话，刚才宫娥们说万岁爷早上玩的把戏，不怪陛下要生气！但据奴才愚见，陛下倒不可趁了一时之气，连夜去惊动老佛爷。"皇后道："照你说，难道就罢了不成？"小德张道："万岁爷是个长厚人，决想不出这种刁钻古怪的主意，这件事一定是和陛下有仇的人唆使的。"皇后道："宫里谁和我有仇呢？"小德张道："奴才本不该胡说，只为天恩高厚，心里有话也不敢隐瞒。陛下该知道宝妃和万岁在大婚前的故事了！陛下得了正宫，宝妃对着陛下，自然不会有好感情。万岁爷不来正宫还好，这几天来了，哪里会安稳呢？这件事十分倒有九分是她的主意。"皇后被小德张这几句话触动心事，顿时脸上飞起一朵红云，咬着银牙道："这贱丫头一向自命不凡地霸占皇帝，不放朕在眼里，朕没和她计较，她倒敢向朕作祟！得好好儿处置她一下子才好！你有法子吗？你说！"小德张道："奴才的法子，就叫做'即以其人之道，还治其人之身'。请陛下就把那小白狗装在礼盒里，打发人送到宝妃那里，传命说是皇后的赏赐。这个滑稽的办法，一则万岁爷来侮辱陛下，陛下把它转敬了宝妃，表示不承受的意思；二则也可试出这事是不是宝妃的使坏。若然与她无关，她岂肯平白地受这羞辱？不和陛下吵闹？若受了不声不响，那就是贼人心虚，和自己承认了一样。"皇后点头道："咱们就这么干，那么你明天好好给我办去！"小德张诺诺连声地起来。皇后也领着宫娥们自回寝宫去安息，不提。

次日，上半天忙忙碌碌地过了，到了晚饭时，太监们已知道清帝不会再到皇后那里，就把妃嫔的绿头签放在银盘里，顶着跪献。清帝把宝妃的签翻转了，吩咐立刻宣召。原来园里的仪制和宫里不同，用不着太监驼送，也用不着脱衣裹氅①，不到一刻钟，太监领着宝妃袅袅婷婷地来了。宝妃行过了礼，站在案旁，一面帮着传递汤点，一面睨了清帝，只是抿着嘴笑，倒把清帝的脸都睨得红了，腼腆着问道："你什么事这样乐？"宝妃道："我看万岁爷尝了时鲜，所以替万岁爷乐。"清帝见案上食品虽列了三长行，数去倒有百来件，无一时鲜品，且稍远的多恶臭不堪，晓得宝妃含着醋意了，便叹口气道："别说乐，倒惹了一肚子的气！你何苦再带酸味儿？这里反正没外人，你坐着陪我吃吧！"说时，小太监捧了个坐凳来，放在清帝的横头。宝妃坐着笑道："一气就气了三天，万岁爷倒唱了一出三气周瑜。"清帝道："你还是不信？你也学着老佛爷一样，天天去查敬事房的册子好了。"宝妃诧异道："怎么老佛爷来查咱们的账呢？"清帝面现惊恐的样子，四面望了一望，叫小太监们都出去，说御膳的事有妃子在这里伺候，用不着你们。几个小太监奉谕，都退了出去。

　　清帝方把昨天敬事房太监永禄的事和今早闹的玩意儿，一五一十告诉了宝妃。宝妃道："老佛爷实在太操心了！面子上算归了政，底子里哪一件事肯让万岁爷作一点主儿呢？现在索性管到咱们床上来了。这实在难怪万岁爷要生气！但这一下子的闹，只怕闯祸不小，皇后如何肯干休呢？老佛爷一定护着皇后，不知要和万岁爷闹到什么地步，大家都不得安生了！"

　　清帝发狠道："我看唐朝武则天的淫凶，也不过如此。她特地叫缪素筠画了一幅《金轮皇帝衮冠临朝图》挂在寝宫里，这是明明有意对我示威的。"宝妃道："武则天相传是锁骨菩萨转世，所以做出这一番惊天动地的事业。我们老佛爷也是有来历的，万岁爷晓得这一段故事吗？"清帝道："我倒不晓得，难道你晓得吗？"宝妃道："那还是老佛爷初选进宫来时一件奇异的传说。寇连材在昌平州时，听见一个告退的老太监说的。寇太监又私下和我名下的高万枝说了，因此我也晓得了些。"清帝道："怎么传说呢？你何妨说给我知。"宝妃道："他们说宣宗皇帝每年秋天，照例要到热河打围。有一次，宣宗正率领了一班阿哥王公们去打围，走到半路，忽然有一只大的白狐，伸着前腿，俯伏在地，拦住御骑的前进。宣宗拉了宝弓，拔一枝箭正待要射。那时文宗皇帝还在青宫，一同扈跸前去，就启奏道：'这是陛下圣德广敷，百兽效顺，所以使修炼通灵的千年老狐也来接驾。乞免其一死！'宣宗笑了一笑，就收了弓，掖起马头，绕着弯儿走过去了。谁知道猎罢回銮，走到原处，那白狐调转头来，依然迎着御马俯伏。那时宣宗正在弓燥手柔的时候，不禁拉起弓来就是一箭，仍旧把它射死。过了十多年，到了文宗皇帝手里，遇着选绣女的那年，内务府呈进绣女的花名册。那绣女花名册，照例要把绣女的姓名、旗色、生年月日详细记载。文宗翻到老佛爷的一页，只见上面写着'那拉氏，正黄旗，名翠，年若干岁，道光十四年十月初十日生'。看到生年月日上，忽然触着什么事似的，回顾一个管起居注的老太监道：'那年这个日子，记得有一个稀罕的事，你给我去查一下。'那老太监领命，把那年的起居册子翻出来，恰就是射死白狐的那个日子。文宗皇帝笑道：'难道这女子倒是老狐转世！'当时就把老佛爷发到圆明园桐荫深处承值去了。老佛爷生长南边，会唱各种小调，恰遇文宗游园时听见了，立时召见，命在廊栏上唱了一曲。次日，就把老佛爷调充压帐宫娥。不久因深夜进茶得幸，生了同治皇上，封了懿贵妃了。这些话都是内监们私下互相传说，还加上许多无稽的议论，有的说老佛爷是来给文宗报恩；有的说是来报一箭之仇，要扰乱江山；有的说是特为讨了人身，来享世间福乐，补偿她千年的苦修。话多着呢。"

清帝冷笑道："哪儿是报恩？简直说是扰乱江山，报仇享福，就得了！"宝妃道："老佛爷倒也罢了，最可恶的是连总管仗着老佛爷的势，胆大妄为，什么事都敢干！白云观就是他纳贿的机关，高道士就是他作恶的心腹，京外的官员哪个不趋之若鹜呢？近来更上一层了！他把妹子引进宫来，老佛爷宠得很，称呼她做大姑娘。现在和老佛爷并吃并坐的，只有女画师缪太太和大姑娘两人。前天万岁爷的圣母贤亲王福晋进来，忽然赐坐，福晋因为是非常恩宠，惶悚[2]不敢就坐。老佛爷道：'这个恩典并不为的是你，只为大姑娘脚小站不动，你不坐，她如何好坐？'这几句话，把圣母几乎气死。照这样儿做下去，魏忠贤和奉圣夫人的旧戏，容易的重演。这一层，倒要请万岁爷预防的！"

清帝皱着眉道："我有什么法子防呢？"宝妃道："这全在乎平时召见臣子时，识拔几个公忠体国的大臣，遇事密商，补苴万一。无事时固可借以潜移默化，一遇紧要，便可锄奸摘伏。臣妾愚见，大学士高扬藻和尚书龚平，侍郎钱端敏、常磷，侍读学士闻鼎儒，都是忠于陛下有力量的人，陛下该相机授以实权。此外新进之士，有奇才异能的，亦应时时破格录用，结合士心。里面敬王爷的大公主，耿直严正，老佛爷倒怕她几分，陛下也要格外地和她亲热。总之，要自成一种势力，才是万全之计。陛下待臣妾厚，故敢冒死地说。"清帝道："你说的全是赤心向朕的话。这会儿，满宫里除了你一人，还有谁真心忠朕呢？"

说着，放下筷碗说："我不吃了。"一面把小手巾揩着泪痕。宝妃见清帝这样，也不自觉的泪珠扑索索地坠下来，投在清帝怀里，两臂绕了清帝的脖子道："这倒是臣妾的不是，惹起陛下的伤心。干脆地说一句，老佛爷和万岁爷打吵子，大婚后才起的。不是为了万岁爷爱臣妾不爱皇后吗？依这么说，害陛下的不是别人，就是臣妾。请陛下顾全大局，舍了臣妾吧！"清帝紧紧地抱着，温存道："我宁死也舍不了你，决不做硬心肠的李三郎。"宝妃道："就怕万岁爷到那时自己也做不了主。"清帝道："我只有依着你刚才说的主意，慢慢地做去，不收回政权，连爱妃都保不住，还成个男子汉吗？"说罢，拂衣起立道："我们不要谈这些话吧！"

宝妃忙出去招呼小太监来撤了筵席。彼此又絮絮情话了一会儿，正是三日之别，如隔三秋；一夕之欢，愿闰一纪。天帏昵就，搅留仙以龙拏；钿盒承恩，寓脱簪于鸡旦。情长夜短，春透梦酣，一觉醒来，已是丑末寅初。宝妃急忙忙地起床，穿好衣服，把头发掠了一掠，就先回自己的住屋去了。

清帝消停了几分钟，也就起来，盥漱完了，吃了些早点，照着平时请安的时候，带了两个太监，迤逦来到乐寿堂。刚走到廊下，只见一片清晨的太阳光，照在黄缎的窗帘上，气象严肃，静悄悄的没有一点声息，只有太后爱的一只叭儿黑狗叫做海獭的，躺在门槛外呼呼地打鼾。宫眷里景王的女儿四格格和太后的侄媳袁大奶奶。在那里逗着铜架上的五彩鹦哥。缪太太坐在廊栏上，仰着头正看天上的行云，一见清帝走来，大家一面照例地请安，一面各现着惊异的脸色。大姑娘却浓妆艳抹，体态轻盈地靠在寝宫门口，仿佛在那里偷听什么似的，见了清帝，一面屈了屈膝，一面打起帘子让清帝进去。清帝一脚跨进宫门，抬头一看，倒吃了一惊，只见太后满面怒容，脸色似岩石一般的冷酷，端坐在宝座上。皇后斜倚在太后的宝座旁，头枕着一个膀子呜咽地哭。宝妃眼看鼻子，身体抖抖地跪在太后面前。

金妃和许多宫眷宫娥都站在窗口，面面相觑地不出一声。太后望见清帝进门，就冷冷地道："皇帝来了！我正要请教皇帝，我哪一点儿待亏了你？你事事来反对我！听了人家的唆拨，胆敢来欺负我！"清帝忙跪下道："臣儿哪儿敢反对亲爷爷，'欺负'两字更当不起！谁又生了三头六臂敢唆拨臣儿！求亲爷爷息怒。"太后鼻子里哼了一声道："朕是瞎了眼，抬举你这没良心的做皇帝；把自己的侄女儿，配你这风吹得倒的人做皇后，哪些儿配不上你？你倒听了长舌妇的枕边话，想出法儿欺负她！昨天玩的好把戏，那简直是骂了！她是我的侄女儿，你骂她，就是骂我！"回顾皇后道："我已叫腾出一间屋子，你来跟我住，世上快活事多着呢，何必跟人家去争这个病虫呢！"

说时，怒气冲冲地拉了皇后往外就走，道："你跟我挑屋子去！"又对皇帝和宝妃道："别假惺惺了，除了眼中钉，尽着你们去乐吧！"一边说着，一边领了皇后宫眷，也不管清帝和宝妃跪着，自管自蜂拥般地出去了。这里清帝和宝妃见太后如此的盛怒，也不敢说什么，等太后出了门，各自站了起来。清帝问宝妃："这到底是怎么一回事呢？"宝妃道："臣在万岁爷那里回宫时，宫娥们就告诉说：'刚才皇后的太监小德张，传皇后的谕，赏给一盒礼物。'臣打开来一看，原来就是那只死狗。臣猜皇后的意思，一定把这件事错疑到臣身上了，正想到皇后那里去辩明，谁知老佛爷已经来传了。一见面，就不由分说地痛骂，硬派是臣给万岁爷出的主意。臣从没见过老佛爷这样的发火，知道说也无益，只好跪着忍受。那当儿，万岁爷就进来了。这一场大闹，本来是意中的，不过万岁爷的一时孩子气，把臣妾葬送在里头就是了。"清帝正欲有言，宝妃瞥见窗外廊下，有几个太监在那里探头探脑，宝妃就催着道："万岁爷快上朝堂去吧，时候不早，只怕王公大臣都在那里候着了！"清帝点了点头，没趣搭拉地上朝去了。宝妃想了一想，这回如不去见一见太后，以后更难相处，只好硬着头皮，老着脸子，追踪前往，不管太后的款待如何，照旧的殷勤伺候。这些事，都是大婚以后第二年的故事。从这次一闹后，清帝去请安时，总是给他一个不理。这样过了三四个月，以后外面虽算和蔼了一点，但心里已筑成深的沟堑。又忽把皇帝的寝宫和佛爷的住屋中间造了一座墙，无论皇帝到后妃那里，或后妃到皇帝寝宫，必要经过太后寝宫的廊下。这就是严重监督金、宝二妃的举动。直到余敏的事闹出来，连公公在太后前完全推在宝妃的身上，又加上许多美言，更触了太后的忌。

然而这件事，清帝办得非常正大，太后又不好说甚，心里却益发愤恨，只向宝妃去寻瑕索瘢。不想鱼阳伯的上海道，外间传言说是宝妃的关节。那时清帝和嫔妃都在禁城，忽一天，太后忽然回宫，搜出了闻鼎儒给二妃一封没名姓的请托信，就一口咬定是罪案的凭据，立刻把宝妃廷杖，金、宝二妃都降了贵人。二妃名下的太监，捕杀的捕杀，驱逐的驱逐。从此不准清帝再召幸二妃了。你想清帝以九五之尊，受此家庭惨变，如何能低头默受呢？这是两宫失和的原因。

本来闻韵高是金、宝两宫的师傅，自然知道宫闱的事，比别人详细。龚尚书在毓庆宫讲书的时候，清帝每遇太后虐待，也要向师傅哭诉。这两人都和唐卿往来最密，此时谈论到此，所以唐卿也略知大概。当下唐卿接着说道："两宫失和的事，我也略知一二。但讲到废立，当此战祸方殷、大局濒危之际，我料太后虽胸有成竹，但决不敢冒昧举行。这是贤弟关心太切，所以有此杞人之忧。如不放心，好在刘益昆现在北京，贤弟可去谒见，秘密告知，嘱他防范。我再去和高、龚两尚书密商，借翊卫畿辅为名，把淮军宿将倪巩廷调进关来。这人忠诚勇敢，可以防制非常。又函托署江督庄寿香把冯子材一军留驻淮、徐。经这一番布置，使西边有所顾忌，也可有备无患了。"

韵高拊掌称善。唐卿道："据我看来，目前切要之图，还在战局的糜烂。贤弟，你也是主战派中有力的一人，对于目前的事，不能不负有责任。你看，上月刘公岛的陷落，数年来全力经营的海军完全覆没，丁雨汀服毒自尽了，从此山东文登、宁海一带，也被日军占领。海盖方面，说也羞人，宋钦领了十万雄兵，攻打海城日兵六千人，五次不能下，现在只靠珏斋所率的湘军六万人，还未一试。前天他有信来，为了台谏的参案，觉灰心；又道伊唐阿忽然借口救辽，率军宵遁，军心颇被摇动。他虽然还是口出大言，我却替他十分担忧。"韵高知道唐卿尚须赴宴，也不便多谈，就此告辞出来。

唐卿送客后，看看时候不早，连忙换了一套宴客的礼服，吩咐套车，直

孽海花

向米市胡同江苏会馆而来。到得馆中，同乡京官都朝珠补褂，跄跄跻跻[3]地挤满了馆里东花厅，陆摹如、章直蜚、米筱亭、叶缘常、尹震生、龚弓夫，这一班人也都到了。唐卿一一招呼了。不一会儿，长班引进两位特客来，第一个是神清骨秀，气概昂藏，上唇翘起两簇乌须，唐卿认得就是马美菽；第二个却生得方面大耳神情肃穆须髯丰满，大概是乌赤云了。

同乡本已推定唐卿做主人的领袖，于是送了茶，寒暄了几句，马上就请到大厅上，斟酒坐定。套礼已毕，大家慢慢谈声渐终，唐卿便先开口道："这几天中堂为国宣劳，政躬想必健适，行旌何日徂东？全国正深翘企！"美菽道："战局日危，迟留一日，即多一日损失，中堂也迫不及待，已定明日请训后，即便启行。"直蜚道："言和是全国臣民所耻，中堂冒不韪而独行其是，足见首辅孤忠。但究竟开议后，有无把握，不致断送国脉？"赤云道："孙子曰：'知彼知己，百战百胜。'中堂何尝不主战！不过战必量力，中堂知己力不足，人力有余，不敢附和一般不明内容而自大轻敌者，轻言开战。现时战的效验，已大张晓喻了，中堂以国为重，决不负气。但事势到此，只好尽力做去，做一分是一分，讲不到有把握没把握的话了。"弓夫道："海军是中堂精心编练，会操复奏，颇自夸张。前敌各军亦多淮军精锐，何以大东遇敌，一蹶不振；平壤交绥，望风而靡？中堂武勋盖代，身总师干，国力之足不足，似应稍负责任！"

美菽笑道："弓夫兄，你不是局外人，海军经费每年曾否移作别用？中堂曾否声明不敷展布？此次失败，与机械不具有无关系？其他军事上是否毫无掣肘？弓夫兄回去一问令叔祖，当可了然。但现在当局，自应各负各责，中堂也并不诿卸。"震生忽愤愤插言道："我不是袒护中堂，前几个月，大家发狂似的主战，现在战败了，又动辄[4]痛骂中堂。我独以为这回致败的原因，不在天津，全在京帅。中堂思深远虑，承平之日，何尝不建议整饬武备？无奈封章一到，几乎无一事不遭总署及户部的驳斥，直到高升击沉，中堂还请拨巨帑构械和倡议买进南美洲铁甲船一大队，又不批准。有人说蕞尔日本，北洋的预备已足破敌，他说这话，大概已忘却了历年自己驳斥的案子了！诸位想，中堂的被骂，冤不冤呢？"筱亭见大家越说越到争论上去，大非敬客之道，就出来调解其道："往事何必重提，各负各责。自是美菽先生的名论，以后还望中堂忍辱负重，化险为夷，两公左辅右弼，折冲御侮，是此次中堂一行，实中国四万万人所托命，敢致一觥，为中国前途祝福！为中堂及二公祝福！"筱亭说罢，立起来满饮了一杯。大家也都饮了一杯。美菽和赤云也就趁势告辞离了江苏会馆，到别处去了。这里同乡京官也各自散归。

话分两头。我现在把京朝的事暂且慢说，要叙叙威毅伯议和一边的事了。且说马、乌两参赞到各处酬应了一番，回到东城贤良寺威毅伯的行辕，已在黄昏时候。门口伺候的人们看见两人，忙迎上来道："中堂才回来，便找两位大人说话。"

两人听了，先回住屋换上便衣，来到威毅伯的办公室，只见威毅伯威严地端坐在公事桌上，左手捋着下颔的白须，两只奕奕的眼光射在几张电报纸上。望见两人进来，微微地动了一动头，举着右手仿佛表示请坐的样子，两人便在那文案两头分坐了。威毅伯一边不断地翻阅文件，一边说道："今天在敬王那里，把一切话都说明了，请他第一不要拿法、越的议和来比较，这次的议和，就算有结果，一定要受万人唾骂；但我为扶危定倾起见，决不学京朝名流，只顾迎合舆论，博一时好名誉，不问大计的安危。这一层要请王爷注意！又把要带荫白大儿做参赞的事，请他代奏。敬王倒明白爽快，都答应了。""明天我们一准出京，你们可发一电给罗道积丞、曾守润孙，赶紧把放洋的船预备好，到津一径下船，不再耽搁了。"赤云道："我们国书的款式，转托美使田贝去电给伊藤，是否满意，尚未得复，应否等一等？"威毅伯道："复电才来，伊藤转呈日皇，非常满意。日皇现在广岛，已派定内阁总理伊藤博文、外务大臣陆奥宗光为全权大臣，在马关开议，并先期到彼相候。"美菽道："职道正欲回明中堂，适间得到福参赞世德的来电，我们的船已雇了公义、生义两艘。何时启碇？悉听中堂的命令。"威毅伯忽面现惊奇的样子道："这是个匿名信，奇怪极了！"两人都站起凑上来看，见一张青格子的白绵纸上写着几句似通非通的汉文，信封上却写明是"日本群马县邑乐郡大岛村小山"发的。信文道：

支那全权大使殿，汝记得小山清之介乎？清之介死，汝乃可独生乎？明治二十八年二月十一日预告。

马、乌二人猜想了半天，想不出一个道理来。威毅伯掀髯微笑道："这又是日本浪人的鬼祟！七十老翁，死生早置之度外，由他去吧！我们干我们的。"随手就把它撩下了，一宿匆匆过去。

次日，威毅伯果然在皇上、皇太后那里请训下来，随即率同马、乌等一班随员乘了专轮回津。到津后，也不停留，自己和大公子、美国前国务卿福世德、马美菽、乌赤云等坐了公义船，其余罗积丞、曾润孙一班随员翻译等坐了生义船。那天正是光绪二十一年二月二十日，在风雪漫天之际，战云四逼之中，鼓轮而东，海程不到三天，二十三日的清晨已到了马关。日本外务省派员登舟敬迓，并说明伊藤、陆奥两大臣均已在此恭候，会议场所择定春帆楼，另外备有大使的行馆。威毅伯当日便派公子荫白同着福参赞先行登岸，会了伊藤、陆奥两全权，约定会议的时间。第二天，就交换了国书，移入行馆。第三天，正式开议，威毅伯先提出停战的要求。不料伊藤竟严酷地要挟，非将天津、大沽、山海关三处准由日军暂驻，作为抵押，不允停战。威毅伯屡次力争，竟不让步。这日正二十八日四点钟光景，在第三次会议散后，威毅伯积着满腔愤怒，从春帆楼出来，想到甲申年伊藤在天津定约的时候，自己何等的骄横，现在何等的屈辱,恰好调换了一个地位。一路的想,猛抬头,忽见一轮落日已照在自己行馆的门口,满含了惨淡的色彩,不觉发了一声长叹。叹声未毕,人丛里忽然挤出一个少年,向轿边直扑上来,砰地一声,四围人声鼎沸起来,轿子也停下来了,觉得面上有些异样,伸手一摸,全是湿血,方知自己中了枪了。正是:

问谁当道狐狸在?何事惊人霹雳飞。

不知威毅伯性命如何,且听下回分解。

【注释】

①氅(chǎng):大衣,外套。
②惶悚(sǒng):惶恐而心中害怕。
③跻(jī)跄跄(qiāng)跄:人物众多的样子。
④动辄(zhé):动不动就,常常。

棣萼双绝武士道舍生 霹雳一声革命团特起

话说上回说到威毅伯正从春帆楼会议出来,刚刚走近行馆门口,忽被人丛中一少年打了一枪。此时大家急要知道的,第一是威毅伯中枪后的性命如何?第二是放枪谋刺的是谁?第三是谋刺的目的为了什么?我现在却先向看官们告一个罪,要把这三个重要问题暂时都搁一搁,去叙一件遥远海边山岛里田庄人家的事情。

且说那一家人家,本是从祖父以来,一向是种田的。直传到这一代,是兄弟两个,曾经在小学校里读过几年书,父母现都亡故了。这兄弟俩在这村里,要算个特色的人,大家恭维地各送他们一个雅绰,大的叫"大痴",二的叫"狂二"。只为他们性情虽完全相反,却各有各的特性。哥哥是聪明,可惜聪明过了界,一言一行,不免有些疯癫了。不过不是直率的疯癫,是带些乖觉的疯癫。他自己常说:"我的脑子里是全空虚的,只等着人家的好主意,就抓来发狂似的干。"

兄弟是愚笨,然而愚笨透了顶,一言一行,倒变成了骄矜了。不过不是豪迈的骄矜,是一种褊急①的骄矜。他自己也常说:"我的眼光是一直线,只看前面的,两旁和后方,都悍然不屑一顾了。"他们兄弟俩,各依着天赋的特性,各自向极端方面去发展,然却有一点是完全一致,就为他们是海边人,在惊涛骇浪里生长的,都是胆大而不怕死。就是讲到兄弟俩的嗜好,也不一样。前一个是好酒,倒是醉乡里的优秀分子;后一个是好赌,成了赌经上的忠实宗徒。你想他们各具天才,各怀野心,几亩祖传下来的薄田,哪个放在眼里?

自然就荒废了。他们既不种田，自然就性之所近，各寻职业。大的先做村里酒吧间跳舞厅里的狂舞配角，后来到京城帝国大戏院里充了一名狂剧俳优②。小的先在邻村赌场上做帮闲，不久，他哥哥把他荐到京城里一家轮盘赌场上做个管事。说了半天，这兄弟俩究是谁呢？原来哥哥叫做小山清之介，弟弟叫做小山六之介，是日本群马县邑乐郡大岛村人氏。他们俩虽然在东京都觅得了些小事，然比到在大岛村出发的时候，大家满怀着希望，气概却不同了。自从第一步踏上了社会的战线，只觉得面前跌脚绊手的布满了敌军，第二步再也跨不出。每月赚到的工资，连喝酒和赌钱的欲望都不能满足，不觉彼此全有些垂头丧气的失望了。况且清之介近来又受了性欲上重大的打击，他独身住在戏院的宿舍里。有一回，在大醉后失了本性的时候，糊糊涂涂和一个宿舍里的下女花子有了染。那花子是个粗蠢的女子，而且有遗传的恶疾，清之介并不是不知道，但花子自己说已经医好了。清之介等到酒醒，已是悔之无及。不久，传染病的症象渐渐地显现，也渐渐地增剧。清之介着急，瞒了人请医生去诊治几次，花去不少的冤钱，只是终于无效。他生活上本觉着困难，如今又添了病痛，不免怨着天道的不公，更把花子的乘机诱惑，恨得牙痒痒的。偏偏不知趣的花子，还要来和他歪缠，益发挑起他的怒火。每回不是一飞脚，便是一巴掌，弄得花子也莫名其妙。

有一夜，在三更人静时，他在床上呻吟着病苦的刺激，辗转睡不稳，忽然恶狠狠起了一念，想道："我原是清洁的身体，为什么沾染了污瘢？舒泰的精神，为什么纠缠了痛苦？现在人家还不知道，一知道了，不但要被人讥笑，还要受人憎厌。现在我还没有爱恋，若真有了爱恋，不但没人肯爱我，连我也不忍爱人家，叫人受骗。这么说，我一生的荣誉幸福，都被花子一手断送了。在花子呢，不过图逞淫荡的肉欲，冀希无餍的金钱，害到我如此。我一世聪明，倒钻了蠢奴的圈套；全部人格，却受了贱婢的蹂躏③。想起来，好不恨呀！花子简直是我唯一的仇人！我既是个汉子，如何不报此仇？报仇只有杀！"

想罢，在地铺上倏地坐起来，在桌子上摸着了演剧时常用的小佩刀，也没换衣服，在黑暗中轻轻开了房门，一路扶墙挨壁下了楼。他是知道下女室的所在，刚掂着光脚，趁着窗外射进来的月光，认准了花子卧房的门，一手耀着明晃晃的刀光，一手去推。门恰虚掩着，清之介咬了一咬牙，正待蹿进去，忽然一阵凛冽的寒风扑上面来，吹得清之介毛发悚然，昂着火热的头，慢慢低了下来；竖着执刀的手，徐徐垂了下来，惊醒似的道："我在这里做什么？杀人吗？杀人，是个罪；杀人的人，是个凶手。那么，花子到底该杀不该杀呢？她不过受了生理上性的使命，不自觉地成就了这个行为，并不是她的意志。遗传的病，是她祖父留下的种子，她也是被害人，不是故意下毒害人。至于图快乐，想金钱，这是人类普遍的自私心，若把这个来做花子的罪案，那么全世界人没一个不该杀！花子不是耶稣，不能独自强逼她替全人类受惨

孽海花

一四七

刑！花子没有可杀的罪，在我更没有杀她的理。我为什么要酒醉呢？冲动呢？明知故犯的去冒险呢？无爱恋而对女性纵欲，是蹂躏女权，传染就是报应！人家先向你报了仇，你如何再有向人报仇的权？"

清之介想到这里，只好没精打采地倒拖了佩刀，折回自己房里，把刀一丢，倒在地铺上，把被窝蒙了头，心上好像火一般的烧炙，知道仇是报不成，恨是消不了，看着人生真要不得，自己这样的人生更是要不得！病痛的袭击，没处逃避；经济的压迫，没法推开；讥笑的耻辱，无从洗涤；憎厌的丑恶，无可遮盖。想来想去，坚决地下了结论：自己只有一条路可走，只有一个法子可以解脱一切的苦。什么路？什么法子？就是自杀！那么马上就下手吗？他想：还不能，只因他和兄弟六之介是友爱的，还想见他一面，嘱咐他几句话，等到明晚再干还不迟。当夜清之介搅扰了一整夜，没有合过眼，好容易巴到天明，慌忙起来盥洗了，就奔到六之介的寓所。那时六之介还没起，被他闯进去叫了起来，六之介倒吃惊似的问道："哥哥，只怕天不早了罢？我真睡糊涂了！"

说着，看了看手表道："呀，还不到七点钟呢！哥哥，什么事？老早地跑来！"忽然映着斜射的太阳光，见清之介死白的脸色，蹙着眉，垂着头，有气没力地倒在一张藤躺椅上，只不开口，心里吓了一跳，连连问道："你怎么？你怎么？"清之介没见兄弟之前，预备了许多话要说。谁知一见面，喉间好像有什么鲠住似的，一句话也挣不出来。等了好半天，被六之介逼得无可奈何，才吞吞吐吐把昨夜的事说了出来。原定的计划，想把自杀一节瞒过。谁知临说时，舌头不听你意志的使唤，顺着口全淌了出来。六之介听完，立刻板了脸，发表他的意见道："死倒没有什么关系。不过哥哥自杀的目的，做兄弟的实在不懂！怕人家讥笑吗？我眼睛里就没有看见过什么人！怕人家憎厌我吗？我先憎厌别人的亲近我！怕痛苦吗？这一点病的痛苦都熬不住，如何算得武士道的日本人！自杀是我赞美的，像哥哥这样的自杀，是盲目的自杀，否则便是疯狂的自杀。我的眼，只看前面，前面有路走，还有阔大的路,我决不自杀。"清之介被六之介这一套的演说倒堵住了口。当下六之介拉了他哥哥同到一家咖啡馆里，吃了早餐，后来又送他回戏院，劝慰了一番，晚间又陪他同睡，监视着。直到清之介说明不再起自杀的念头，六之介方放心回了自己的寓所。

那时日本海军正在大同沟战胜了中国海军，举国若狂，庆祝凯胜，东京的市民尤其高兴得手舞足蹈。轮盘赌场里，赌客来得如潮如海，成日成夜，整千累万的输赢。生意越好，事务越忙，意气越高，连六之介向前的眼光里，觉得自己矮小的身量也顿时暗涨一篙，平升三级，只想做东亚的大国民，把哥哥的失踪早抛到九霄云外了。那天在赌场里整奔忙了一夜，两眼装在额上的踱回寓所，已在早晨七点钟，只见门口站着个女房东，手里捏着一封信，见他来，老远地喊道："好了，先生回来了。这里有一封信，刚才有个刺骚胡子的怪人特地送来，说是从支那带回，只为等先生不及，托我代收转交。"

六之介听了有点惊异，不等他说完就取了过来，瞥眼望见那写的字，好像是哥哥的笔迹，心里倒勃地一跳。看那封面上写着道：

东京下谷区龙泉寺町四百十三番地

小山六之介

小山清之介自支那天津

六之介看见的确是他哥哥的信，而且是亲笔，不觉喜出望外，慌忙撕开看时，上面写的道：

我的挚爱的弟弟：

我想你接到这封信时，一定非常的喜欢而惊奇。你欢喜的，是可以相信我没有去实行疯狂的自杀；你惊奇的，是半月来一个不知去向的亲人，忽然知道了他确实的去向。但是我这次要写信给你，还不仅是为了这两个简单的目的，我这回从自杀的主意里，忽然变成了旅行支那的主意。这里面的起因和经过，决定和实现，待我来从头至尾的报告给你。自从那天承你的提醒，又受你的看护，我顿然把盲目或疯狂的自杀断了念。不过这人生，我还是觉得倦厌；这个世界，我还是不能安居。自杀的基本论据，始终没有变动，仅把不择手段的自杀，换个有价值的自杀，却只好等着机会，选着题目。不想第二天，恰在我们的戏院里排演一出悲剧，剧名叫《谍牺》，是表现一个爱国男子，在两国战争时，化装混入敌国一个要人家里；那要人的女儿本是他的情人，靠着她探得敌军战略上的秘密，报告本国，因此转败为胜。后来终于秘密泄漏，男人被敌国斩杀，连情人都受了死刑。我看了这本戏，大大地彻悟。我本是个富有模仿性的人，况在自己不毛的脑田里，把别人栽培好的作物，整个移植过来，做自己人生的收获，又是件最聪明的事。我想如今我们正和支那开战，听说我国男女去做间谍的也不少，我何妨学那爱国少年，拼着一条命去侦探一两件重大的秘密。做成了固然是无比的光荣，做不成也达了解脱的目的。当下想定主意，就投参谋部陈明志愿。恰值参谋部正有一种计划，要盗窃一二处险要的地图，我去得正好，经部里考验合格，我就秘密受了这个重要的使命，神不知鬼不觉地离了东京，来到这里。

我走时，别的没有牵挂，就是害你吃惊不小，这是我的罪过。我现在正在进行我的任务，成功不成功，是命运的事；勉力不勉力，是我的事。不成便是死，成是我的目的，死也是我的目的。我只有勉力，勉力即达目的。我却有最后一句话要告诉你：死以前的事，是我的事，我的事是舍生；死以后的事，是你的事，你的事是复仇。我希望你替我复仇，这才不愧武士道的国民！这封信关系军机，不便付邮，幸亏我国一个大侠天发龙伯正要回国，他是个忠实男子，不会泄漏，我便托付了他，携带给你。

并祝你健康！

你的可怜的哥哥清之介白

六之介看完了信，心中又喜又急。正想着，房门呀的开了，女房东拿了张卡片道："前天送信来的那怪人要见先生。"六之介知道是天瞪龙伯，忙说"请"。只见一个伟大躯干的人，乱髯戟张，目光电闪，蓬发阔面，胆鼻剑眉，身穿和服，洒洒落落地跨了进来，便道："前日没缘见面，今天又冒昧来打你的搅。"六之介一边招呼坐地，一边道："早想到府，谢先生带信的高义，苦在不知住址，倒耽误了。今天反蒙枉顾，又惭愧，又欢喜。"天弢龙伯道："我向不会说客气话，没事也不会来找先生。先生晓得令兄的消息吗？"六之介道："从先生带信后，直到如今，没接过哥哥只字。"天弢龙伯惨然道："怎么能写字？令兄早被清国威毅伯杀了！"六之介突受这句话的猛击，直立了起来道："这话可真？"天弢龙伯道："令兄虽被杀，却替国家立了大功。"

六之介被天性所激，眼眶里的泪，似泉一般直流，哽咽道："杀了，怎么还立功呢？"天弢龙伯道："先生且休悲愤，这件事政府至今还守秘密，我却全知道。我把这事的根底细细告诉你。令兄是受了参谋部的秘密委任，去偷盗支那海军根据地旅顺、威海、刘公岛三处设备详图的。我替令兄传信时，还没知道内容，但知道是我国的军事侦探罢了。直到女谍花子回国，才把令兄盗得的地图带了回来。令兄殉国的惨史，也轰动了政府。"六之介诧异道："是帝国戏院的下女花子吗？怎么也做了间谍？哥哥既已被杀，怎么还盗得地图？带回来的，怎么倒是花子呢？"

天弢龙伯道："这事说来奇。据花子说，她在戏院里早和令兄发生关系，后来不知为什么，令兄和她闹翻了。令兄因为悔恨，才发狠去冒侦探的大险。花子知道他的意思，有时去劝慰，令兄不是骂便是打，但花子一点不怨，反处处留心令兄的动作。令兄充侦探的事，竟被她探明白了，所以令兄动身到支那，她也暗地跟去。在先，令兄一点不知道，到了天津，还是她自己投到，跪在令兄身边，说明她的跟来并不来求爱，是来求死。不愿做同情，只愿做同志。凡可以帮助的，水里火里都去。令兄只得容受了。后来令兄做的事，她都预闻。令兄先探明了这些地图共有两份，一份存在威毅伯衙门里，一份却在丁雨汀公馆。督署禁卫森严，无隙可乘，只好决定向丁公馆下手。令兄又打听得这些图，向来放在签押房公事桌抽屉里，丁雨汀出门后，签押房牢牢锁闭，家里的一切钥匙，却都交给一个最信任的老总管丁成掌管，丁成就住在那签押房的耳房里监守着。那耳房的院子，只隔一座墙，外面是马路横头的荒僻死衖④。这种情形令兄都记在肚里，可还没有入脚处。恰好令兄有两种特长，便是他成功之母：一是在戏院里学会了纯熟的支那话，一是欢喜喝酒。不想丁成也是个酒鬼，没一天不到三不管一片小酒店里去买醉。令兄晓得了，就借这一点做了两人认识的媒介，渐渐地交谈了，渐渐地合伙了。"

且说六之介本恨威毅伯的讲和，阻碍了大和魂的发展；如今又悲痛哥哥的被杀，感动花子的义气。他想花子还能死守哥哥托付的遗命，他倒不能恪遵哥哥的预嘱，那还成人吗？他的眼光是一直线的，现在他只看见前面晃着"报仇"两个大字，其余一概不屑顾了，当时就写了一封汉文的简单警告，径寄威毅伯，就算他的哀的美敦书了。从此就天天只盼望威毅伯的速来，打听他的到达日期。后来听见他果真到了，并且在春帆楼开议，就决意去暗杀。在神奈川县横滨街上金丸谦次郎店里，买了一支五响短枪，并买了子弹，在东京起早，赶到赤间关。恰遇威毅伯从春帆楼会议回来，刚走到外滨町，被六之介在轿前五尺许，砰地一枪，竟把威毅伯打伤了。

幸亏弹子打破眼镜，中了左颧，深入左目下。当时警察一面驱逐路人，让轿子抬推行馆；一面追捕刺客，把六之介获住。威毅伯进了卧室，因流血过多，晕了过去。随即两医官赶来诊视，知道伤不致命，连忙用了止血药，将伤处包裹。威毅伯已清醒过来。伊藤、陆奥两大臣得了消息，慌忙亲来慰问谢罪，地方文武官员也来得络绎不绝。第二天，日皇派遣医官两员并皇后手制裹伤绷带，降谕存问，且把山口县知事和警察长都革了职，也算闹得满城风雨了。其实威毅伯受伤后，弹子虽未取出，病势倒日有起色，和议的进行也并未停止。日本恐挑起世界的罪责，气焰倒因此减了不少，竟无条件地允了停战。威毅伯虽耗了一袍袖的老血，和议的速度却添了满锅炉的猛火，只再议了两次，马关条约的大纲差不多快都议定了。

这日正是山口地方裁判所判决小山六之介的谋刺罪案，参观的人非常拥挤。马美菽和乌赤云在行馆没事，也相约而往，看他如何判决。刚听到堂上书记宣读判词，由死刑减一等办以无期徒刑这一句的时候，乌赤云忽见人丛中一个虬髯乱发的日本大汉身旁，坐着个年轻英发的中国人，好生面善，一时想不起是谁。那人被乌赤云一看，面上似露惊疑之色，拉了那大汉匆匆地就走了。赤云恍然回顾美菽道："才走出去的中国人你看见吗？"美菽看了看道："我不认得，是谁呢？"赤云道："这就是陈千秋，是有名的革命党，支那青年会的会员。昨天我还接到广东同乡的信，说近来青年会活动，只怕不日就要起事哩！现在陈千秋又到日本来，其中必有缘故。"两人正要立起，忽见行馆里的随员罗积丞奔来喊道："中堂请赤云兄速回，说两广总督李大先生有急电，要和赤云兄商量哩！"赤云向美菽道："只怕是革命党起事了。"正是：

输他海国风云壮，还我轩皇土地来。

不知两广总督的急电，到底发生了甚事，下回再说。

【注释】

①褊(biǎn)急：气量狭小，性情急躁。
②俳(pái)优：古代从事歌舞乐和杂戏的艺人的总称，即后世的演员。
③蹂躏(róu lìn)：欺凌，糟蹋。
④衖(xiàng)：同"巷"。胡同。

孽海花

一五一

书目

001. 唐诗
002. 宋词
003. 元曲
004. 三字经
005. 百家姓
006. 千字文
007. 弟子规
008. 增广贤文
009. 千家诗
010. 菜根谭
011. 孙子兵法
012. 三十六计
013. 老子
014. 庄子
015. 孟子
016. 论语
017. 五经
018. 四书
019. 诗经
020. 诸子百家哲理寓言
021. 山海经
022. 战国策
023. 三国志
024. 史记
025. 资治通鉴
026. 快读二十四史
027. 文心雕龙
028. 说文解字
029. 古文观止
030. 梦溪笔谈
031. 天工开物
032. 四库全书
033. 孝经
034. 素书
035. 冰鉴
036. 人类未解之谜（世界卷）
037. 人类未解之谜（中国卷）
038. 人类神秘现象（世界卷）
039. 人类神秘现象（中国卷）
040. 世界上下五千年
041. 中华上下五千年·夏商周
042. 中华上下五千年·春秋战国
043. 中华上下五千年·秦汉
044. 中华上下五千年·三国两晋
045. 中华上下五千年·隋唐
046. 中华上下五千年·宋元
047. 中华上下五千年·明清
048. 楚辞经典
049. 汉赋经典
050. 唐宋八大家散文
051. 世说新语
052. 徐霞客游记
053. 牡丹亭
054. 西厢记
055. 聊斋
056. 最美的散文（世界卷）
057. 最美的散文（中国卷）
058. 朱自清散文
059. 最美的词
060. 最美的诗
061. 柳永·李清照词
062. 苏东坡·辛弃疾词
063. 人间词话
064. 李白·杜甫诗
065. 红楼梦诗词
066. 徐志摩的诗

067. 朝花夕拾
068. 呐喊
069. 彷徨
070. 野草集
071. 园丁集
072. 飞鸟集
073. 新月集
074. 罗马神话
075. 希腊神话
076. 失落的文明
077. 罗马文明
078. 希腊文明
079. 古埃及文明
080. 玛雅文明
081. 印度文明
082. 拜占庭文明
083. 巴比伦文明
084. 瓦尔登湖
085. 蒙田美文
086. 培根论说文集
087. 沉思录
088. 宽容
089. 人类的故事
090. 姓氏
091. 汉字
092. 茶道
093. 成语故事
094. 中华句典
095. 奇趣楹联
096. 中华书法
097. 中国建筑
098. 中国绘画
099. 中国文明考古

100. 中国国家地理
101. 中国文化与自然遗产
102. 世界文化与自然遗产
103. 西洋建筑
104. 西洋绘画
105. 世界文化常识
106. 中国文化常识
107. 中国历史年表
108. 老子的智慧
109. 三十六计的智慧
110. 孙子兵法的智慧
111. 优雅——格调
112. 致加西亚的信
113. 假如给我三天光明
114. 智慧书
115. 少年中国说
116. 长生殿
117. 格言联璧
118. 笠翁对韵
119. 列子
120. 墨子
121. 荀子
122. 包公案
123. 韩非子
124. 鬼谷子
125. 淮南子
126. 孔子家语
127. 老残游记
128. 彭公案
129. 笑林广记
130. 朱子家训
131. 诸葛亮兵法
132. 幼学琼林

133. 太平广记
134. 声律启蒙
135. 小窗幽记
136. 孽海花
137. 警世通言
138. 醒世恒言
139. 喻世明言
140. 初刻拍案惊奇
141. 二刻拍案惊奇
142. 容斋随笔
143. 桃花扇
144. 忠经
145. 围炉夜话
146. 贞观政要
147. 龙文鞭影
148. 颜氏家训
149. 六韬
150. 三略
151. 励志枕边书
152. 心态决定命运
153. 一分钟口才训练
154. 低调做人的艺术
155. 锻造你的核心竞争力：保证完成任务
156. 礼仪资本
157. 每天进步一点点
158. 让你与众不同的8种职场素质
159. 思路决定出路
160. 优雅——妆容
161. 细节决定成败
162. 跟卡耐基学当众讲话
163. 跟卡耐基学人际交往
164. 跟卡耐基学商务礼仪

165. 情商决定命运
166. 受益一生的职场寓言
167. 我能：最大化自己的8种方法
168. 性格决定命运
169. 一分钟习惯培养
170. 影响一生的财商
171. 在逆境中成功的14种思路
172. 责任胜于能力
173. 最伟大的励志经典
174. 卡耐基人性的优点
175. 卡耐基人性的弱点
176. 财富的密码
177. 青年女性要懂的人生道理
178. 倍受欢迎的说话方式
179. 开发大脑的经典思维游戏
180. 千万别和孩子这样说——好父母绝不对孩子说的40句话
181. 和孩子这样说话很有效——好父母常对孩子说的36句话
182. 心灵甘泉